LE BUVEUR DE LIBERTÉ

DANS LA MÊME COLLECTION

RIBOY
de Jean-Louis Gouraud

Patricia Reinig

LE BUVEUR DE LIBERTÉ

le roman d'un cheval

Equi livres

COUVERTURE. Illustration d'après un tableau du célèbre peintre russe Kouzma Petrov-Vodkine.

BP 60, 78490 Montfort-l'Amaury
Equilivres est une marque de S.N.C. OPTIPRESS
au capital de 10 000f, locataire gérante de la SA PREST EDIT
BP 60 - 78490 Montfort-l'Amaury

Graphisme et réalisation : Mireille Lejeune

ISBN 2-9004971-39-4

À toi, Jacques,
qui comme Quo-Vadis,
ne connais pas la haine.

Remerciements à :
Bernard Chéhu,
Jean-Louis Gouraud,
François Nourissier.

PREMIÈRE PARTIE

CHAPITRE 1

Ses grandes oreilles poilues immobilisées vers l'avant, le poulain cligna plusieurs fois des paupières pour mieux fixer dans sa mémoire ce que ses yeux tout neufs lui révélaient. Son poil presque rouge, semblable à du duvet de poussin, frémissait sous le souffle câlin de la brise matinale et ses membres démesurément longs, terminés par de minuscules sabots, semblaient plantés dans le sol afin de le maintenir au plus près du flanc maternel.

Il était venu au monde avec une quinzaine de jours d'avance et c'est avec surprise que le père d'Isabelle l'avait découvert ce matin, déjà tout sec et tétant goulûment la mamelle de Lili-Marlène.

Enfin, maladroitement, il plia un de ses énormes genoux et fit un pas en avant, oscillant de droite à gauche. Il allongea l'encolure vers Isabelle en tentant de maîtriser le mouvement de bascule que lui infligeait le poids de sa tête. Quand son nez rencontra la main tendue, il esquissa un geste de recul, mais presque aussitôt, irrésistiblement attiré par cette nouvelle odeur, il revint pour prendre appui sur la paume ouverte et la mordiller de ses gencives dépourvues de dents. Tandis qu'il s'exerçait ainsi, l'autre main de l'adolescente s'approcha avec douceur et lui caressa les ganaches, les joues sans qu'il ne cherchât le moins du monde à éviter ce contact qui lui paraissait aussi naturel que les premiers coups de langue de sa mère.

Les premières émotions passées, le paysan et sa fille détaillèrent le bébé et lui trouvèrent toutes les qualités. Isabelle oublia qu'elle avait rêvé qu'il aurait la robe grise de son père et M. Lormoy qu'il avait espéré que ce serait une pouliche.

Au fil des jours, le nouveau-né ne tarda d'ailleurs pas à combler toutes les attentes comme s'il avait voulu excuser sa naissance non programmée. Digne fils de Lili-Marlène, il paraissait en avoir hérité les plus grandes qualités mais ce qui le distinguait par-dessus tout et ravissait ses propriétaires, c'était son incorrigible curiosité ! Bien avant l'âge habituel, il s'éloigna du flanc protecteur à l'encontre des autres êtres vivants ; il s'intéressait évidemment aux bipèdes humains avec qui il était destiné à entretenir une liaison privilégiée. Parmi tous les patronymes envisagés, Quo-Vadis fut retenu à l'unanimité. Même Mme Lormoy trouvait que ce nom collait à la peau du bambin déluré et aventureux dont nul n'avait prévu l'arrivée.

En effet, il y a quelques mois à peine, M. Lormoy cherchait un cheval pour sa fille passionnée d'équitation. Dans la modeste ferme familiale, la charge d'un animal supplémentaire ne pèserait guère. Mais il avait acheté Lili-Marlène sur un coup de cœur, se prenant de pitié pour cette jolie jument de pur-sang anglais que son propriétaire négligeait. Cette dernière ayant pris la fâcheuse habitude de fuguer, celui-ci avait fini par l'attacher à un arbre où la malheureuse se laissait mourir d'ennui. En quelques semaines, chez ses sauveurs, la métamorphose s'était alors opérée. Non seulement la jument n'avait plus fugué, mais elle s'était mise à dévorer. Le vétérinaire venu assister un vêlage, avait été instamment prié de l'ausculter. Avec un sourire narquois, ce dernier, un habitué de la famille, avait soulevé sa casquette pour se gratter la racine des cheveux et déclaré en riant :

– Aussi sûrement qu'il y a trente ans que je pratique, je crois que cette jument attend un heureux événement !

Les tests avaient confirmé ce diagnostic. Lili-Marlène allait bien être maman. Par quel miracle ? Après maints calculs et appels téléphoniques, on avait été obligé de conclure que la jument avait « fauté » pendant l'une de ses fugues. Or, à dix kilomètres à peu près de son ancienne maison, un paysan avait eu un certain temps en pension le cheval d'un ami qu'il n'aimait guère montrer en cette terre, fière de ces grands chevaux de race. Il tenait l'animal à l'écart dans un pré bien clos de mur. Il s'agissait d'un pur-sang arabe, particulièrement espiègle. Cela laissait supposer que la jument avait sauté le mur deux fois, d'abord pour le rejoindre, ensuite pour rentrer chez elle mais c'était bien la seule explication plausible car il n'y avait aucun autre étalon à la ronde. Djahial, le pur-sang arabe exilé aux pays des nobles chevaux de sport, fut donc reconnu comme le père du poulain surprise !

Quo-Vadis vécut ainsi les trois premières années de sa vie dans un bonheur sans ombre. Devant continuer à cohabiter avec sa mère, on ne put lui épargner la castration. Parce qu'il reconnaissait d'instinct aux humains une autorité qu'il savait inutile de remettre en cause, il n'en souffrit pas véritablement. Jamais non plus la tutelle d'un cavalier ne fut source de déplaisir. Au contraire, le poids plume et la main légère de l'adolescente étaient comme le prolongement de son propre corps. Non seulement ils n'entravaient pas sa liberté, mais ils s'imposaient bien plutôt comme le juste palliatif à ses hésitations de jeune cheval. Durant les galops endiablés dans lesquels il emmenait parfois sa petite cavalière, tous deux faisaient corps à tel point qu'ils partageaient la sensation de quitter ce monde pour quelques secondes de paradis. Il ne pouvait certes pas savoir que rien n'est définitivement acquis, surtout pour un cheval.

Au début de l'année de ses quatre ans, Isabelle quitta sa famille pour suivre des études en ville et découvrir d'autres plaisirs. Ses parents ne purent se résoudre à se séparer de Lili-Marlène, mais le fils de celle-ci ne tenait pas tout à fait la même place dans leurs cœurs.

Quo-Vadis était devenu très agréable à regarder. Son modèle attestait, pour l'œil averti, ses origines. De sa mère, il avait hérité sa taille moyenne, ses membres secs et longs, son épaule oblique, ses jarrets puissants et sa robe baie aux jolis reflets cerise. Le sang arabe de son père ressortait dans la forme de sa tête au chanfrein camus et au front large, dans sa croupe courte et horizontale, sa poitrine profonde, dans la robustesse de ses sabots et dans la noblesse de ses allures. Étrangement il était doté de crins noirs, drus et abondants, qui ne caractérisaient aucun de ses parents et lui donnaient un cocasse aspect sauvage. Le club hippique le plus coté de la région ne se fit pas prier pour l'acquérir, d'autant plus que ne possédant aucun papier d'identité, Quo-Vadis n'avait pas une grande valeur marchande.

Lorsque le van qui venait le chercher s'immobilisa dans la cour de la ferme, une puissante intuition s'empara de Quo-Vadis. On gara le véhicule le long d'un mur. Tandis que deux hommes se plaçaient sur le côté, M. Lormoy s'approcha tenant le jeune cheval par la longe. Le camion à deux places était d'un aspect engageant, regorgeant de bonne paille fraîche mais au pied du pont, Quo-Vadis s'immobilisa et scruta l'intérieur avec une légère appréhension. Le paysan le rassura de la voix. Il s'engagea alors franchement derrière l'homme auquel il se vouait corps et âme.

À mi-chemin, un hennissement déchirant de sa mère le rappela soudain à la réalité. Il oublia les hommes et stoppa net son élan pour tourner la tête vers elle. Le paysan redoubla de patience et doucement pria le jeune cheval de le rejoindre dans le van. Celui-ci se retourna vers lui et leurs regards se rencontrèrent. Durant les instants qui suivirent, il sembla à l'homme que les yeux de l'animal en disaient plus long que le plus habile des discours humains. Quo-Vadis se tourna une dernière fois vers sa mère pour pousser un hennissement si puissant que le camion en vibra. Les hommes qui avaient conduit le camion échangèrent un regard de satisfaction. Lorsque le pont se referma derrière lui, le jeune cheval se retrouva vraiment seul pour la première fois de sa vie. Il pouvait apercevoir les hommes installés dans la cabine. Celui qui ne conduisait pas, à demi tourné vers l'arrière, lui parlait d'une voix amicale. Spontanément, il allongea l'encolure vers lui. Celui-ci caressa ses naseaux veloutés sans savoir que par ce geste insignifiant, il venait de refouler une angoisse naissante.

Au bout d'un court trajet, un concert de hennissements accueillit l'arrivée du van. Il se retourna vers les portes qu'on ouvrait, impatient de sortir et recula avec sagesse sur le pont. Tandis que les hommes, rejoints par d'autres, s'affairaient autour de lui, il se mit à détailler les environs en répondant de son mieux aux nombreux saluts de congénères qui fusaient de toutes parts.

De coquets bâtiments clairs se dressaient géométriquement formant une sorte de grande cour où il venait de faire irruption. Chaque construction comportait une douzaine de portes à deux battants d'où surgissaient dans un alignement cocasse les faciès intéressés des chevaux. Cette vision mit du baume au cœur de Quo-Vadis. Jamais il n'avait vu tant des siens à la fois. Une envie incoercible de les approcher s'empara de lui et il échappa presque des mains de l'homme qui tenait la longe.

Il fut conduit vers une bâtisse bien plus imposante, d'un aspect différent qui lui rappela les dépendances de sa ferme natale. Elle faisait face à une sorte de vaste paddock de sable jaune dans lequel évoluait un cheval monté. Comme ce dernier approchait, Quo-Vadis le salua bruyamment mais ne reçut aucune réponse. L'encolure rouée, la bouche écumante et le poil luisant comme du cuivre neuf, son congénère en passant à sa hauteur amorça un geste de la tête vers lui mais fut aussitôt remis dans le droit chemin par un vigoureux coup de talon de sa cavalière. Déçu, Quo-Vadis le regarda s'éloigner, la queue fouaillant rageusement ses flancs trop brillants.

À la suite des palefreniers, il contourna le mur aveugle du grand hangar agricole – qui servait en fait de manège – pour pénétrer par une large porte dans un bâtiment voisin. À peine franchi le seuil, il stoppa net, stupéfait. Il se trouvait face à une quinzaine de croupes. De nouveau, il fut salué par ses congénères. Tandis que les hommes le forçaient à se glisser dans une stalle, il se mit à souffler bruyamment. On accrocha une chaîne avec contrepoids à l'anneau de son licol et il se retrouva à l'attache pour la première fois de sa vie, entre deux congénères inconnus. On le flatta tout en faisant coulisser les maillons de sa longe métallique afin qu'il ne s'effrayât point du bruit créé par chacun de ses mouvements.

Quo-Vadis n'était pas de nature farouche. Plus que l'inconfort de son nouvel espace vital, c'était pour le moment la présence des autres chevaux qui le rendait mal à l'aise. Il craignait devoir faire face à la fureur d'un dominant auquel il n'avait pas présenté les signes de soumission d'usage. Mais même lorsque les hommes eurent quitté le bâtiment rien de ce qu'il redoutait ne se produisit. Du fond obscur de l'écurie éclairée seulement par l'entrée et des vasistas poussiéreux, fusaient encore quelques hennissements mais ils n'avaient rien d'hostile. Il se détendit, renâcla et se tourna vers la stalle de gauche d'où un cheval hirsute et de petite taille tendait l'encolure vers lui. Ils se soufflèrent dans les naseaux et presque aussitôt son compagnon s'arc-bouta pour essayer de lui gratter le garrot en signe de bienvenue.

Il s'agissait de Pain-d'Épices, ponette rouan, sans race bien définie et toute en forme généreuse. À son tour, Quo-Vadis éprouva le besoin de manifester sa sympathie à sa voisine et comme il était plus grand, il n'eut aucun mal à atteindre son garrot qu'il gratta de ses incisives. Toute aux sensations voluptueuses déclenchées par cet adroit massage, l'encolure en extension, les yeux mi-clos, elle se sentit transportée dans une sorte d'état magique. Au bout de quelques minutes, Quo-Vadis aperçut les regards luisant de curiosité des occupants des autres stalles. Il s'arrêta soudain et s'adressant à Pain-d'Épices dans un langage qu'il nous est impossible de comprendre, il demanda :

– Qui sont-ils tous ?

– Et bien, il y a Brelan-d'As, El-Catalan, Utlaingène, Soir-de-Paris, Tandémonde, Lady, Tounette, Biscotte, Pollux, Pascaline, Pirate, Kimono. Et à ta droite, à la dernière stalle, il y a notre doyenne Petrouchka…

Il passa l'encolure par-dessus la séparation de droite, faisant saillir d'un seul coup ses muscles puissants sous son poil lustré. La vieille jument grise le dédaigna aussi résolument que Pain-d'Épices s'était ouverte à ses présentations. Comme il insistait de plus belle en accompagnant ses efforts de petits renâclements d'impatience, elle tourna sa longue tête vers lui, oreilles rabattues, et les yeux lourds de menaces. Décontenancé, Quo-Vadis lança une interrogation muette à Pain-d'Épices.

– Il ne faut pas lui en vouloir, elle est très vieille. Salue plutôt Tounette et Utlaingène, ils sont aussi jeunes que nous.

Il avait beau se grandir au maximum, l'encolure aussi déployée qu'un point d'exclamation, il ne percevait que de vagues formes noyées dans la pénombre de l'écurie. C'est alors seulement qu'il prit conscience qu'il était attaché. En proie à un brutal ressentiment contre les anneaux de métal, il s'arc-bouta et tira de toutes ses forces sur son attache. Elle ne céda point. Le souffle court, Quo-Vadis rétablissait son équilibre pour reprendre un nouvel élan, lorsque ses oreilles captèrent une espèce de râle étouffé montant de la stalle de droite :

– Tu n'arriveras à rien comme ça !

Il s'immobilisa alors, cherchant à maîtriser les battements de son cœur qui tambourinait à ses tempes.

– Ta force ne peut rien contre l'ingéniosité des humains, reprit la vieille jument

Il s'ébroua alors comme pour se débarrasser des poussières de sa colère. Ce faisant, il constata que son licol ballottait librement sur ses ganaches. Repérant les barreaux des râteliers au-dessus de son auge, il ploya la tête et y fit riper le haut de son licol qui glissa sur son front et tomba lourdement sur la paille.

Ravi, Quo-Vadis quitta sa stalle, avec la ferme intention de rendre visite à chacun de ses compagnons d'écurie. Ses sabots ferrés tintèrent joyeusement sur le sol pavé et il se plut à entendre cette musique. Elle résonnait en lui comme l'écho enivrant de cette nouvelle liberté qu'il venait lui-même de s'octroyer.

La plupart des chevaux furent heureux de le saluer. Tounette et Utlaingène se montrèrent les plus chaleureux. Tounette était une petite jument alezane aussi fine que Pain-d'Épices était ronde. Plus timide était Utlaingène, grand trotteur bai qui avait connu le dur entraînement des courses pour lesquelles il ne montra aucun talent. Lorsque Quo-Vadis parvint à la dernière stalle, Pollux, un solide hongre bai brun, poussa un long couinement strident en guise de mise en garde. Surpris, il tenta d'identifier celui qui était le premier à lui montrer une telle hostilité ce qui déclencha sans retard une série de coups de pieds impressionnants. Parce qu'il connaissait l'impuissance à laquelle la chaîne contraignait, il se contenta de pincer la peau épaisse de la croupe. Pollux hurla de dépit en détendant de toutes ses forces ses deux postérieurs simultanément.

Il s'apprêtait à s'éloigner dignement lorsqu'un éclair gris déboula sous son nez. Il fit un écart et souffla bruyamment. Au centre d'une boule de poil angora pelotonnée sur elle-même scintillaient deux petits filets d'or. Il s'avança prudemment pour renifler l'intrus. Les deux vers luisants s'éteignirent mais celui-ci affronta le courant d'air chaud produit par les naseaux du cheval qui ébouriffait sa toison soyeuse. Une odeur délicate émanait du félin miniature qui ronronnait de satisfaction. Soudain ce dernier se redressa et se caressa effrontément contre le menton du cheval. Puis après s'être étiré avec nonchalance, il allongea une patte de velours sur le chanfrein présenté qu'il glissa jusqu'au creux douillet entre les immenses narines. Quo-Vadis ne broncha pas. Leur communication fut si spontanée qu'ils n'eurent aucun mal à se comprendre :

– Qui es-tu, risqua le cheval en renâclant du bout des lèvres.

– Mouschi, la chatte du club.

Sur ces mots, elle mit en branle son corps élastique en direction de la tête de Pollux. Celui-ci retourna sa mauvaise humeur contre elle, lui jetant un regard torve, les oreilles plaquées sur la nuque. La chatte s'arrêta et visant la croupe de Pollux, ajusta son saut pour y rebondir et se retrouver à terre. Elle s'éloigna alors d'un trot accort dans le couloir de l'écurie, suivie par Quo-Vadis. À l'entrée, dont la porte était restée grande ouverte, tous deux s'arrêtèrent. Immobile sur le seuil, le cheval se mit à scruter l'extérieur d'un regard brillant. Assise à ses côtés, Mouschi la tête levée vers lui l'observait silencieusement. Un doux ronronnement vibrait encore dans le fond de sa gorge. Le crépuscule avait envahi les lieux qu'il avait tout juste découverts et l'obscurité les rendait encore plus mystérieux. De vagues points lumineux vacillaient maintenant du côté de la cour où il avait débarqué et des ombres fugitives glissaient sur les murs des bâtiments. De nouveau, des hennissements retentissaient de derrière le manège auxquels répondirent bientôt ses compagnons d'écurie. Mais cette fois, ils trahissaient un autre sentiment. Les humains s'affairaient d'une façon précise qui, pour tous les chevaux sonnait l'heure de la soupe aussi efficacement que la clochette du cuisinier !

Mouschi se précipita soudain d'un galop silencieux et disparut en quelques secondes derrière l'angle du grand bâtiment d'en face. Sans hésiter, il la rejoignit au petit trot. En évoluant librement dans le velours du soir automnal, il sentit sourdre en lui une joie inattendue. Il avait tout à fait oublié l'attache et tout à ses émotions présentes, ne songeait qu'à l'imminence de ses prochaines rencontres. Accroché à la démarche fantasmagorique de Mouschi qui filait au ras des murs ainsi qu'une ombre pourchassée par le déclin du soleil, il paraissait lui aussi se fondre au décor. Parvenu à la carrière, il ralentit machinalement espérant y retrouver le cheval de tout à l'heure. Les lieux étaient cependant déserts et il continua d'un pas volontaire sa progression vers les masses distinctes des constructions récentes que les lumières artificielles, assaillies par des myriades d'insectes et de papillons, arrachaient à l'emprise des ténèbres.

Il fit halte à la hauteur du premier box où Mouschi, pelotonnée sur le rebord de la demi-porte, l'attendait déjà. Il passa la tête à l'intérieur et y discerna les courbes harmonieuses d'un congénère qui mâchonnait un restant de foin. À cette apparition inattendue, celui-ci stoppa net sa dégustation et vint renifler le nouveau venu. Poussant un couinement stridulant, il frappa de l'antérieur contre la porte. Décontenancé par cette subite hostilité, Quo-Vadis recula précipitamment et la chatte bondit à terre. À quelques pas de là, Mouschi s'assit non loin d'un autre box tandis qu'à l'approche des bruits que faisaient les humains, le concert de hennissements reprenait de plus belle. Il abaissa son encolure et renifla la fourrure soyeuse du petit félin. Celui-ci roula sur le dos et de ses quatre pattes de velours se mit à jouer avec les poils de barbe drus de son menton. Brusquement Mouschi arrêta ses caresses pour s'éloigner d'un pas souple. À un mètre environ, elle se retourna et se mit à fixer gravement le jeune cheval de ses yeux d'or qui brillaient comme deux pierres précieuses. C'est dans la profondeur de ce regard que Quo-Vadis puisa l'infime fragment de vérité qu'il avait pressenti mais qu'il ne sut pas tout à fait interpréter :

– Toi, tu es différent ! lui disaient les yeux de Mouschi.

Quo-Vadis expira longuement en redressant la tête. Il scruta l'endroit d'où venaient les bruits qui se rapprochaient de plus en plus et vit les ombres des humains, gigantesques, démesurées par la fausse lumière, se profiler soudain sur les façades des bâtiments opposés. Il les observa d'un air absent. Des jappements d'allégresse retentirent alors de leur côté et la chatte disparut dans la nuit. Quo-Vadis resta seul et perçut alors un appel qui se distinguait de l'excitation des autres. Il se dirigea de ce côté et se trouva bientôt face à un grand cheval qui lui souffla gaillardement dans les naseaux.

– Mon nom est Quentin-des-Bois et le tien ?

– Quo-Vadis.

– Méfie-toi des humains !

À peine avaient-ils terminé cet échange que Quo-Vadis sursauta en voyant soudain débouler droit sur lui deux flèches hurlantes. Il essaya de leur faire face, mais il était impossible de suivre les mouvements des deux chiens excités par leur découverte. Il se cabra à demi, balança la tête à droite à gauche espérant les entraîner dans un des jeux qu'il avait l'habitude de partager avec les chiens de sa ferme natale. Mais cela n'eut pour effet que d'augmenter leur mauvaise humeur et l'un d'eux en profita même pour pincer ses jarrets. Il ne rua pas car il ne leur voulait aucun mal. Furieux, Quentin-des-Bois, qui assistait impuissant à la scène, se mit à tambouriner de ses antérieurs dans la porte de son box.

– Titus, Uhlan aux pieds, hurla soudain une voix humaine dont l'inflexion exigeait l'obéissance.

Aussitôt les chiens obtempérèrent.

– Il y a un cheval dehors, reprit la voix à l'adresse de son collègue, braque la lampe !

– Attention, retiens les chiens Gilles, c'est le nouveau on dirait bien !

Tandis qu'ils avançaient à pas feutrés en lui parlant gentiment, rien n'était plus facile que de faire demi-tour et de disparaître dans les ténèbres comme l'avait fait Mouschi. Mais à aucun moment, il n'en eut l'intention. Il se laissa encercler tout naturellement par les trois hommes qui n'eurent aucun mal à lui passer une longe de fortune autour de l'encolure. Philippe, le chef palefrenier qui le tenait, lui flatta l'encolure et modulant sa voix pour se faire convaincant lui susurra :

– Là mon vieux, reste tranquille, tu as l'air d'être un sacré numéro toi ! On verra ça dès demain !

Les deux chiens le rejoignirent et Titus, puissant croisé de Grœnendael, s'assit à ses pieds. Quo-Vadis allongea le nez vers lui pour le flairer. Le chien se laissa faire et lécha même les naseaux inquisiteurs du cheval. Tout en suivant Armando, le troisième palefrenier, Quo-Vadis songea avec un vague regret à tous les amis en puissance qu'il n'avait pas eu le temps de connaître.

L'ivresse de cette première liberté lui montait encore à la tête. Tandis qu'il le rattachait, les autres palefreniers distribuèrent la ration du soir. On déversa dans l'auge de Quo-Vadis une bonne ration de granulés qu'il n'avait jamais goûtés auparavant. Le chien Titus et son acolyte Uhlan, un jeune berger allemand gris, vinrent le renifler avec curiosité. Il se contorsionna pour essayer de les inspecter et se coinça dans sa stalle. Alors que l'un des palefreniers venait à la rescousse, il réussit d'un coup de rein à reprendre sa position initiale.

Une lourde porte ne tarda pas à gémir en pivotant sur ses gonds et l'écurie fut replongée dans la pénombre. Goulûment les chevaux s'étaient précipités sur leurs repas. Quo-Vadis humma longuement le sien. La faim l'avait abandonné. Il mâchonna sans appétit quelques granulés qui lui parurent bien fades. Pain-d'Épices, elle, venait déjà d'avaler avec avidité sa ration et tendait des lèvres implorantes vers celle de son nouveau voisin. Machinalement il se mit à donner de grands coups de nez dans sa mangeoire et les granulés s'éparpillèrent vers la ponette gourmande.

Déjà les bruits des mâchoires s'estompaient et une lourde quiétude planait dans l'atmosphère confinée de l'écurie. Une bonne heure s'écoula où il vacilla sur la frontière trouble de la veille et du sommeil. Ses compagnons dormaient pour la plupart profondément. Il fléchit ses genoux et se laissa lourdement tomber sur sa litière. Il voulut s'étendre comme il aimait le faire, mais la place lui manqua. Pour tromper sa vigilance, il se mit à mastiquer quelques brins de paille. Puis, enfin plongé dans les brumes d'un sommeil agité, il fit un rêve étrange : il se voyait libre, sans licol ni chaîne, galopant aux côtés de Mouschi dans un paysage sans horizon. Tandis qu'il s'éloignait à une vitesse de plus en plus grande, il perdait le contrôle de son galop et entendait les appels désespérés de sa mère qui l'implorait de revenir. Puis il parvenait enfin à ralentir, se retournait et voyait Lili-Marlène montée par Isabelle qui le hélait aussi : Quo-Vadis reviens, reviens !

Il bondissait alors vers elles, mais une indéfinissable lourdeur retenait sa course et à bout de souffle, croyant les avoir enfin rejointes, elles avaient disparu et Pollux l'attendait à la place, les dents découvertes, les yeux menaçants. À ce moment de son rêve, il se cabra de toute sa hauteur et sa tête toucha le ciel ou il retrouva parmi les étoiles, les yeux de Mouschi. De nouveau il galopait derrière elle mais cette fois, il décollait de terre et il ne sentait plus le poids de son corps, il n'entendait plus le roulement de ses sabots, il était léger, insaisissable, libre ! Lui et Mouschi volaient dans les nuages.

CHAPITRE 2

Quo-Vadis fut l'un des premiers à s'éveiller. Dès qu'il émergea des profondeurs nébuleuses de ses songes, il chercha à se mettre debout. Engourdi, il dut s'y reprendre à plusieurs reprises. Il étira l'un après l'autre ses postérieurs endoloris puis battit des paupières vers ses compagnons qui commençaient aussi à se réveiller. Les premières lueurs d'une aube encore timide éclairaient le dos des chevaux. À côté, Pain-d'Épices, était allongée et son ventre énorme, disproportionné par cette position, se soulevait et s'abaissait à un rythme paisible.

Il bâilla plusieurs fois puis laissa pendre son encolure, la tête à la hauteur de son attache, sa belle crinière noire recouvrant l'ensemble de son chanfrein. Au bout de quelques minutes, il se redressa, saisi par l'indescriptible sensation d'être épié. Il se tourna vers la droite d'un geste innocemment majestueux et son regard tomba aussitôt sur celui de Petrouchka qui l'observait en silence. Inexplicablement, sur cette face que la jeunesse avait désertée, il découvrit une fantastique beauté.

– Et oui, vois-tu... déclara-t-elle alors, nous nous habituons, aussi incidemment que nous avons perdu notre liberté depuis la nuit des temps.

Devant la soudaineté de cette révélation, Quo-Vadis avança vers Petrouchka et tout doucement se mit à gratter la base de ses crins blanchis par l'âge. Elle ne l'esquiva pas et il sentit naître en lui une sorte de reconnaissance envers son aînée qui l'acceptait, lui, si ignorant...

– Petrouchka, parle-moi de cette nuit où nous avons perdu notre liberté... conjurait-il maintenant dans un souffle qu'elle seule pouvait entendre.

La vieille jument grise poussa une sorte de long soupir :

– C'était, il y a si longtemps…

À côté d'eux, la ponette venait de se lever et s'ébroua. Quo-Vadis se tourna vers elle et ils entreprirent spontanément un massage réciproque. Ces gestes innés lui permirent de tout oublier.

Une heure à peine après la distribution du premier repas qu'il partagea de nouveau avec Pain-d'Épices, deux hommes apparurent dans l'écurie et commencèrent le pansage des pensionnaires. Quand vint son tour, il chercha à recréer l'osmose qu'il avait toujours connue durant cette occasion. Tandis que le palefrenier lui frottait les flancs, il lui mordilla amicalement les vêtements. L'homme le repoussa une première fois, lui proférant des mots de menaces qu'il n'interpréta pas à leur juste valeur. Étonné, il renouvela ses taquineries et reçut cette fois un violent coup de brosse sur le chanfrein. Sous l'effet de la douleur, il redressa la tête et s'assomma presque sur les râteliers. Mais cela ne lui valut pas la compassion du responsable qui l'obligea avec rudesse à se pousser pour le nettoyer de l'autre côté. Ce fut la première leçon qui marqua Quo-Vadis.

Vers la fin de la matinée, alors que Pain-d'Épices et quelques autres avaient déjà quitté l'écurie, on lui posa une selle sur le dos et on le libéra de son licol pour lui mettre une bride légère. Par reflex, il mâchonna le mors et frétillant à l'idée d'une promenade emboîta sans rancune le pas à Gilles qui l'avait rudoyé plus tôt. Dès qu'il se retrouva dehors, il s'immobilisa, l'encolure haute pour détailler en pleine lumière le décor qu'il avait visité à la nuit tombante. L'homme l'incita à le suivre et il renonça à son désir. Ils contournèrent le grand hangar agricole et longèrent un moment la carrière de sable jaune avant d'y pénétrer. Gilles s'était muni d'une longue courroie dont il boucla une extrémité sur la bride du cheval. Ce dernier avait souvent travaillé à la longe avec Isabelle. À la première sollicitation, il se mit à décrire de grands cercles autour du point fixe que représentait l'homme, d'abord au trot, puis excité par les claquements de la chambrière, il prit le galop. Son allure était cadencée, bien équilibrée, entrecoupée de quelques ruades de gaieté. Ceci le ravigota, ainsi que la caresse de l'air déplacé dans son abondante crinière, qui flottait comme un étendard. Il libéra sa fougue par diverses cabrioles qu'il maîtrisait parfaitement, arrondissant avec habilité son corps sur le demi-cercle.

– Ho là. Ho là.

Gilles accompagnait son commandement oral d'à-coups secs sur la longe. Quo-Vadis obtempéra. Sa respiration était accélérée, son encolure et ses flancs recouverts de sueur qui montait de son poil en fumée âcre avant de se perdre dans l'air vif de cette anodine journée automnale. Avec des gestes mécaniques, le palefrenier lui retira la longe, le ressangla vigoureusement puis le flatta avant de bondir avec agilité sur son dos. Poussé par l'envie de se livrer à lui tel qu'il l'avait toujours fait avec Isabelle, il se mit en marche. Aussitôt un violent coup sur le mors le contraignit à s'immobiliser. Il sentit alors les rênes se raccourcir et dut attendre une fois de plus le bon vouloir de l'homme. Ensuite il employa toute sa bonne volonté pour s'accorder à ce nouveau cavalier mais rien ne lui rappelait la douce tutelle de son ex propriétaire, ni le poids, ni la légèreté de la main, ni même la logique des commandements. Le travail ne fut pas de très longue durée mais pour la première fois, il n'en tira aucun plaisir. En reprenant le chemin de son écurie derrière le palefrenier, il jeta un regard vers les boxes et songea à Quentin-des-Bois...

– Méfie-toi des humains, l'avait-il mis en garde.

Perdu dans cette pensée, il trébucha sur les premiers pavés du seuil et Gilles esquissa devant lui un geste de surprise. Il crut qu'il venait de le mécontenter et que la main levée allait s'abattre sur lui. Instinctivement, il recula et sans le vouloir lui échappa. Au lieu de le rattraper calmement, l'homme se précipita vers lui en vociférant. Effrayé Quo-Vadis s'éloigna au galop vers l'entrée du manège d'où sortaient justement deux autres humains. Ceux-ci s'immobilisèrent en le voyant et la monitrice s'avança vers lui une main tendue, en l'appelant doucement. Spontanément, il se dirigea vers la femme qui lui parlait si posément et se laissa prendre par la bride.

– C'est le nouveau, il m'a échappé, lança Gilles qui avait pris ses jambes à son cou à sa poursuite.

– Évidemment, en hurlant comme tu fais ! Elle marqua un temps d'arrêt puis lui tendit les rênes. Que donne-t-il sous la selle ? Il peut faire les débutants ?

– Aucun problème, il est facile.

– Ok, tu le prévoiras pour la reprise de cet après-midi.

Sur ces mots, il fut reconduit dans sa stalle. Avec la même

rudesse, le palefrenier le débarrassa de son mors et de sa selle. Tandis qu'il s'éloignait, Quo-Vadis entendit Armando le prendre à partie. Les deux hommes échangèrent une brève et vive discussion dont il ne saisit pas le sens mais en perçut la tension. Avant même qu'Armando le rejoignît en bougonnant, il avait cependant compris qu'il était l'objet de cette dispute. Celui-ci se mit à le frotter vigoureusement sur tout le corps avec de la paille. Il inclina son chanfrein vers lui et l'observa d'un regard où se mêlaient la reconnaissance et l'interrogation. Armando eut alors le premier geste de gentillesse à son encontre; il tapota amicalement son encolure et son poitrail puis sortit de sa stalle.

– Ne t'en fais pas, renâcla Pain-d'Épices qui comprit son désenchantement, les cavaliers nous aiment bien, ils sont très gentils avec nous et nous portent plein de friandises!

– Quels cavaliers?

– Ils viennent pour apprendre à se tenir sur notre dos. La plupart ne sont pas très doués, mais ils ne sont pas méchants. Les pires sont ceux qui croient savoir.

Il s'étonna des paroles de sa petite voisine, mais n'osa la questionner d'avantage. Entre-temps on leur distribuait le repas du midi et ce fut la première ration que Quo-Vadis, dont l'optimisme avait toujours le dessus, termina entièrement.

Au milieu de l'après-midi, il fut de nouveau sellé avec plusieurs autres chevaux. Un garçon d'une quinzaine d'années entra d'une démarche hésitante dans sa stalle et lui proposa aussitôt un morceau de sucre. Confiant quoique quelque peu surpris, il tendit les lèvres vers la friandise et la dégusta. Comme rassuré par ses bonnes dispositions, le jeune humain se mit à le caresser de façon malhabile. Quo-Vadis percevait quelque chose de surprenant chez ce nouveau venu; cet humain avait peur de lui!

Ce sentiment associé à une incompétence manifeste lui conférait une vulnérabilité dont le cheval ne profita nullement. Ce nouveau cavalier dut s'y prendre à plusieurs reprises pour déboucler le licol puis involontairement l'obligea à exécuter un demi-tour laborieux dans sa stalle. Petrouchka, de son côté, emboîtait le pas à une fillette qui lui arrivait au poitrail tandis que de l'autre bout de l'écurie Pollux surgissait aussi à la suite d'un grand gaillard guère mis à l'aise par la taille impressionnante de la monture qu'on lui avait impartie.

Encadré par la vigilance des deux palefreniers et de la monitrice, la petite troupe prit le chemin du manège. Intrigué par cette espèce de vaste abri où la lumière du jour prenait des aspects inquiétants, il se mit à regarder de toutes parts au grand effroi du jeune garçon qui le menait.

À l'instar de ses compagnons, il s'immobilisa docilement sur la ligne centrale et baissa alors le nez vers le sol de sciure d'où émanaient d'étranges exhalaisons. Oubliant ce qui l'entourait, il souffla fortement et de fines particules s'élevèrent libérant en lui un incoercible désir. Il gratta de son antérieur avant de ployer ses quatre membres pour se rouler avec bien-être dans cette litière odorante.

Terrorisé, son cavalier l'avait lâché et le regardait faire. La monitrice obligea Quo-Vadis à reprendre une position plus conformiste. Elle le débarrassa de la sciure qui le recouvrait et vérifia le bon état de la selle. Quand son cavalier fut enfin juché sur son dos, il rejoignit la file de ses congénères qui marchaient sur la piste. Il évoluait presque librement car il ne sentait aucune tension sur les rênes mais à chacun de ses pas, il lui semblait qu'il allait perdre le poids qu'il portait.

Pendant plusieurs minutes, il régna une grande confusion générale. Une dizaine de chevaux déambulaient un peu dans tous les sens et la monitrice courait de gauche à droite pour les remettre dans ce qui était le droit chemin, en l'occurrence la piste rectangulaire tracée par des centaines de sabots laborieux. Quo-Vadis ne comprenait pas ce qu'on attendait de lui et errant au hasard désordonné des mouvements de son cavalier, il sc donnait tout le mal du monde à essayer de lui obéir. Il passa ainsi à plusieurs reprises non loin de Pollux, affrontant ses avertissements sonores avant d'esquisser de justesse un formidable coup de pied qui atterrit avec un fracas assourdissant dans les pare-bottes de protection.

Les hurlements effarés de leurs cavaliers réciproques coupèrent court à tout règlement de compte, et bientôt, comme par enchantement tout rentra dans l'ordre. Les chevaux se rangèrent derrière la sage doyenne, qui les yeux perdus dans le vague, les menait quasi mécaniquement. Durant une bonne demi-heure, ils tournèrent ainsi au pas dans un sens puis dans l'autre. Quo-Vadis ne voyait pas bien où on voulait en venir, mais comme on n'exigeait rien d'autre de lui, il suivit docilement la croupe amie d'Utlaingène. Il sentait son cavalier gesticuler inutilement sur son dos ainsi que le faisaient d'ailleurs les autres humains montés sur ses camarades et il songea avec sagacité qu'il s'agissait là d'une des nombreuses et inexplicables activités auxquelles ceux-ci aimaient se livrer.

Cependant le jeu stoppa aussi vite qu'il avait commencé et il sentit son cavalier se raidir tel un morceau de bois. Petrouchka marchait toujours en tête. Il remarqua qu'elle allongeait le pas tandis que ses oreilles s'agitaient l'une après l'autre, attentives aux paroles lancées par le chef d'orchestre au centre du manège. Au dernier ordre proféré, la vieille jument prit le trot et les chevaux qui la suivaient, l'imitèrent sans tarder. Toujours conciliant Quo-Vadis s'exécuta aussi malgré les douloureux à coups qu'il recevait dans la bouche. Il pouvait sentir sur sa croupe le souffle chaud de Pirate, pur-sang sec et osseux qui se laissait mener par le vif argent de ses origines. Coincé entre Utlaingène qui avait bien du mal à régulariser son allure à cette vitesse trop lente pour lui et Pirate qui, emporté par son élan, lui montait parfois sur les talons, il eut bien des difficultés lui-même à trouver le rythme. Il sentait le poids flasque de son cavalier tantôt rebondir de plus belle, dès qu'il diminuait ses foulées tantôt basculer à la limite extrême de la rupture d'équilibre.

Au bout de quelques minutes, menée par l'allure régulière de la doyenne, la colonne sembla se caler dans un trot moyen. Comme il abordait le prochain coin, son débutant, surpris au milieu d'un périlleux exercice d'assouplissement, glissa de la selle et se rattrapa aux rênes. Meurtri, Quo-Vadis bondit en avant et sortit des rangs. Suspendu sur le côté droit, le jeune garçon se cramponna de plus belle lui tordant l'encolure. Quo-Vadis préféra s'arrêter. De l'autre bout du manège, la monitrice se précipitait déjà lorsqu'un hennissement aussi furieux qu'inattendu se répercuta, figeant les autres chevaux de stupeur.

Quo-Vadis aperçut vaguement une masse se précipiter comme une furie sur lui, accompagnée des hurlements de frayeur de son cavalier impuissant. Profitant de son infériorité, Pollux le chargeait. Le jeune cheval eut juste le temps d'esquisser la collision, se libérant du même coup de son cavalier. Pollux, lui, venait de pirouetter dans l'élan, propulsant aussi le débutant qui le montait dans la sciure. Les deux chevaux se trouvèrent face à face. L'affrontement fut rapide mais spectaculaire. Les yeux révulsés par la rage, les oreilles plaquées sur la nuque, le puissant hongre bai brun se jeta de tout son poids sur son adversaire. Il ne plaisantait pas, il engageait un véritable combat. Quo-Vadis sentit se réveiller en lui de puissants instincts dont il ignorait l'existence. En l'espace d'une fraction de seconde, il ne voyait rien d'autre que son rival. Il parvint à se redresser d'un formidable coup de rein qui les planta flanc contre flanc. Pivotant sur ses antérieurs, il décocha une ruade phénoménale à son adversaire qui réussit à le déséquilibrer. Profitant de cet avantage, il bondit pour le mordre profondément à l'épaule. Furieux, Pollux se redressa et d'un commun réflexe tous deux se cabrèrent de toute leur hauteur. Comme des boxeurs, chacun tenta de tenir l'autre à distance en agitant avec une violence prodigieuse ses membres antérieurs. Le combat n'avait pas duré quinze secondes !

Pétrifiés par la soudaineté de l'attaque et par les cris des combattants, les autres chevaux se tenaient immobiles sur la piste. Les deux cavaliers désarçonnés avaient d'un même élan disparu de l'enceinte. Rassemblant leurs esprits, Armando et la monitrice se précipitèrent en vociférant, armés de chambrières. Ils se mirent à taper à coups redoublés sur les combattants. Mais les chevaux ne voyaient pas les humains. Les lanières qui cinglaient leurs flancs ne firent qu'amplifier leur excitation. Plus grand que son adversaire, Pollux parvint à plusieurs reprises à heurter de ses sabots le poitrail de celui-ci. Dur comme un roc, Quo-Vadis encaissait sans broncher, veillant à garder l'équilibre dans cette position de puissance. Cette tactique prévalut, car bientôt le hongre bai brun dut reprendre appui sur ses quatre membres. Avant même qu'il y parvînt, il se laissa choir sur lui. Sa masse le frappa de plein fouet sur la nuque, l'assommant à moitié et l'obligeant à s'agenouiller.

Quo-Vadis n'était plus le jeune cheval ingénu et curieux mais un démon de colère et de puissance. Sans perdre une seconde, ses mâchoires se refermèrent sur l'encolure de Pollux et le contraignirent à basculer.

Alertés par le vacarme, plusieurs humains avaient fait cercle autour d'eux, armés de fourches et de cordes. Philippe, le premier palefrenier, se pendit de tout son poids aux rênes de Quo-Vadis tandis que d'autres passaient des longes autour de son encolure.

Pantelant, haletant, Pollux se redressa et battit en retraite.

À deux mètres environ, Quo-Vadis l'observait, les yeux exorbités, les naseaux dilatés, la respiration courte ; sa belle crinière noire était plaquée par la transpiration. Chacun de ses muscles saillait sous son poil ras et luisant.

La reprise tourna court et Quo-Vadis passa le restant de la journée dans sa stalle. Il se sentait un peu las et ne chercha pas à s'évader. Des relents de colère le saisissaient encore lorsqu'il percevait la présence de Pollux au fond de l'écurie mais ses préoccupations étaient autres.

Il songeait aux humains qu'il avait côtoyés, à leurs différents comportements et une interrogation grandissante s'emparait de lui. Qu'attendaient-ils de lui ? Malgré tous les efforts qu'il déployait à essayer de les satisfaire, il semblait déjà qu'un fossé se creusait entre eux et lui.

Il mastiqua du bout des dents sa ration du soir. Lorsque tous les chevaux eurent avalé leur repas et les premières torpeurs de la nuit gagné les corps fatigués, Quo-Vadis sentit un doux frôlement se glisser entre ses membres. Il baissa l'encolure et découvrit Mouschi blottie juste devant ses antérieurs. Il inspira à plein poumon son parfum sucré et souffla sur sa toison soyeuse. Elle se mit à ronronner tout en se caressant contre lui :

– Tu viens, semblait-elle dire.

Puis aussi soudainement, elle bondit comme une ombre hors de sa stalle et s'immobilisa sur le rebord de la demi-porte de l'écurie. En tournant la tête, il pouvait voir sa silhouette gracile se découper en filigrane dans le clair-obscur extérieur.

Procédant comme il l'avait déjà fait, il parvint de nouveau à se débarrasser de son attache. Mouschi avait disparu au dehors. Avec ses lèvres, il fit jouer le verrou du battant qui fermait l'écurie et se trouva libre. La nuit était superbe. Une lune énorme et ronde trônait au milieu du champ des étoiles et semblait vouloir unir les ombres de la terre aux lumières de l'univers. Tout paraissait calme et serein, plein de promesses et d'espoir.

Sa première idée fut de traverser la cour pour retrouver les occupants des boxes mais il se souvint du détour que lui avait fait prendre sa petite complice la veille et prudemment il contourna le manège. Il fit la connaissance de plusieurs chevaux qui le saluèrent avec plus ou moins d'entrain avant de retrouver Quentin-des-Bois qui l'attendait avec Mouschi à ses côtés. Après les salutations d'usage, Quo-Vadis allait et venait devant le box, excité par l'emprisonnement de son compagnon. Par la grâce des reflets de lune, plusieurs pupilles intéressées s'étaient allumées dans la rangée de boxes et observaient silencieusement le manège de l'échappé. Quo-Vadis s'attaqua au verrou de Quentin et parvint très vite à ses fins. Les deux chevaux traversèrent la cour au grand trot avant de s'évanouir au galop dans les ténèbres.

Le club était bâti en pleine campagne à partir d'une ancienne ferme ceinte de prairies et de champs. Dans l'immensité dégagée des alentours, la lumière de la pleine lune prenait une intensité exceptionnelle. Les ombres fantomatiques des deux fugitifs se profilèrent soudain devant eux, leur ouvrant le chemin de la liberté. L'un et l'autre se prenaient au jeu ; à celui de la vitesse, du clair de lune complice, de l'apesanteur de leurs corps nus, libérés de la captivité...

Leurs sabots martelaient le tapis herbeux en sourdine au même rythme insensé, de plus en plus rapide, de moins en moins contrôlé, entraînés par le tourbillon de leur propre vertige. Ils n'étaient plus que deux formidables machines vivantes à courir, tout à l'ivresse de cette course sans but, d'autant plus sauvage qu'elle n'avait que sa raison d'être.

Quo-Vadis se jouait de la résistance de l'air qui s'engouffrait dans l'abondance lourde de ses crins, les soulevant à les arracher ainsi qu'une voile gonflée à se rompre par un vent de tempête. Il se sentait libre et léger, comme il ne l'avait jamais été. Rien ne freinait l'absurdité délicieuse de ce galop, ni les limites étroites d'un pré, ni la volonté d'un cavalier, ni même l'absence de son compagnon à ses côtés qu'il venait inconsciemment de distancer. Il filait, emporté par un élan aussi irrépressible que l'afflux de son sang à son cœur ou que le déclin du soleil à l'horizon. Seul, farouche, absolu... Il aurait pu ainsi, lui semblait-il, aller au bout du monde !

Quand il ralentit enfin aux abords d'un champ labouré qui le ramena à la réalité, le club hippique n'était plus qu'une masse incertaine perdue dans un repli de la nuit. Il s'arrêta, les flancs palpitants, les reins fumants. Une douce brise nocturne continuait de soulever par vagues le dessus de sa crinière. Son ombre se projetait immense et vacillante sur le sol inégal, en harmonie parfaite avec le monde fantasmagorique de la pleine lune. Inexplicablement, il se sentait attiré par l'obscurité profonde, tout là-bas, droit devant lui où se noyait la lumière argentée.

Les yeux perdus dans l'infinitude du ciel livré au ballet des étoiles, enivré des parfums de la nuit et de sa jeune liberté, il écoutait le chant de l'univers monter en lui et l'entraîner dans sa gigantesque résonance, comme une grande crue libératrice à laquelle il s'abandonna totalement. Sa conscience chavira alors et pétrifié dans sa dernière attitude, tendu vers les ténèbres, il vit un troupeau immense surgir de la masse sombre de la forêt et galoper vers lui comme un seul cheval.

Le bruit de leur course ne ressemblait en rien au tumulte impérieux des centaines de sabots lancés dans cette charge furieuse, c'était une musique fantastique, un roulement de percussion divin qui s'enflait un peu comme la voix unique et mélodieuse d'un chœur s'élevant dans la coupole d'une cathédrale. De seconde en seconde, ils se rapprochaient. Il y en avait de toutes sortes, de toutes tailles et parmi eux des poulains très jeunes aux jambes effilées, serrés les uns contre les autres et qui s'accordaient à merveille aux mouvements des adultes qui les encadraient. Ils furent à un moment donné si près que Quo-Vadis put lire dans leurs prunelles l'irradiation d'une joie indescriptible.

Il était tellement fasciné qu'il fut incapable d'esquisser le moindre geste, ni de lancer l'appel impérieux qui s'étouffait dans sa gorge. Alors qu'il allait se faire submerger par la houle vivante de ses congénères, un hennissement isolé s'éleva loin derrière lui, amplifié par l'écho de la nuit et comme par enchantement le troupeau disparut. Se retrouvant seul au milieu de son champ, il reprit une conscience brutale de la réalité. Le cri se réitéra plusieurs fois avec de plus en plus d'insistance au point qu'il dut briser sa stupeur et tourner la tête pour regarder derrière lui. Il aperçut alors très loin la silhouette de Quentin qui l'appelait. Quelques secondes lui furent nécessaires pour libérer enfin l'émotion contenue au fond de lui. Il poussa alors à son tour, à l'adresse de son compagnon, un long hennissement puis le rejoignit au petit galop cadencé. Il ne comprenait pas vraiment ce qui s'était passé et n'était pas plus en mesure de l'expliquer. Quentin l'accueillit avec un soulagement manifeste. À la première évidence, il n'avait pas été victime de la vision extraordinaire mais semblait inquiété par l'audace de son camarade :

– Que faisais-tu si loin ?

Quo-Vadis pressa ses naseaux veloutés contre ceux du grand cheval cuivré.

– Dis-moi, Quentin, que sais-tu de la nuit où nous avons perdu la liberté ?

– La liberté ? s'étonna Quentin, mais nous n'avons jamais été vraiment libres !

Le jeune cheval sentit son cœur s'oppresser. Quentin se mit à se gratter le chanfrein contre sa crinière, le bourrant de coups de tête amicaux.

– Ne t'en fais pas, j'ai une grande expérience des humains ! Ils sont sans pitié, mais on peut les duper…

Quo-Vadis se détourna pour tenter de distinguer l'émotion cachée qui avait imprégné cette dernière réplique.

– Ne leur fais jamais vraiment confiance. J'avais un jeune ami, Crack, il te ressemblait beaucoup. Dès que je t'ai vu, tu me l'as rappelé.

Aussitôt le grand cheval démarra au galop en direction du club. Quo-Vadis vit sa puissante croupe cuivrée reluire sous un rayon de lune. En deux foulées, il fut à sa hauteur et flanc contre flanc, en exécutant des cabrioles de gaieté, ils prirent le chemin des écuries. Aux abords des premiers bâtiments, d'un commun accord, ils s'arrêtèrent pour se concentrer sur les scintillements qui semblaient les épier. Quentin huma très fortement, imité par son jeune compagnon. Ils reconnurent l'odeur des chiens.

Uhlan sortit alors de l'ombre protectrice et coulant sur eux un regard presque implorant, se mit à remuer la queue. Il n'en fallait pas plus à Quo-Vadis qui s'approcha lentement, le nez en avant. À un mètre à peine, il s'immobilisa, l'encolure tendue comme une main vers le chien. Celui-ci détourna la tête pour regarder derrière lui comme s'il s'assurait que l'invitation le concernait puis se mit à couiner doucement en sortant de temps à autre un bout de langue câlin. Sentant le souffle chaud de son nouvel ami, il tapit sa tête sur ses pattes antérieures et frétilla de l'arrière train. Quo-Vadis n'attendait que ce feu vert. Il décolla du sol d'un formidable saut de mouton puis piaffant sur place, balança sa tête de droite à gauche d'un mouvement gracieux qui fit onduler sa crinière d'ébène. À son tour Uhlan entra dans la danse et ouvrit avec lui les premiers pas de ce ballet dont ils étaient seuls à connaître la chorégraphie.

Il tournoya sur lui-même à la vitesse prodigieuse d'une toupie puis rebondit d'un côté, de l'autre, avec l'aisance d'une balle de caoutchouc. Les antérieurs de Quo-Vadis se tendaient alternativement, semblant frapper une cadence imaginaire. Impassible et distant, Quentin les regarda jouer un moment. À quelques mètres, Titus avait adopté la même attitude ; leurs deux regards se croisèrent comme pour sceller une secrète complicité.

Sans crier gare, Uhlan s'arrêta soudain, reprit son souffle et trotta en direction du club. Quo-Vadis hennit doucement vers lui :

– Où vas-tu ?

Le chien se retourna vers son compagnon :

– Je veux être là quand les maîtres vont se lever.

– Les maîtres ? Tu veux dire les humains ?

– Bien sûr.

– Ne regrettes-tu pas la liberté ?

Le chien s'arrêta tout à fait, pencha la tête à droite en plantant son regard dans celui du cheval.

– Quelle liberté ? Où est la chaîne qui me retient ?

Sans attendre la réaction de Quo-Vadis, Uhlan détala soudain en direction des bâtiments. Titus se leva et l'imita. Tous deux disparurent derrière les premières écuries. Quo-Vadis rejoignit Quentin et ils broutèrent un moment en silence. La lune avait pâli et l'obscurité s'était faite plus épaisse, plus secrète. Le jeune cheval redressa brusquement la tête, refoulant en partie sa lourde crinière derrière ses oreilles. Il regarda longuement l'horizon sans tressaillir épiant l'ombre prometteuse qui peu à peu se teintait d'une nuance nouvelle.

Bientôt, il le savait, il lui faudrait regagner sa chaîne puisque la nuit, elle-même, se résignait à céder le pas à la lumière du jour. Quentin le savait aussi. D'un accord silencieux, tous deux marchèrent vers le club. Dans sa stalle, il trouva Mouschi endormie. Elle se redressa et s'étira paresseusement pour lui laisser la place. Il gratta machinalement de son antérieur et se coucha le nez à la hauteur du nid creusé par la chatte. Elle s'approcha alors et se caressa contre ses ganaches avant de grimper sur son dos. Il sentit l'impact de ses pelotes de velours l'effleurer comme de grosses gouttes de pluie tiède. Elle se pelotonna sur sa croupe et les yeux mi-clos se rendormit presque aussitôt.

CHAPITRE 3

Les semaines qui suivirent l'arrivée de Quo-Vadis au club confirmèrent son désenchantement. Les humains s'agitaient autour de lui comme des fourmis. Son emploi du temps se scandait d'une régularité monotone qui ne laissait aucune place à sa curiosité. Il ne sortait de sa stalle que pour le manège ou une promenade toujours identique. Bref, il avait fait le tour de sa nouvelle vie et commençait à s'ennuyer ferme. Ses seules joies se résumaient aux rapports amicaux qu'il entretenait avec Mouschi, Uhlan et certains de ses congénères, ainsi qu'à ses fugues nocturnes qu'il répéta plusieurs fois en compagnie de Quentin.

Outre cette lassitude générale, il ressentait aussi les contrecoups physiques du changement. Il partageait souvent ses repas avec Pain-d'Épices dont l'appétit semblait croître proportionnellement et travaillait beaucoup plus dur qu'auparavant. De plus, ses escapades à la nuit tombée sollicitaient de son corps des efforts dont les humains n'avaient pas idée.

Le club hippique qui l'hébergeait était renommé et fréquenté. Il fut ainsi amené à côtoyer bien des humains. La plupart avaient en commun l'inexpérience et le peu d'assurance de son premier débutant. Depuis, il avait très vite appris à faire la différence entre les confirmés et les autres qui se contentaient d'un minimum. Sa préférence allait vers ces derniers. Il lui avait fallu très peu de temps pour se soustraire aux quelques désagréments qu'ils lui infligeaient. Il passait pour un cheval agréable et conciliant ce qui contribuait beaucoup à son utilisation. Sans s'attarder sur l'affection plutôt stérile de certains cavaliers, le seul à lui témoigner une véritable sympathie était Armando dont les bonnes intentions se partageaient toutefois entre d'autres chevaux et dont le temps était compté. C'est lui qui fermait les yeux sur la porte de l'écurie et celle du box de Quentin qu'il trouvait souvent ouvertes; c'est lui aussi qui le rattachait le matin sans mot dire de ces nuits passées à prendre la clé des champs!

Bien sûr, Quo-Vadis n'avait pas conscience de cette complicité mais cela s'inscrivait dans la nature de leurs rapports. Hélas, parce qu'Armando ne montait pas à cheval, il n'avait guère l'occasion de lui prouver sa gratitude et cela aussi participait à la renonciation implicite qui imprégnait à son insu ses échanges avec le genre humain. Il était persuadé, grâce à ses fugues, que ses congénères, y compris Quentin, n'avaient pas la moindre idée de leurs réelles ressources. Ils se complaisaient dans l'habitude douillette de leur captivité et vivaient au rythme insipide des petits plaisirs que leur octroyaient les humains. Il parlait dans le vide quand il narrait ses galops clandestins, sans longe, ni cavalier, qui le menaient à s'en faire exploser les poumons aux portes du paradis. Tous les chevaux du club, dont il avait fait la connaissance, avaient à son égard un comportement mitigé, de respect et de méfiance. Ils avaient eu vent de sa bataille avec Pollux et même les plus dominants ne lui cherchaient pas querelle. Chacun protégeait sa petite existence comme on se fait par habitude à la plus confortable des servitudes et aucun n'osait partager ses rêves les plus fous.

Il lui restait Uhlan qui par chacun de ses regards réhabilitait ses maîtres et Mouschi, enfin, qui était la seule à croire aux visions extraordinaires qu'il ne manquait jamais d'avoir lorsqu'au sortir d'un galop endiablé, il s'arrêtait, les flancs battants, le souffle court, et plongeait au-delà de l'horizon visible et des frontières de sa mémoire consciente.

Mouschi était devenue sa confidente privilégiée. Elle avait cette connaissance propre à tous ceux qui recherchent en eux-mêmes ce qu'ils désespèrent de trouver chez les autres. Ce soir-là étrangement, la chatte ne s'était pas encore montrée. Quo-Vadis était fort las. Il avait passé la nuit précédente très loin du club aux limites de la forêt d'où surgissaient ses visions fugitives et celles-ci s'étaient produites d'une manière différente. L'espace s'était totalement métamorphosé et il avait vu le troupeau serein, reposé, paître dans la quiétude d'une vallée immense, ceinte de montagnes gigantesques. Depuis, cette image le hantait.

De plus on était un mercredi et il avait travaillé plus de sept heures. Pain-d'Épices, qui était aussi beaucoup sortie, n'avait pas touché à sa ration du soir et paraissait anormalement exténuée. Oubliant sa propre fatigue, Quo-Vadis se pencha vers elle d'un air soucieux. La ponette était à bout de longe, l'encolure très basse, les oreilles détendues, les yeux grands ouverts comme hébétés. Plusieurs fois déjà, elle avait tenté de se coucher mais s'était presque aussitôt relevée en proie à d'indéfinissables douleurs.

Elle lui jeta un regard absent, sans joie ni malice, qui ne lui ressemblait guère. Il tendit l'encolure par-dessus le bat-flanc et entreprit de la réconforter. Elle ferma les yeux sur ce petit bonheur et dans un souffle ténu murmura :

– Ne me laisse pas, Quo-Vadis, pas ce soir.

Sous le ton anodin, il perçut un appel désespéré et redoubla ses caresses.

– Ne t'inquiète pas, je suis fatigué. Cette nuit, je ne bougerai pas d'ici.

Ils restèrent un long moment ainsi, silencieux, presque enlacés tandis que les ténèbres s'épaississaient lentement autour d'eux. Leurs deux encolures en contact se baignèrent de leur chaleur échangée et lorsque Quo-Vadis se dégagea doucement, Pain-d'Épices surgit aussitôt de la torpeur dans laquelle elle avait plongé.

Il ne put non plus trouver le sommeil et resta le plus près possible de sa petite voisine. Machinalement comme pour la rassurer, il s'entendit alors lui décrire son inexplicable vision :

– J'ai encore revu le troupeau. Ils étaient tous là, dans une paix incroyable : des poneys et des chevaux de plusieurs tailles, des fins, des gros, des noirs, des blancs, des pies, des pommelés, des isabelles, des rouans... de tout quoi ; et pourtant ils se ressemblaient car tous rayonnaient de bonheur. Il y avait aussi un cheval immense et noir, beaucoup plus grand que les autres qui se tenait à l'écart... Il y avait surtout cette vallée luxuriante, extraordinaire, baignée de lumière sur laquelle semblaient veiller, à la manière du grand cheval, des montagnes tout aussi imposantes.

– Je suis sûre qu'il existe ce pays merveilleux, coupa Pain-d'Épices.

– Toi aussi tu l'as vu ?

– Non… Mais j'ai l'impression de le connaître quand tu m'en parles.

La ponette se pressa alors plus fort contre Quo-Vadis comme pour solliciter sa protection.

– Je ne sais pas ce qui me prend depuis quelque temps ; je ne suis plus la même, cette fatigue extrême ce soir, au point d'attraper tes rêves… Dis-moi ce qu'il m'arrive !

Désemparés, ils restèrent seuls avec leurs doutes. Les heures s'étirèrent sans que ni l'un ni l'autre n'osât rompre leur communion comme si elle leur procurait l'assurance de l'invulnérabilité.

Puis le sommeil fut le plus fort. Pain-d'Épices se laissa choir dans la paille avec un grand bruit de marionnette qui se disloque. L'encolure au-dessus d'elle, il la veilla un long moment jusqu'à ce que sa respiration prenne un rythme régulier. Il ne pouvait voir que la proéminence disproportionnée de son ventre qui aurait pu passer pour un gros rocher clair s'il n'avait pas été animé par le souffle de vie, qui le soulevait et l'abaissait sans surseoir, avec l'obstination désintéressée du balancier de l'horloge. En cherchant machinalement autour de lui les yeux de Mouschi, il se rendit compte que son absence contribuait à l'insolite de cette nuit.

Malgré son inquiétude, il finit par s'endormir profondément, campé sur ses quatre membres. Il serait incapable d'expliquer si les bruits qui le réveillèrent brutalement appartenaient à ses rêves ou à la réalité. Il eut l'impression qu'il venait juste de sombrer dans le sommeil mais presque aussitôt le tintement ténu des cloches de l'église du village sonna trois heures. Il dut rassembler ses esprits pour comprendre ce qui se passait et ce qui l'avait arraché aussi intempestivement au monde enchanté de ses songes.

Dans la stalle voisine, Pain-d'Épices, les naseaux dilatés, les yeux exorbités, les salières creusées par la douleur, s'agitait en haletant comme un chien. Son corps tout entier était recouvert d'une sueur froide et secoué de tremblements. Se tendant alors vers elle, il hennit doucement à son adresse pour la calmer. Mais elle ne le voyait pas. Les douleurs qu'elle ressentait montaient par à-coups de ses entrailles comme une lave incandescente emprisonnée dans le cratère d'un volcan en colère et semblaient en avoir l'élan dévastateur. Dans l'incompréhension absolue de ce qui se passait en elle, elle se regardait sans arrêt les flancs, projetait de toutes parts ses postérieurs ou se roulait avec violence afin d'extirper ce démon inconnu qui la dévorait de l'intérieur. Atterré, Quo-Vadis chercha vainement à l'apaiser en lui grattant le garrot. Elle échappa inconsciemment à son étreinte en se précipitant derechef dans sa litière défaite et ses quatre sabots battirent l'air en une tentative grotesque et désespérée qui la fit ressembler à une grosse tortue prise au piège de sa carapace retournée.

Les autres chevaux étaient maintenant tous éveillés et assistaient avec anxiété à ses tourments. Certains tremblaient, d'autres s'agitaient ou l'appelaient comme l'avait fait Quo-Vadis qui rendu furieux par son impuissance s'était mis à gratter avec rage de ses antérieurs. Après s'être illico relevée, la ponette s'immobilisa soudain, pantelante, à bout de forces, couverte d'atteintes ensanglantées, arc-boutée sur son attache qui lui serrait la gorge, l'obligeant à déglutir bruyamment la salive qui lui inondait la bouche. Tout le champ de sa conscience était obnubilé par cette souffrance, d'autant plus intolérable qu'elle ne s'expliquait pas, qu'elle ne pouvait que s'endurer avec, à chaque seconde, l'obsession grandissante de n'en être jamais libéré.

Les douleurs se prolongèrent plusieurs heures, perfides, implacables, s'engourdissant parfois pour mieux atteindre un paroxysme qui n'arrachait à l'animal qu'un râle sourd.

Enfin, avant même de pouvoir voir poindre l'aurore, terrifiée, elle sentit son ventre exploser et un liquide chaud lui couler le long des postérieurs. Elle crut que son sang et ses viscères se vidaient par là et qu'elle était en train de rendre l'âme. Elle en éprouva un incommensurable soulagement et se coucha une dernière fois, exténuée pour attendre la mort. Mais plus que jamais c'était la vie qui était en elle, même si, au plus profond de son ignorance, elle en subissait les sursauts à la fois les plus volontaires et les plus beaux. Les puissantes contractions partaient maintenant de ses reins et mobilisaient tous les muscles de son ventre. Miraculeusement, un instinct farouche succéda alors à sa renonciation et la tête à demi-soulevée par un suprême effort afin d'apercevoir ce qui se passait dans sa partie postérieure, elle se concentra sur le travail de sa chair et participa en pleine conscience à chacune de ses palpitations frénétiques.

C'était plus fort qu'elle. Elle ne pouvait l'éviter. Au-delà de sa propre volonté, ses fibres se contractaient, exorcisant son mal. Sa souffrance, enfin, avait un sens. Ce poids qu'elle avait sans comprendre senti grandir et bouger en elle telle une tumeur dévorante prenait soudain forme en l'espace de cet infime fragment temporel et revendiquait la reconnaissance de sa propre existence. Alors plus rien d'autre n'existait. Elle n'entendait rien, ne voyait rien; ni l'excitation de son voisin de stalle qui poussé par une révolte incontrôlée venait de se libérer de son licol et surgissait derrière elle, ni les hennissements acharnés qui fusaient maintenant de l'écurie comme le chant saccadé des marins conjuguant leurs efforts pour hisser la grande voile, ni même la douleur de son éviscération. Seul comptait cette obstination admirable de son corps et de son esprit, unis au cœur de cette nuit anonyme pour donner la vie.

Une poche gluante surgit comme par magie entre ses cuisses, dévoilant déjà les contours parfaits de deux petits sabots, dés à jouer serrés l'un contre l'autre et surmontés de deux longues tiges sur lesquelles se plaquait un museau minuscule suivi d'une tête oblongue qui avançait comme la figure de proue d'un vaisseau triomphant.

Spontanément Quo-Vadis allongea l'encolure vers elle. L'odeur qui s'en dégageait n'avait rien de commun avec tout ce qu'il avait connu, pourtant il avait la ferme certitude de les avoir déjà sentis. Il tendit son nez retroussé en l'air, dans le geste caractéristique des chevaux qui hument et aussitôt un sentiment confus s'empara de lui, quelque chose qui ressemblait à un grand bonheur, à une juste fierté, l'acceptation involontaire d'une mission échue, l'émoi trouble et bouleversant du père qu'il ne serait jamais mais que chacun de ses atomes ressentait à cet instant précis.

Il se grandit alors, le cou arqué, la queue en panache et se mit à piaffer, d'un antérieur sur l'autre, les oreilles plaquées sur la nuque, roulant des yeux menaçants comme pour chasser un ennemi invisible. Ses sabots ferrés cliquetaient en rythme contre les pavés, tam-tam victorieux couvrant la plainte étouffée de Pain-d'Épices qui dans un ultime effort venait de délivrer son poulain dans la paille et étendait enfin la tête au sol, goûtant son premier répit avec les premières lueurs de l'aube. Celui-ci fut bref car presque simultanément, elle s'agita d'une fièvre nouvelle, se contorsionnant à cause de son attache, pour essayer d'atteindre la forme visqueuse qui tressaillait d'un mouvement acharné. Rassemblant les forces qui lui restaient, elle lutta, énergie lucide et ordonnée, afin d'obtenir le mou nécessaire qui ne vint pas et soudain saisie d'une panique violente, elle se débattit comme une folle, s'assommant presque à chaque geste ample de son encolure qu'elle utilisait comme un butoir. Interpellé par cette révolte brutale, Quo-Vadis cessa de piaffer et s'avança de nouveau vers la masse hirsute dense et ferme comme une outre palpitante. Son émanation tiède agit sur lui comme un stimulant et il se mit à la bousculer de légers coups de nez puis à la lécher. Avec toute la hargne de sa détermination, l'amas humide de poils lui répondit en s'animant de plus belle. Ses coups de langue se firent alors plus hardis et finirent par pousser le bébé à portée de sa mère qui aussitôt acheva l'ultime séparation.

Les autres chevaux s'étaient tus mais leur attention restait tendue vers la jument et son poulain. Une convention entendue semblait les avoir apaisés et leurs pupilles brillaient dans l'opacité de l'écurie. Quo-Vadis se redressa subitement de toute sa stature, le souffle suspendu, les oreilles en mouvement et se mit à épier la pénombre où seule, la silhouette claire de Petrouchka se profilait, suaire immobile, contemplant sans bruit l'accomplissement merveilleux de la vie. Leurs deux regards s'aperçurent et il sut qu'avec le jour qui allait naître, tel le printemps après l'hiver, s'effaceraient, enfouies dans les replis impénétrables de la mémoire, les affres de cette nuit.

D'ailleurs le nouveau-né, tout juste libéré du cordon ombilical et le poil encore mouillé, confirmait, en assemblant son énergie toute neuve à essayer de se mettre sur pieds, la rage de vivre qui l'habitait depuis l'instant où sa prison vivante n'avait plus voulu de lui. En proie à un sentiment intact qui n'avait plus rien à voir avec l'anxiété, Pain-d'Épices se leva aussitôt tout en le réconfortant par de petits renâclements enthousiastes. Comme elle cherchait, toujours en vain à cause de sa chaîne, à l'atteindre de ses caresses, Quo-Vadis se rapprocha une fois encore du bébé pour l'encourager tactilement jusqu'à ce qu'il parvînt au bout de plusieurs essais infructueux à tenir sur ses quatre membres. Animé d'un mouvement de bascule avant-arrière, semblable à ces astronautes en apesanteur tâtonnant dans l'espace, celui-ci prenait de seconde en seconde une conscience plus précise de son équilibre et des limites de son corps, propulsé sans avis dans cet univers, si froid, si différent, si exigeant.

Dénouant gauchement ses longues jambes plantées comme des points d'exclamation, il tenta un premier pas qui le précipita à genoux le nez dans la paille. Bien que chaque nouvelle tentative le basculât sans pitié dans des positions délicates, soutenu par le souffle de Quo-Vadis et les appels réitérés de sa mère, il s'appliqua sans faillir avec une détermination pathétique à maîtriser ses gestes sans arrêt plus audacieux. Cette danse involontaire, exécutée sous la musique intérieure de sa seule volonté, combien de congénères l'ont dansée avant lui ? Et quel était donc le mystérieux chorégraphe qui si fidèlement guidait ses pas ?

Tandis qu'il s'enhardissait à chaque minute écoulée, un besoin souverain s'empara de lui et le mena très vite contre le flanc de Pain-d'Épices, tâtant ses cuisses de son nez de velours, à la recherche de la seule source capable d'étancher son inextinguible soif de vivre. Enfin pleinement rassérénée, la ponette parut remarquer pour la première fois la présence de Quo-Vadis et son regard s'attarda sur lui. L'expression de bonheur absolu que ce dernier put y déceler, lui rappela étrangement l'ineffable détresse qu'il avait reflété un peu plus tôt. Comme si l'intensité de ces prunelles résumait à elle seule tous les sentiments éprouvés ces dernières heures, comme si cet événement à la fois si banal et si extraordinaire pouvait symboliser l'essence même de toute agitation terrestre, tel un puzzle sans cesse reconstitué où s'enchevêtreraient par morceaux toujours différents, la douleur et le plaisir, la peine et la joie, l'angoisse et l'espoir, le tourment et la béatitude !

Le bébé avide venait de trouver la mamelle gonflée d'un délicieux nectar et se mettait à téter goulûment dans un bruit de succion que l'écho mat de l'écurie amplifiait. La tête penchée vers lui, Pain-d'Épices n'avait d'yeux que pour lui ; elle ne pouvait s'empêcher de s'émerveiller devant ce petit être si fragile et si parfait, jailli par miracle de sa propre chair et qui continuait sans condition à s'attacher à elle avec la même impérieuse et ingénue exigence. Pour lui, elle était prête à tout ; elle se sentait capable de tout. Jamais elle n'avait été aussi consciente de son individualité, aussi heureuse de vivre, de voir, de sentir, de respirer le même air que ce minuscule congénère dont l'audace et la vulnérabilité, ayant balayé d'un seul coup ses doutes et ses peurs, la comblaient comme elle n'avait jamais été comblée. C'était comme si la souffrance qu'elle venait de connaître n'avait jamais existé ; mieux encore, comme si une part inconnue d'elle-même l'avait endurée, un double secret qui aurait à jamais disparu à l'instant précis où les douleurs l'avaient abandonnée pour laisser place à une paix incomparable, aussi généreuse que ce liquide par lequel son sang perpétuait le prodige de l'enfantement.

Immobile derrière eux, Quo-Vadis les observait en silence. Isolés du reste du monde par leur besoin réciproque, la mère et l'enfant semblaient vivre exclusivement l'un pour l'autre. Rien ne distrayait Pain-d'Épices de sa contemplation et rien ne distrayait le nouveau-né de sa tétée. Il s'interrompait parfois, le nez dégoulinant de lait, pour expulser bruyamment de ses naseaux miniatures, un nuage de fines gouttelettes argentées, tout en balançant avec ardeur son encolure de haut en bas. Ses grands yeux de biches papillotaient alors au rythme de son impatience sans voir Quo-Vadis. Puis il se reblottissait contre le flanc maternel, confondant les limites de leurs corps dont les robes se ressemblaient, cherchant aussitôt, à grand renfort de coups de tête à renouer le contact de sa bouche avec la tétine nourricière.

Durant l'heure qui suivit, l'écurie retrouva sa quiétude habituelle. Exténués, la mère et l'enfant avaient fini par s'assoupir, elle, plantée sur ses quatre membres, la lèvre pendante, à bout de longe, le poulain étalé à ses pieds. Quo-Vadis montait une garde silencieuse. Bien qu'il sentît une fatigue lourde s'acharner à l'entraîner dans les profondeurs de son subconscient, il ne parvenait pas à trouver le sommeil et son esprit luttait pour ne pas confondre les images du réel aux chimères de ses rêves.

Le jour avait succédé à la nuit. Il entendait les chiens s'agiter. Les humains ne tarderaient guère à se manifester et au-delà de sa volonté immédiate, une force inexplicable lui dictait la vigilance.

Tandis que les premiers bruits extérieurs commençaient à filtrer l'intimité de leur huis clos, Pain-d'Épices fut de nouveau agitée par une série de douleurs, dérangeant son poulain qui, perturbé au milieu de son repos, se mit sur son séant avec difficulté. La délivrance fut rapide et elle la vécut avec une sorte de sérénité que lui avait enseignée l'insigne privilège de la maternité. Dès qu'elle fut calmée, elle appela son rejeton qui se précipita vers elle, libérant son angoisse par de petits hennissements aigus qui la touchaient comme un écho divin. Afin de se rassurer, il but une longue rasade à la mamelle tiède sous le regard fasciné de Quo-Vadis. La lumière du jour révélait la perfection de la frêle silhouette : le geste figé de la ligne du dessus, ciselé comme l'élan d'une vaguelette, le galbe symétrique des cuisses, fruits lisses et charnus sous le poil plus ras que le plumeau de queue battait régulièrement, la dentelure savante des deux énormes jarrets, le tressaillement quasi métronome des flancs. Comme attiré par un étrange magnétisme, il s'était rapproché et un regard insistant de Pain-d'Épices le rendit soudain à la perception de son propre mouvement. Il n'y avait aucune menace dans ses pupilles mais au contraire une incommensurable douceur qui ne pouvait être que le reflet d'une harmonie intérieure. Elle paraissait l'inviter à la partager et lui murmurer avec la flamme de l'orgueil :

– Oui regarde-la, regarde ma fille, n'est-elle pas le plus beau poulain du monde ?

Alors, il allongea son encolure vers elles, timidement, humblement, tout bouleversé par la joie de cette permission. Ses sensations affluaient à l'extrémité de son nez et sa lèvre supérieure se tendait telle un tentacule à quelques centimètres à peine du bébé. Celui-ci dut percevoir son souffle car il s'arrêta de téter et tourna la tête de son côté. L'élégance de ses traits le ravit secrètement. Il se redressa un peu afin de ne pas l'affoler. Image de candeur et de grâce, ses oreilles touffues pointées vers la nouvelle apparition, le duvet de son minuscule museau auréolé d'infimes particules de lait, le nouveau-né ne paraissait pas inquiet. Son chanfrein zain, légèrement camus, son front large entre ses grands yeux de faon étonné lui donnaient un air presque taquin. Quo-Vadis n'osait plus bouger tandis que Pain-d'Épices les observait avec une fierté grandissante. Sa fille avança d'un pas précis vers le jeune cheval et s'immobilisa en vacillant un peu à quelques centimètres du poitrail qui lui arrivait à hauteur des yeux. Elle se mit à téter dans le vide ainsi que le font d'instinct les poulains pour avertir les adultes de leur vulnérabilité. Alors, avec mille précautions, il se pencha vers elle. Leurs naseaux se frôlèrent et ils mêlèrent leurs respirations. L'odeur suave du lait monta à sa conscience et déclencha une silencieuse tempête intérieure.

Innocemment ce petit être si fragile dans lequel il reconnaissait l'avenir de l'espèce, venait de lui faire le plus beau des cadeaux : il venait de le reconnaître et de l'accepter en tant qu'élément de son univers encore si restreint ! Plus encore, il lui offrait maintenant sa confiance en pressant le velours tiède de ses naseaux contre les siens. Jamais échange n'avait pris de telles proportions dans le cœur de Quo-Vadis. Le poulain semblait aussi s'abandonner à la grâce de ce partage et s'enhardissait jusqu'à mordiller les poils de barbe de son aîné qui se mit à lécher le museau miniature. Le temps n'avait plus d'emprise sur eux.

Il était encore sous l'emprise de ce vertige lorsque les deux battants de la porte de l'écurie s'ouvrirent, laissant entrer brutalement la lumière du jour. La pouliche se serra contre sa mère en tremblant, les yeux agrandis par la peur. Le sang ne fit qu'un tour dans le cerveau de Quo-Vadis ! Il bondit vers l'ouverture les mâchoires à nu, chargea Gilles, qui à mille lieux de s'attendre à l'irruption de cette furie s'enfuit sans demander son reste.

Tandis qu'il se postait devant la porte de l'écurie, le palefrenier se remettait lentement de ses émotions.

– Vas enfermer les chiens et réveille Armand, lui enjoignit son chef.

– Armando ? Mais c'est son jour de congé !

– Discute pas, fais ce que je te dis !

Dès qu'il se fut éloigné en emmenant non sans difficulté les deux chiens inquiets, Philippe se mit à parler à Quo-Vadis. Sa voix avait le doux écho de la confidence mais il lui manquait quelque chose. Armando prit alors le relais. Les mots de nouveau dansaient leur valse ensorceleuse ; cependant cette fois leur mélodie avait le timbre d'une voix amie. Dès qu'il eut commencé son discours, Armando lut dans les yeux de Quo-Vadis et marcha franchement vers lui. À deux enjambées, il s'arrêta et se pencha légèrement pour voir le nouveau né :

– Tu me crois capable, moi, de faire du mal à ce petit ? Ce petit je l'aime déjà comme si c'était le mien, alors tu vois si j'comprends !

Pain-d'Épices et sa fille étaient parfaitement sereines et ne perdaient rien de la scène. Toute expression de peur avait disparu chez la pouliche qui, au contraire, tendait l'encolure vers la porte, doublement fascinée par les nouvelles apparitions et la profusion de vraie lumière qu'elle découvrait pour la première fois.

– Toi et moi, on est tout pareils, répétait inlassablement Armando, et on l'aime tellement ce petit qu'on fera tout pour qu'il soit heureux, je te le promets…

Sans se faire prier, le cheval suivit l'homme. Ensemble, ils s'enfoncèrent dans l'écurie. Armando s'accroupit derrière la stalle de Pain-d'Épices pour ne pas impressionner le nouveau-né qui avait reculé en le voyant approcher :

– Eh bien, c'est une magnifique surprise que tu nous fais là, Pain-d'Épices ! Quel beau poulain !

Le minuscule museau toucha la main tendue, se mit à téter dans le vide, puis ne voyant aucune réaction, s'attarda, cherchant à mémoriser cette nouvelle odeur qui déclenchait en elle un curieux mécanisme d'audace. Armando la laissa le sentir longuement puis se redressa avec précautions pour se glisser le long du bas flanc jusqu'à la tête de Pain-d'Épices.

– Tout est fini ma belle, maintenant on va s'occuper de toi, vous allez être comme des reines, toi et ta fille.

Tout en parlant à la mère, il parvint à caresser la pouliche qui l'avait rejoint et qui tressaillit à peine au contact de ses mains. Elle chercha à s'esquiver en passant sous le ventre maternel mais revint aussitôt vers l'homme dès qu'elle l'eut perdu de vue. Il lui caressa de nouveau l'épaule sans qu'elle ne bronchât, remonta jusqu'au garrot. Elle recommença le même manège, fuyant pour revenir aussi vite, comme si un lien invisible la ramenait inexorablement vers cette main toute puissante. Apaisé, Quo-Vadis ne les quittait pas des yeux. Il avait le cœur léger, aussi léger que ce petit cœur de nouveau-né qui s'accélérait pour la première fois à l'excitation du jeu.

Cette naissance inattendue plongea au demeurant les humains dans une grande confusion. Chacun se faisant le reproche de n'avoir pas su déceler la gestation de Pain-d'Épices, on échafauda les théories les plus extravagantes qui permirent de se donner bonne conscience. Dans la matinée du jour même, on retira Pain-d'Épices de sa stalle. Il avait été décidé de la confier aux bons soins d'un éleveur local. L'absence de sa petite voisine laissa dans le cœur de Quo-Vadis un grand vide que rien ne parvint véritablement à combler.

CHAPITRE 4

L'hiver que Quo-Vadis passa au club fut le plus morose de sa vie. On avait remplacé Pain-d'Épices par Ulysse, un demi-sang récupéré in extremis des antichambres d'un abattoir. Depuis les premiers grands froids, les chevaux de club ne sortaient plus mais ce qui lui manquait le plus, c'était ses fugues devenues impossibles. Cette activité réduite avait en revanche redonné à sa silhouette des formes plus agréables. D'ailleurs, l'année de ses cinq ans avait transformé son squelette et sculpté sa masse. Sous l'épais poil d'hiver dont les nuances avaient presque viré au bordeaux, ses muscles étaient aussi tendus et compacts que ceux d'un fauve. Seules l'incurvation de son chanfrein, la masse de son encolure et l'inexplicable abondance de ses crins l'empêchaient de ressembler à un athlète équin de la vitesse.

Dans ce club hippique de bonne réputation, lui et ses congénères coulaient des jours protégés. Ils étaient même gâtés et dorlotés par les cavaliers. Quo-Vadis, qui était considéré comme un cheval agréable, avait une véritable cour de fans, composée en grande partie de fillettes. Il avait une patience à toute épreuve lors des débordements d'affection des jeunes cavalières qui passaient parfois des heures à le brosser, le peigner et le natter. En fait, seule l'amitié d'Armando lui importait car elle avait quelque chose de pur, d'immanent. Dans cette grande imbrication de sentiments et d'interrogations, il y avait aussi quelque chose qui s'ajoutait à la confusion générale. C'était l'étrange affection qu'il éprouvait pour une adolescente apparemment très différente des autres. La prénommée Cécile n'avait pas du tout la même manière de se comporter avec lui. Avant de le monter, elle passait de longues minutes à le palper sur toute la surface de son corps. C'était un attouchement si délicat qu'il en frémissait d'aise. Bien que de peu d'expérience, la petite Cécile avait un savoir-faire qui surpassait le contact le plus expert. Cet effleurement intelligent ressemblait à un fil de vie conducteur. Quand elle posait les mains sur lui, puis les laisser glisser comme pour le sculpter tout entier dans sa mémoire, malgré lui son centre nerveux semblait se prolonger dans celui de Cécile. En fait l'adolescente était aveugle, mais de ça Quo-Vadis n'avait pas conscience, lui constatait simplement qu'elle avait quelque chose de plus. Lorsqu'il l'apercevait, elle et ses petits camarades marchant côte à côte, la main sur l'épaule l'un de l'autre, il se demandait naïvement pour quelle étrange raison tous les humains ne se soutenaient pas de la sorte.

À la fin du mois de mars, les chevaux recommencèrent à tourner sur la carrière extérieure dont le sol n'était plus gelé. Quo-Vadis aimait y travailler. Son équilibre naturel et sa franchise étaient tout particulièrement appréciés à l'obstacle. Jusqu'à ce jour les cavaliers qu'il avait éduqués n'avaient pas de prétention particulière et n'avaient jamais contrarié ses qualités innées. Ce matin-là, il fut sellé avant ses camarades d'écurie et amené seul en carrière par Gilles. Un parcours conséquent avait été monté et quelques chevaux s'échauffaient déjà. Parmi eux, il reconnut Quentin-des-Bois et poussa un hennissement de joie auquel son ami répondit aussitôt. Le jeune palefrenier le conduisit au centre, près de Danièle, la monitrice, qui s'entretenait avec un homme massif. L'inconnu le regarda s'approcher d'un regard rempli d'un curieux mélange de dédain et d'intérêt.

– Tu es sûre qu'il ne va pas s'écrouler quand je vais le monter ? ironisa-t-il.

– C'est le meilleur cheval de club à l'obstacle !

L'homme dodelina en ajustant les étriers à sa longueur de jambe. Danièle lui conseilla de retirer les éperons qu'il portait mais il refusa. Il s'assit avec lourdeur sur les reins du cheval qui encaissa sans broncher. La monitrice et le palefrenier échangèrent un coup d'œil inquiet. Dès qu'il se porta en avant Quo-Vadis constata qu'il avait affaire à un cavalier médiocre dont le poids phénoménal se répartissait mal sur la selle. Ce dernier lui fit décrire une série de figures de manège. Comme toujours

Quo-Vadis s'appliquait mais il était coincé dans un étau qui lui bloquait le dos et le balancier de son encolure. Accroché aux rênes, son cavalier essayait tant bien que mal de trouver une position stable sur cette nouvelle monture. Soudain le cheval sentit deux pointes de ferraille se planter dans ses chairs. Décontenancé, il bondit dans un galop effréné oubliant tout ce qui l'entourait. Il n'avait plus en tête que le souci de se débarrasser de cette persistante étreinte qui lui martyrisait les flancs. Alors qu'ils abordaient de nouveau la longueur ventre à terre, quelques bribes des hurlements de Danièle parvinrent aux oreilles du cavalier emballé :

–... Éperons... Desserre les jambes !

Profitant de la relative sûreté de la ligne droite, l'homme parvint à décoller les talons. Enfin libéré, le cheval reprit une allure plus calme. Son cavalier mit pied à terre dès qu'il le put. Les oreilles pointées, le souffle court, Quo-Vadis tentait de comprendre ce qui venait de se passer. Danièle et Gilles les avaient rejoints.

Le gros homme venait de retirer ses éperons :

– Pourquoi ne m'as-tu pas dit qu'il était si sensible ? tonna-t-il sur un ton de reproche.

– J'ai essayé de te le dire, se défendit Danièle.

– J'espère qu'il saute aussi bien qu'il galope... plaisanta-t-il en se remettant lourdement en selle.

– Ils vont s'éclater sur le premier obstacle, opina Gilles lorsqu'ils se furent éloignés.

Danièle se mordit la lèvre pour ne pas rabrouer le jeune palefrenier qui ne faisait qu'émettre tout haut ce qu'elle craignait :

– Et alors ! Tu connais un autre cheval capable d'emmener ce fanfaron sur un parcours d'obstacle ?

Gilles fit une grimace d'approbation. Rassuré par la franchise et la régularité de Quo-Vadis, le gros homme se détendait, devenait plus léger dans la selle et s'accordait mieux à l'impulsion naturelle de sa nouvelle monture. Danièle ne les quittait pas des yeux et un vague sourire errait maintenant sur ses lèvres. Quo-Vadis avait réussi à gagner un peu d'amplitude sur la tension des rênes et sa masse bien rassemblée sous ses postérieurs afin de soulager le poids que devaient supporter ses reins, il avait retrouvé un équilibre presque naturel. Il aborda le premier obstacle dans cet état de décontraction et fit un saut magnifique.

– Suis-le ! hurla la monitrice.

Déjà le cheval s'était rééquilibré et continuait au petit galop cadencé tandis que Roger récupérait ses esprits ainsi que les rênes qui lui avaient échappé. Au prochain saut, la réception fut moins dure pour le cheval dont les muscles puissants amortissaient les formidables déplacements de poids de son imposant cavalier.

– Quelle classe ! reconnut Danièle admirant le courage du cheval.

À ce compliment que Roger prit pour lui, il se redressa dans sa selle et ramena inconsciemment ses mains contre son ventre.

Pendant qu'elle s'occupait des autres élèves, Quo-Vadis put souffler un peu. Il restait très intrigué par le comportement de Quentin qui manifestait un manque flagrant d'application. Alors que ce dernier revenait sur un petit oxer qu'il venait de dérober à deux reprises, il le vit arriver franc et droit, les oreilles pointées sur l'obstacle et piler à la dernière seconde. Déséquilibré puis emporté par l'élan, son cavalier vida les arçons et s'envola en une courbe élégante qui le déposa de l'autre côté. Il lâcha Quentin qui aussitôt partit au galop. En quelques foulées, il rejoignit son jeune ami. Roger tenta d'attraper les rênes de l'alezan mais celui-ci s'écarta promptement. Contrarié, l'homme obligea Quo-Vadis à prendre le trot. Quentin les imita en se maintenant à leur hauteur mais hors de portée. Il lançait des regards éloquents d'inquiétude.

Il fallut plus d'un quart d'heure pour rattraper le grand cheval. Lorsque le cavalier de Quentin fut de nouveau en selle, Danièle rassembla tous ses élèves autour d'elle pour leur expliquer un parcours d'entraînement. Les difficultés techniques sur lesquelles elle insistait, paraissaient insignifiantes à Roger. La mésaventure de son homologue avait effacé à ses yeux le ridicule dont il avait été lui-même victime. Alors il fit exécuter à Quo-Vadis des figures de dressage pseudo savantes qui n'eurent pour résultats que de mettre son cheval dans le plus complet désordre.

Quand vint son tour, il rajusta son casque, raccourcit les rênes et poussa un peu trop brutalement sa monture qui fila dans un galop rapide dont il eut tout le mal du monde à rester maître. Puis Quo-Vadis parvenant de lui-même à reprendre une allure cadencée, il l'envoya aussitôt sur le premier obstacle. Il fallut toute l'habilité du jeune cheval pour boucler le parcours d'obstacles que Danièle avait heureusement simplifié au maximum. Malgré la fatigue, Quo-Vadis gardait une impulsion phénoménale. Les muscles de son dos étaient tétanisés par l'effort, ses antérieurs douloureux et il avait hâte de regagner son écurie pour se rouler dans la paille.

De son côté Quentin faisait toujours sa forte tête et démolit magistralement l'oxer que Danièle venait d'installer. Quand enfin il accepta de le passer correctement, Quo-Vadis fut le seul cheval à rester dans la carrière. La monitrice le vit arriver vers elle, mené par Roger dont la voix péremptoire claqua comme une sentence :

– Je vais passer cet oxer moi aussi, lui enjoignit-il.

– C'est trop technique. Sur du gros comme ça, il n'a pas le métier nécessaire.

Elle crut déceler une vague inquiétude sur son visage et profitant de cette faiblesse, elle manqua de psychologie en renchérissant :

– À cette hauteur, la moindre erreur ne pardonne pas.

– Est-ce ses capacités ou les miennes que tu mets en doute ?

Elle n'avait aucune échappatoire mais le simple choix entre le mensonge et la vérité.

– Des tiennes, reconnut-elle presque sans hésiter.

– Il n'y a qu'un moyen pour te prouver que tu as tort.

Danièle n'avait aucun don particulier pour le ping-pong verbal.

– Ok, concéda-t-elle sans la moindre arrière pensée, mais dans ce cas, tu dois me promettre d'écouter mes conseils… D'abord je vais baisser l'obstacle et si vous le franchissez bien, vous essayerez ensuite cette hauteur.

Même rabaissé l'obstacle restait impressionnant. Lorsqu'il comprit ce qu'on allait lui demander, Quo-Vadis ne fut nullement inquiet. Bien qu'il n'ait jamais franchi pareille hauteur, il restait confiant en ses propres facultés. Il avait eu le temps de récupérer et était prêt à aborder l'obstacle en pleine possession de ses moyens. Le poids considérable de son cavalier semblait bien calé au fond de la selle, légèrement en arrière du centre de gravité ce qui le laissait le libre de son amplitude. À quelques mètres à peine des barres, il raccourcit d'instinct ses foulées pour rassembler l'énergie nécessaire à la détente finale.

Réalisant soudain la dimension de sa propre bravade, Roger poussa vigoureusement sa monture avec ses mollets. Il désordonna Quo-Vadis qui banda ses muscles beaucoup trop tôt. Sa détente aurait eu cependant la force de le propulser de l'autre côté, si, surpris par le formidable saut, son cavalier n'avait pas été projeté en arrière puis en avant, surchargeant de quelques centaines de kilos l'avant-main du cheval.

Avant même que les spectateurs pussent réaliser l'erreur du cavalier, homme et bête s'abattaient littéralement sur l'obstacle dans un terrible fracas. Roger fut projeté à plusieurs mètres et s'immobilisa face contre terre, les bras en croix. Quo-Vadis sentit une effroyable douleur lui déchirer le poitrail. Aussitôt il tenta de se redresser mais plus il se débattait, plus il s'emmêlait dans les restes de l'obstacle et les biseaux des barres brisées lui lacéraient les chairs.

Un attroupement s'était déjà fait autour de son cavalier évanoui, et quand on vint à son secours, plusieurs personnes furent nécessaires pour le libérer de l'amas de bois. Il chercha de nouveau à se remettre sur pied mais son antérieur droit refusa de répondre et il dut s'y reprendre à trois ou quatre reprises.

Alerté, Philippe examinait ses blessures. Plusieurs atteintes sans grande gravité avaient tailladé par-ci par-là ses postérieurs et antérieurs. La plus alarmante était celle par laquelle il perdait beaucoup de sang, une plaie béante dans son poitrail, profonde comme un poing d'homme. On pensa qu'il avait dû s'empaler sur une barre brisée car de cette blessure partait une autre qui, jusqu'à la face interne du genou semblait avoir été tracée dans les chairs ainsi qu'un sillon dans une terre meuble. Heureusement l'antérieur touché n'était pas fracturé et les ligaments paraissaient indemnes. Les secours s'organisèrent rapidement. On pressa un linge propre sur la plaie pour stopper le gros de l'hémorragie et on emporta Roger sur un brancard.

Le propriétaire de Quentin n'avait pas eu le temps de s'éloigner et tirait son cheval par la bride pour le faire sortir de la carrière. Le grand cheval s'obstinait en poussant des hennissements désespérés. Il se dressa soudain sur ses postérieurs, agitant ses antérieurs menaçants au-dessus de la tête de son cavalier. Deux ou trois personnes vinrent à la rescousse et poussèrent Quentin jusqu'à la porte de son box. Lorsqu'elle se referma sur lui, il crut qu'il venait de perdre son ami pour toujours.

Une demi-heure plus tard, une ambulance emmenait Roger et le vétérinaire décidait de recoudre sur place Quo-Vadis. Les plaies étaient nettes et se laissèrent bien travailler par les mains expertes. Il lui injecta aussi un sérum antitétanique et prescrit un traitement antibiotique. Depuis l'instant où il s'était remis debout, Quo-Vadis avait subi tout ce qui se passait autour de lui dans une sorte d'état second. L'aiguille qui s'enfonçait dans ses chairs anesthésiées n'avait pas plus d'effet sur ses nerfs que les paroles rassurantes des humains sur sa conscience. Alors que sa vie dépendait probablement d'eux, il en était plus détaché qu'il n'en avait jamais été. Avec les minutes qui s'écoulaient, il se sentait de plus en plus léger, inconsistant, comme s'il quittait son corps. Et soudain, il eut une de ses visions fantastiques. Il vit le troupeau immense venir à lui et entendit tous ses membres l'appeler à l'unisson. Sa vue se brouilla alors et le décor qui l'entourait disparut comme sous l'effet d'un coup de baguette magique.

– Soutenez-le, soutenez-le, se mit à hurler le vétérinaire.

Plusieurs hommes s'arc-boutèrent de part et d'autre de Quo-Vadis qui venait de perdre connaissance et s'affaissait lentement. Presque aussitôt il revint à lui et se raidit instinctivement.

Quand on l'y convia, il tenta un premier pas en avant et constata qu'en soulageant au maximum son membre blessé, il pouvait marcher sans trop souffrir. Jamais sa stalle ne lui parut si éloignée. En le voyant arriver à grand-peine, Ulysse se mit à trembler et Petrouchka sortit de sa torpeur. Armando resta un long moment auprès de lui, lui massant le corps avec un astringent puis revint fréquemment le voir durant la journée.

On avait placé une chaîne derrière sa stalle afin que les curieux ne puissent troubler son repos. Outre la soif qu'il avait aussitôt étanchée, Quo-Vadis n'éprouvait d'autre envie que la paix. Il lui fallut attendre la nuit pour cela.

Le lendemain dès l'aube, Armando vint s'enquérir de son état de santé. La fièvre tant redoutée ne semblait pas s'être abattue sur le blessé. Ses blessures étaient propres. Il se sentait las, mais cette fatigue ne ressemblait en rien à la perte d'énergie ressentie la veille.

Les nouvelles de son état de santé jugé satisfaisant rassurèrent le club ému par les circonstances de ce stupide accident. Le coupable lui-même, qui après quelques heures d'observation à l'hôpital en était sorti indemne, s'inquiéta de son sort.

Quelque chose cependant s'était cassé en Quo-Vadis, une ultime illusion qui aurait volé en éclat. Un peu comme s'il venait de faire peau neuve, de franchir du jour au lendemain, le fossé entre la jeunesse et l'âge adulte.

CHAPITRE 5

Au début de sa convalescente qui le contraignit les trois premières semaines à une immobilité totale, Quo-Vadis s'accrocha à la seule chose qui lui restait : ses visions. Elles se firent de plus en plus fréquentes, le poursuivant jusque dans ses rêves.

Plus tard, les volontaires ne manquèrent pas pour le promener en main dans la cour puis à l'extérieur du club le long des chemins ruraux. Au fur et à mesure de ces marches, il constatait que son antérieur répondait de mieux en mieux et cela redonna un magistral coup de fouet à son moral. Il reprit le poids qu'il avait perdu, retrouva le brillant caractéristique de son poil et de ses crins d'ébène. Depuis qu'il allait mieux, il n'avait pas revu Mouschi et elle lui manquait car il avait besoin de confier une grave décision. Un soir pourtant, il n'y tint plus. À côté de lui, la vieille jument grise était en train de mâchonner paisiblement un restant de foin. Elle paraissait reposée, plus sereine que jamais. Depuis un long moment, il l'observait l'œil en coin, sans parvenir à entamer la conversation :

– Je vais partir, Petrouchka !

Un éclair de panique traversa les prunelles de la vieille jument.

– Ou veux-tu aller ?

– À la recherche du pays merveilleux.

Elle s'ébroua comme pour s'assurer qu'elle était bien éveillée puis lança un regard implorant à son jeune voisin :

– Il n'existe que dans tes rêves.

– Je sais que quelque part, il y a encore un pays à l'abri des humains.

– Admettons… Admettons, répéta-t-elle avec un empressement agacé, admettons qu'il existe… Tu ne l'atteindras jamais. Notre sort est inextricablement lié à celui des humains.

Il se redressa et passa l'encolure par-dessus la séparation pour presser ses naseaux contre les siens.

– Peut-on vraiment vivre en ignorant ses désirs ?

Il la sentit tressaillir.

– Mais toi, dis-moi… Tout au fond de toi, ne l'as-tu jamais vu ce pays merveilleux ?

Un nouveau silence s'installa entre eux tandis que l'obscurité s'étendait sans parvenir à atténuer le contraste de leurs crins mêlés par l'étreinte. Elle se détourna avec brusquerie pour répondre sèchement :

– Non, il n'existe pas !

– Moi j'y crois à ton pays merveilleux Quo-Vadis ! signifiait le bref hennissement qui résonna soudain dans le huis clos de l'écurie.

C'était Tounette qui venait de s'exprimer.

– Moi aussi, renchérit Utlaingène.

– Moi aussi… Moi aussi… J'y crois, fusèrent alors des voix diverses.

Ému, Quo-Vadis s'était retourné. Il ne vit tout d'abord qu'Ulysse, acculé contre le bat-flanc opposé, les sens en éveil, l'œil inquiet et dilaté. Il savait que lui n'avait rien dit. Les autres stalles n'étaient qu'une succession de silhouettes attentives, plus ou moins distinctes parmi lesquelles plus que jamais brillaient les pupilles.

– Et toi Ulysse, y crois-tu ?

Interpellé dans sa fragile retraite, le cheval craintif se tortilla sur son attache, puis s'immobilisa soudain pour planter son regard dans celui de Quo-Vadis. Il parut y chercher la réponse.

– Bien sûr que j'y crois, sinon à quoi tout cela servirait-il ?

Il dit cela d'un ton si confiant que Quo-Vadis en ressentit un étrange apaisement. Lorsqu'il se retourna vers Petrouchka, il constata que toute colère l'avait abandonnée et qu'une grande affliction déformait sa longue face claire. Il songea soudain à Mouschi. Son absence avait quelque chose d'anormal. Jamais elle n'était restée autant de jours sans se montrer. Il interrogea silencieusement les prunelles humides de la doyenne :

– Si tu pars, j'en mourrai, lui disaient-elles.

Il se sentit brutalement abandonné face à un imprévisible dilemme. Il ne supportait pas l'idée d'être responsable de la mort de son aînée et n'imaginait pas plus renoncer à son projet.

Durant les semaines qui suivirent, Quo-Vadis ne parla plus du tout de son envie de partir. Ses blessures étaient guéries et au cours des promenades, il pouvait constater les progrès de ses muscles. Il avait hâte de les tester véritablement. L'énergie emmagasinée commençait à l'aiguillonner sérieusement. Dès qu'on le sortait, il ne pouvait se retenir d'exécuter des cabrioles d'allégresse.

Un matin de bonne heure, tandis qu'il débordait de vitalité au bout de la longe que tenait Armando, celui-ci décida de le mettre en liberté dans la carrière. À peine libéré, il explosa dans tous les sens, ses longs crins déployés décrivant de majestueuses arabesques noires au rythme aérien de son corps en folie. Au bout de quelques minutes, il entrevit entre deux sauts de mouton phénoménaux, la ligne droite de la longueur, et s'immobilisa. Il se grandit, roua l'encolure et les oreilles pointées, la queue en trompette, les naseaux dilatés, se mit à piaffer avant de s'élancer dans un trot élastique, de plus en plus en rapide.

Armando ne put se décider à retourner à sa tâche et admira en silence la beauté de ses gestes, un sourire clandestin au coin des lèvres. Jamais il n'avait éprouvé l'envie d'apprendre à monter à cheval et jamais non plus, il n'avait songé à changer de métier. Mille fois peut-être il avait vu ainsi s'ébattre un cheval ; mille fois encore il pourrait le contemplcr avec la même fascination.

Tandis qu'il regardait Quo-Vadis passer d'un magnifique trot en extension qui semblait l'affranchir de l'attraction terrestre à un galop endiablé, la vague déferlante de sa crinière claquant au vent comme une voile, des frissons d'exaltation lui parcouraient le corps. Les images que lui renvoyaient ses pupilles s'imbibaient en lui et en l'espace de ces instants magiques, la plus petite parcelle de son être participait aux efforts et aux sensations de Quo-Vadis comme s'il se débarrassait de son enveloppe humaine pour se faire cheval, avec tout ce que cela signifiait de magnificence, de noblesse, d'harmonie et de puissance. À ces yeux ingénus rien ne pouvait plus parfaitement exprimer la grâce du mouvement, l'union de la force et de la beauté, que cette chair animale livrée au vertige de sa chorégraphie.

Quo-Vadis, lui, s'enivrait de la maîtrise retrouvée de ses muscles. Tout souci l'avait abandonné et rien ne comptait d'autre que cette formidable impression de dompter l'espace. Ses sabots paraissaient ne plus pouvoir s'arrêter de marteler en cadence le sol complice et leur roulement s'élevait comme la clameur d'un tambour victorieux dans la quiétude matinale. Lorsqu'enfin, les poumons prêts à exploser, il ralentit puis s'arrêta, la tête haute, le poil fumant, les flancs palpitant, il perçut les appels tonitruants de Quentin-des-Bois, tout au fond de la cour.

Les deux chevaux s'interpellèrent avec obstination et Quo-Vadis qui éprouvait une folle envie de rejoindre son ami, s'agita de plus belle le long de la barrière. Armando connaissait leur complicité, il prit sur lui la décision de les réunir. Quentin se laissa docilement conduire jusqu'à l'entrée de la carrière et à son tour s'élança dans un délire de cabrioles une fois débarrassé de la longe.

Durant une bonne dizaine de minutes, les deux animaux laissèrent déborder leur gaieté. Puis leur feu enfin jeté, en cœur ils se roulèrent plusieurs fois avec volupté dans le sable avant de s'ébrouer face à face. Alors seulement, ils se reniflèrent longuement et s'entrelacèrent avec de grands gestes amples de l'encolure.

Les voyant calmer, Armando s'éclipsa. Quentin s'immobilisa et pressa son chanfrein contre son ami :

– J'ai cru que je ne te reverrai plus, lui révéla-t-il d'un petit renâclement.

Quo-Vadis fourragea de ses lèvres dans ses crins roux et se rapprochant de son oreille lui souffla :

– Je vais partir Quentin.

Surpris, le grand cheval fouilla le regard de son compagnon.

– Partir ?

– Oui, loin des humains à la recherche du pays merveilleux.

Plusieurs secondes s'étirèrent qui parurent une éternité à Quo-Vadis. Ils se tenaient tous deux immobiles, face à face, pas un de leurs muscles ne tressaillait, seuls leurs crins dansaient doucement sous la caresse de la brise matinale. Plus grand, Quentin se confondait pourtant avec sa robe rousse aux nuances du décor. Lui, n'était qu'une tache sombre, surmontée d'une flamme noire, qui cassait l'harmonie des couleurs environnantes.

– Bien... Bien..., répéta le grand alezan.

Puis il se dressa brusquement de toute sa hauteur sur ses postérieurs avant de bondir au galop. Aussitôt, Quo-Vadis le rejoignit. Quentin s'immobilisa sur le côté qui faisait face aux champs, ceux qu'ils avaient si souvent parcourus ensemble lors de leurs sorties buissonnières. Il passa la tête par-dessus la barrière, il était juste assez grand pour le faire et se mit à contempler mystérieusement l'horizon. Quo-Vadis l'imita sans comprendre. Il n'y avait rien d'autre que la campagne déployée au-delà de leur entendement.

– Tu te souviens de notre première fugue ?

– Bien sûr...

– Je t'avais parlé d'un ami qui te ressemblait.

– Crack, risqua doucement Quo-Vadis, le souffle en suspens.

– Oui, Crack... C'est fou comme il te ressemblait.

– Que lui est-il arrivé ?

– Il est mort. Il stoppa ses confidences, les yeux toujours perdus à l'horizon.

– Continue... supplia Quo-Vadis.

Comme s'il se parlait à lui-même, Quentin raconta le plus naturellement du monde ce qu'il avait toujours tu.

– Crack portait bien son nom. Il avait toutes les qualités. C'était un sauteur extraordinaire. À l'époque, nous travaillions souvent ensemble. Les humains essayaient de me montrer son exemple. Moi j'étais la forte tête, le tire au flanc. Lui, ne manifestait jamais de mauvaise volonté, il cherchait toujours à bien faire. C'était en lui... Et puis, il y a eu ce maudit jour.

L'émotion avait brisé l'élan du grand alezan et son jeune ami aurait pu jurer qu'il pleurait, à la manière des chevaux, tout à l'intérieur de lui-même.

– Que s'est-il passé...

– Après une fête, les humains ont organisé un concours de puissance. Ils ont sellé plusieurs d'entre nous dont moi et Crack. J'ai été très vite éliminé mais Crack lui n'a pas hésité. Il aimait sauter et c'était le meilleur. Malgré la fatigue, les humains augmentèrent encore la hauteur du mur, et Crack s'est encore lancé... Il y avait près de deux mètres ! Ses antérieurs ont buté… Son cavalier a été éjecté, lui a essayé de se relever mais il n'y parvenait pas. Il s'était fracturé un membre alors ils l'ont abattu.

Lorsqu'il se tut, un long silence succéda à ses confidences. Puis Quentin se tendit de nouveau au-dessus de la barrière :

– Que vois-tu à cet horizon ?

– Rien.

L'alezan parut réfléchir puis lentement, très lentement, il recula de plusieurs pas.

– Lors de nos fugues, il t'attirait sans cesse… À moi, il me faisait peur. Cet horizon t'appartient, Quo-Vadis, entre toi et lui, il n'y a plus que cette barrière, mais elle est plus dangereuse que l'obstacle qui t'a blessé !

Quo-Vadis la jaugea d'un rapide coup d'œil :

– Je n'ai jamais sauté si haut.

– Moi si, mais je ne franchirai jamais celle-ci.

– Pourquoi donc ?

– Parce que… de l'autre côté, je serai perdu.

– Tu peux m'accompagner, Quentin !

Le grand cheval s'ébroua soudain énergiquement et sa crinière rousse flotta comme une oriflamme.

– Non, ma place est ici parmi les humains. Pour moi, c'est trop tard, lui lança-t-il en pivotant brusquement sur lui-même avant de s'éloigner au petit trot;

Pensif, Quo-Vadis contempla quelques instants l'ondulation puissante de sa croupe puis le rejoignit en deux-trois foulées. Dès qu'ils parvinrent sur l'autre petit côté, Quentin s'arrêta, exécuta un demi-tour et s'immobilisa l'encolure haute, les muscles tendus. Le jeune cheval l'imita. Devant eux, la carrière se déroulait sur toute sa longueur telle une piste tracée, au bout de laquelle les lisses parallèles tendaient un ultime affront au déploiement du décor. Quo-Vadis comprit aussitôt. Sans détourner la tête, il observa son ami. Pas un tressaillement ne venait troubler sa concentration. Seule sa respiration régulière contrôlait avec une précision de métronome la dilatation de ses naseaux. Il ne le reconnaissait pas. Toute émotion semblait l'avoir quitté.

– Viens, lui enjoignit-il, en démarrant d'un trot souple.

Ils évoluaient avec une synchronisation parfaite malgré leur différence de taille. Aucun écuyer, aussi doué pouvait-il être, n'aurait pu obtenir une telle concordance de leur équilibre. Ils étaient un seul et même cheval et chacune des recommandations soufflées par Quentin pénétrait la conscience de Quo-Vadis comme s'il eut fait lui-même appel à ses souvenirs :

– Ne confonds jamais vitesse et précipitation. Si tu te précipites, tu ne peux pas évaluer correctement ton saut. Au contraire, plus tu t'en approches, plus tu dois ralentir, te servir de la vitesse comme d'un ressort, laisser monter l'impulsion en toi… alors ton corps n'est plus qu'un déplacement naturel de l'air, une respiration logique.

D'un élan unique et spontané, ils venaient de tomber dans le galop et l'amplitude de leurs foulées ne cessait d'augmenter. Ils avaient déjà couvert la moitié du terrain et à la vitesse qu'ils maintenaient, une seconde suffisait à les amener au pied de l'obstacle. D'ailleurs plus ils s'en approchaient, plus celui-ci révélait son impressionnante dimension.

En l'espace incalculable d'un éclair, sans qu'il eût la moindre maîtrise de cette pensée, le souvenir de son accident assaillit Quo-Vadis. Pour la première fois de sa vie, il doutait de ses propres capacités physiques. Il perdit le synchronisme avec Quentin qui le devança d'une demi-longueur. Les dix mètres n'étaient plus que cinq. Tout était encore possible. Il pouvait dérober, éviter la chute, renoncer à la liberté ! Alors il se ressaisit et au bout de cet infime fragment temporel, il se retrouva de nouveau en parfaite harmonie avec son maître. Leurs huit membres accéléraient de plus en plus leurs battues, leurs foulées se rétrécissaient, diminuant proportionnellement la distance avalée. Ils n'avaient déjà plus vraiment la perception du sol sous leurs sabots. La clôture se dressait, arrogant et futile défi, à trois mètres peut-être, juste à la hauteur de leurs yeux.

Au fond de la cour, Philippe qui sortait de la sellerie, se figea sur le seuil de la porte en voyant les deux chevaux s'élancer.

– Maintenant ! hurla Quentin.

Quo-Vadis sentit une énergie phénoménale comprimer ses muscles comme un étau. Son arrière main s'affaissa, ses épaules s'allégèrent. À cette formidable sensation de puissance succéda une ineffable sensation de légèreté. Il volait. Pendant l'éternité de cette poignée de secondes, il perdit toute notion du poids de sa chair et se crut plus léger que l'air, plus insaisissable que le vent.

La courbe de son bond prodigieux s'acheva lorsqu'il se reçut avec la même aisance de l'autre côté de l'obstacle. Sans se retourner, il poursuivit au petit galop jusqu'à la limite du premier champ puis s'arrêta, les oreilles tendues vers l'horizon. Quentin, lui, avait freiné à la dernière seconde et, emporté par l'élan, percuté la barrière de toute sa masse. Heureusement les planches souples avaient plié sans céder sous son poids. Il se redressa pour contempler son élève. Un hennissement d'allégresse s'éleva de sa gorge qui ramena Quo-Vadis à la réalité. Celui-ci tourna la tête vers lui. Son cœur tambourinait dans sa poitrine.

– C'est incroyable, confiait Philippe, estomaqué à Armando qui l'avait rejoint. Si je ne l'avais pas vu, j'aurais du mal à le croire.

Les chiens, précédant leurs maîtres, arrivèrent bien avant eux près de l'évadé et Uhlan s'immobilisa face à lui, la tête légèrement inclinée. Le cheval parut soudain le remarquer et courba l'encolure dans sa direction. Son nez rencontra la truffe du chien qui par réflexe sortit le bout de sa langue pour le lécher.

– Pourquoi ne pars-tu pas toi ? lui demanda-t-il sans vraiment réfléchir au sens de sa question.

L'étonnement transforma le regard de Uhlan :

– Partir ? Mais où ?

– Loin des humains, avec moi pour chercher le pays merveilleux !

Le chien eut un coup d'œil affolé vers ses maîtres que Titus avait rejoints et qui s'égosillaient à le rappeler. La perspective de les perdre lui traversa l'esprit. Quo-Vadis le regarda se précipiter vers Philippe pour recevoir avec un bonheur évident ses caresses. La certitude qu'il ne pouvait rien y avoir de plus enviable que cette complicité s'empara alors du jeune cheval qui se laissa reprendre sans la moindre résistance.

CHAPITRE 6

Le printemps battait son plein et le regain d'activité avait redonné à la vie des chevaux un aspect moins austère. Plus de deux mois s'étaient écoulés depuis l'accident de Quo-Vadis qui avait retrouvé ses forces physiques intactes. Cette existence facile, assistée par les humains et privée de ses véritables plaisirs, ne lui convenait pas mais il s'étonnait d'être le seul parmi ses congénères à ressentir la précarité de sa condition. Il lui manquait aussi le soutien de Mouschi qui, curieusement, n'était pas réapparue depuis le début de sa convalescence ainsi que l'exaltation de ses fugues, toujours impossibles, à cause d'un inviolable système d'attache.

Un beau jour, alors que les chevaux de club regagnaient leur écurie, Quo-Vadis constata avec étonnement qu'on ne reconduisait pas Ulysse à sa place mais qu'on l'installait dans un box de fortune. Un peu plus tard, Armando nettoya la stalle vide et prépara une nouvelle litière de paille fraîche. Il passa les heures qui suivirent dans une grande excitation intérieure. Lorsqu'en fin d'après midi, il entendit le moteur de van puis parmi le concert de hennissements qui s'ensuivit la voix familière de Pain-d'Épices, il crut que son cœur s'arrêtait de battre. À la suite de Philippe, la ponette passa le seuil de l'écurie et une fois attachée répondit avec un égal empressement aux salutations de Quo-Vadis. Toute l'écurie vécut ce soir-là dans une effervescence peu coutumière.

En donnant la vie, Pain-d'Épices avait mûri et Quo-Vadis la sentait différente. Alors que le sommeil commençait à le saisir, il discerna la vaillance de ses prunelles.

– Pourquoi te refuser le seul bonheur possible ? lui souffla-t-elle.

Il la dévisagea avec insistance et ne la vit pas tout de suite comme il avait l'habitude de la voir. Sans la moindre maîtrise de ce geste, il se pencha alors vers elle jusqu'à la toucher de son chanfrein.

– J'ai tellement peur de te perdre… toi et tous les autres, souffla-t-il dans un élan de cœur.

Elle répondit d'abord à son étreinte puis avec une lente détermination, s'en détacha.

– Nous appartenons déjà à ton passé.

Il sentit son cœur s'emballer en identifiant ensuite la voix de Petrouchka.

– Pain-d'Épices a raison. Je vais bientôt mourir mais grâce à toi, je mourrai en paix. Si tu renonces à ta vraie nature, tu te priveras de cette paix.

Quo-Vadis crut que l'écurie entière ressentait les ondes de choc de cet aveu inattendu, mais en fouillant des yeux les ténèbres, il constata que rien n'avait changé. Alors la réponse lui vint tout naturellement à l'esprit, comme puisée dans l'évidence de cette quiétude nocturne.

– Je trouverai le pays merveilleux, Petrouchka, pour que vous puissiez, toi et tous les miens, mourir en paix…

À ces mots, la vieille jument passa sa longue tête décharnée par-dessus le bat-flanc et la pressa contre le creux de l'épaule de son cadet.

Cette nuit pouvait prendre fin et beaucoup d'autres après elle. En tendant sa chaîne, il pouvait apercevoir les premières lueurs de l'aube par le battant supérieur de la porte. Jamais l'annonce d'un nouveau jour lui avait paru si cohérente.

Le week-end qui suivit fut des plus mouvementés. Le club organisait un concours hippique qui attira un nombre impressionnant de participants. Sans cesse des camions allaient et venaient dans la cour, des cavaliers montés et démontés circulaient çà et là, quelques chevaux échappés semaient un désordre momentané, des chiens et des enfants livrés à eux-mêmes couraient en tous sens. Les échos dissonants de cette ébullition se mêlaient aux inflexions nasillardes des haut-parleurs qui annonçaient les épreuves, en une gigantesque cacophonie de champ de foire. Les palefreniers ne savaient plus où donner de la tête. En fin de matinée, le dernier cavalier de Quo-Vadis, un débutant, le ramena à son écurie et attendit dans la stalle qu'on l'aidât à desseller. En désespoir de cause, il finit par se lancer seul dans cette savante opération. Il parvint tant bien que mal à retirer la selle et déboucla la bride à plusieurs endroits pour ôter le mors. Enfin, les bras encombrés mais l'esprit tranquillisé par le devoir accompli, il s'empressa d'aller déposer le tout dans la sellerie en oubliant totalement d'attacher Quo-Vadis.

Celui-ci resta libre tout l'après-midi mais se garda bien de bouger. Le soir venu, tandis que la compétition tardait à prendre fin, Gilles distribua à la hâte la dernière ration et ne remarqua rien. Le laborieux système qu'il avait commencé à mettre en pratique pour se libérer de son collier s'avérait brutalement vain. Aussi restait-il perplexe devant la chaîne qui pendait à ses pieds. L'indolent écoulement des heures qui suivirent semblait peser concrètement sur ses reins mais les douze coups de minuit qui tintèrent au clocher de l'église résonnèrent comme un signal.

Avec le jour s'était enfuie toute frénésie et il ne subsistait que l'ordonnance pacifique de la trêve nocturne. La tête pardessus le battant de l'entrée, Quo-Vadis observait les jeux des ombres et des frémissements clandestins. C'était une vraie nuit de printemps, pleine de promesses et d'espoirs. La lune ressemblait à une reine rebelle trônant au milieu des myriades d'étoiles jetées au ciel par un semeur ivre. Le chant des grillons emplissait inlassablement l'écho tremblant du silence. Il y avait une espèce d'immense et invisible présence, quelque chose qu'on ne peut ressentir qu'avec son âme. Il ne parvenait pas à se débarrasser de cette étrange sensation et essayait de comprendre le message de cette nuit grosse d'un nouvel avenir. Il n'avait pas la moindre notion du temps qu'il passa ainsi à contempler ce qu'il ne pouvait voir mais lorsqu'il se retourna enfin vers l'intérieur, il comprit aussitôt. L'heure était venue et tous les siens le savaient.

Il marcha à pas comptés dans le couloir jusqu'au fond de l'écurie. Ses sabots ferrés s'appuyant tour à tour en sourdine sur les pavés étaient l'instrument d'une émotion maîtrisée, leur tintement une musique qui ne s'exprimerait que par ses soupirs. Parvenu à la hauteur de Pollux, il s'arrêta et parut écouter l'afflux incontrôlé de son sang à son cœur. Tous l'observaient… et lui ne savait pas si le poids fabuleux de ces regards l'écrasait ou le portait aux nues. Dans un état second, il pivota et reprit le couloir en sens inverse. Tandis qu'il s'éloignait, un bref hennissement, le premier, parvint à ses oreilles :

– Bonne chance Quo-Vadis.

Il trembla imperceptiblement en reconnaissant la voix de Pollux.

– Bonne chance… Bonne chance… reprenaient à tour de rôle ses compagnons dans un crescendo qui s'amplifia puis mourut comme une vague.

Quand il atteignit sa stalle, il se redressa d'un seul coup de toute sa stature, la pupille absente. Aucun son ne voulait sortir de sa gorge. Face à la porte, le loquet ne lui résista pas longtemps. Le battant inférieur grinça sur ses gonds et il resta immobile sur le seuil ouvert.

– Ne te retourne pas ! lui ordonna une voix intérieure.

Alors, tel un papillon attiré par une lumière invisible, il s'élança. La nuit s'empara instantanément de lui.

Avant même d'avoir atteint les premiers boxes, il crut percevoir le bruit étouffé d'un galop. Il s'arrêta et fut rejoint par Uhlan qui n'avait émis aucun aboiement. Immobile, la tête inclinée, le chien s'était mis à dévisager le cheval d'un air inquiet. Ils échangèrent un long regard qui déclencha chez Uhlan des petits gémissements dolents. Quo-Vadis se redressa au bout de plusieurs secondes et regarda très loin à l'horizon. Deux, trois fois, il y plongea ainsi des yeux avant de revenir sur son ami qui le suppliait. Soudain, celui-ci tourna aussi la tête vers l'extérieur du club, bien au-delà de cet ensemble de constructions humaines qui formait tout le décor de son existence et stoppa net ses plaintes.

Alors le cheval agita amplement de haut en bas son encolure, animant la lourde ondulation de sa crinière d'ébène dont la danse majestueuse faisait déjà partie des secrets mouvements nocturnes. Le pelage gris fauve de Uhlan, où s'accrochait la lumière sidérale, se détachait de la pénombre et Quo-Vadis vit qu'il remuait la queue. Il lança un petit jappement, puis avec une noble résignation, tourna les talons et trotta sans jeter un coup d'œil derrière lui. Le cheval le regarda s'éloigner et dans un éclair de lune, aperçut soudain la forme sombre de Titus qui lui emboîtait le pas.

La plupart des chevaux qui se trouvaient dans les boxes étaient assoupis et il veilla à ne pas perturber leur sommeil en longeant de trop près les portes. Il ne se sentait pas la force de réveiller Quentin-des-Bois pour lui faire ses adieux. Tandis qu'il approchait de sa porte, le profil familier se dessina par l'ouverture. Il pressa ses naseaux contre ceux du grand alezan. Cet attouchement spontané semblait le prier de se taire, de ne pas briser le charme de cette nuit insolite. Alors Quentin s'enfonça brutalement au fond de son box, s'arrachant lui-même à leur étreinte. Quo-Vadis se retrouva subitement sevré de sa chaleur. Seul le chant des grillons répercutait sans surseoir la pérennité de cette absence. La gorge étreinte, il tourna définitivement le dos au box de son ami et traversa la cour.

À la hauteur du dernier bâtiment, il s'arrêta. Là commençait un autre monde. La fraîcheur nocturne se faisait plus saisissante, les ombres plus mystérieuses. Le regard perdu, on eut dit qu'il attendait l'issue fatale d'une oscillation dont il avait précipité le mécanisme. Il frémit jusqu'à la racine de son poil, en sentant soudain un frôlement tiède qui glissa entre ses antérieurs comme une expiration. Il ploya son encolure et découvrit Mouschi assise entre ses deux sabots :

– Mouschi… renâcla-t-il… Où étais-tu passée ?

Pour toute réponse, la chatte s'avança de quelques pas et se mit à jouer à pattes de velours avec les poils drus de son menton, ainsi qu'elle l'avait si souvent fait. Ses gestes étaient si élastiques, si précis qu'ils semblaient émaner des vibrations invisibles de l'atmosphère. Plus que jamais, ce minuscule animal, au corps si parfait, aux sens si aiguisés, qui communiquait aussi spontanément avec lui, incarnait à ses yeux la complexité admirable des forces de vie. Elle s'immobilisa soudain et se coucha sur le dos, offrant son ventre soyeux aux lèvres du cheval dont le souffle chaud déclencha un mini ouragan dans la brousse des poils fins. Puis, aussi subitement qu'elle s'était étendue, elle se redressa d'un prodigieux coup de reins et se ramassa sur ses pattes en ramenant d'un mouvement élégant sa queue touffue. Elle se mit alors à fixer son grand ami de ses prunelles de braise. Durant plusieurs minutes pas un tressaillement ne vint troubler la profondeur de sa concentration. La tête toujours au ras du sol, il soutint sans ciller l'incroyable embrassement de ce regard et y puisa la force de l'aveu :

– Je vais partir Mouschi.

Il soupira longuement et ce bruissement anonyme se perdit aussitôt avec la brise nocturne.

– Pourquoi ne m'accompagnes-tu pas ?

– Ma mission est autre… Attends… Tu vas comprendre.

Tel un ressort imprévisible, elle se redressa et s'éloigna d'un trottinement gracieux. Un long appel monta de sa gorge, modulé par de petits grognements. De l'angle du mur voisin, surgirent alors trois boules de poils grises, trois petites répliques de Mouschi qui se précipitèrent vers leur mère, la queue dressée comme un étendard. Elle les accueillit à grands coups de langue dans un déferlement de ronrons joyeux. Quo-Vadis en resta pantois. Il ne pouvait détacher son regard de ce spectacle inattendu. Les chatons jouaient maintenant entre eux avec la même agilité que leur mère. Ils roulaient sur eux-mêmes, se redressaient à la même seconde, s'étiraient, se contorsionnaient, bondissaient, sans perdre un instant la maîtrise de leur équilibre. Leur existence semblait jaillie de la matière de la nuit. Ils en avaient la couleur, la discrétion, l'impondérabilité.

– Comme ton bonheur doit être grand, Mouschi !

La chatte cessa ses épanchements et quitta sa progéniture pour se rapprocher du cheval. Elle se caressa contre ses ganaches, le dos arrondi, la queue frétillante. Les chatons la rejoignirent et surpris par le souffle de Quo-Vadis, se blottirent les uns contre les autres. Puis très vite, l'un d'eux, plus hardi, s'avança effrontément vers la gigantesque apparition et tel que sa mère l'avait fait quelques minutes auparavant, se mit à jouer avec les poils de barbe.

– Donner la vie est merveilleux, reconnut-il dans un souffle.

Elle s'immobilisa. Le chaton qui s'était approché cessa son jeu et épia sa mère.

– Tu n'es pas né pour ça...

Il se redressa brusquement de toute sa stature.

– Ce pays que je vois, existe-t-il vraiment ?

– Le croire, c'est déjà une victoire.

Il ne savait pas s'il venait simplement d'entendre le miaulement ténu de la chatte où s'il avait spontanément saisi sa pensée. Son pelage gris sombre ne se distinguait presque plus du décor nocturne et la lumière même de ses yeux semblait lointaine, vacillante comme deux flammes minuscules malmenées par un courant d'air. Elle baissa les paupières et disparut de son champ de vision. Au même instant, il perçut le frôlement tiède de son corps contre ses jambes et avant même de pouvoir la repérer, de nouveau elle s'éclipsa. Ce fut le vague miaulement qui le renseigna sur sa position, à l'angle du bâtiment où il eut juste le temps de voir s'enfuir trois chatons.

– Adieu Mouschi, lui lança-t-il en la sentant s'évanouir dans l'obscurité. C'était le premier adieu qu'il prononçait.

– Adieu, Quo-Vadis.

Il se détourna de l'endroit où elle venait de disparaître et se mit à scruter l'horizon. Tout était soudain si évident. À partir de cette seconde où Mouschi l'avait laissé seul, il éprouvait la curieuse sensation d'avoir déjà vécu cet instant. Ce moment tant souhaité, tant attendu, tant de fois imaginé était arrivé. Livré à lui-même, isolé face à d'infinies perspectives, il ne s'était jamais senti si apaisé car ce qu'il éprouvait dépassait de beaucoup les émotions immédiates.

Son départ n'était ni une fuite, ni une renonciation, c'était tout bonnement la seule et unique façon pour lui de vivre, d'utiliser cet infinitésimal fragment de temps qui lui était imparti à la dimension des choses terrestres. Enfin libérée de ses vaines entraves, son existence pouvait, avec l'éphémérité de l'étoile filante, commencer sa vraie course.

Il s'élança et l'écho mat de son galop fut instantanément avalé par le silence de la nuit.

DEUXIÈME PARTIE

CHAPITRE 7

Le seul souci présent de Quo-Vadis était de mettre le plus de distance possible entre lui et le club avant la venue du jour. Il avait pris un galop régulier qui paraissait pouvoir l'emmener au bout du monde. Au milieu de la nuit, la lune se voila et l'obscurité se fit plus dense. Il dut ralentir l'allure. La sueur avait collé son poil et l'écume moussait entre ses cuisses mais il ne ressentait pas la fatigue.

Il trotta encore trente bonnes minutes, l'encolure haute, la crinière libre, les oreilles pointées en avant, la queue en panache. L'ivresse de sa course le stimulait et il n'avait d'autre crainte que celle de se faire reprendre par les humains au petit matin. D'instinct il savait qu'il lui faudrait se cacher, progresser à couvert la journée et consacrer les nuits à pousser toujours plus loin. Maintenant qu'il avait l'avenir devant lui, chaque minute était précieuse. Le monde était là, ouvert à tous ses désirs, offert à la seule portée de ses sabots.

À l'orée des premiers bois, il repassa au pas. Ces lieux lui étaient parfaitement inconnus. D'où il se trouvait, la lisière passait pour une espèce d'inquiétant trou noir. Il y pénétra pourtant sans la moindre hésitation. La masse sombre des frondaisons masquait presque totalement le ciel et avec lui la clarté blafarde qui en émanait depuis que la lune s'était noyée dans une brume diaphane. Le bruit étouffé de sa marche sur le sol feutré se perdait dans les indéfinissables craquements de la forêt. Les oreilles en mouvement, il épiait sans ralentir les signes de vie mystérieuse qu'il pressentait aussi sûrement qu'il avait conscience de l'intrusion que représentait sa présence dans cet univers insondable. Son instinct l'obligeait à la vigilance mais il n'avait pas peur. Ses préoccupations immédiates captivaient le champ de sa conscience. Le cri sinistre d'un oiseau de nuit déchira sans retenue le bourdonnement du silence. Par réflexe, il fit un écart puis s'immobilisa en attendant un éventuel événement. Rien d'autre que la réponse de cris semblables ne se produisit.

Rassuré, il reprit sa marche et peu de temps après aborda une clairière. Il entr'aperçut le sillonnement du chemin qu'il suivait, ce qui l'incita aussitôt à trotter. Ses yeux s'habituaient petit à petit à la pénombre et il maintint le même rythme après le passage en terrain découvert. Il n'hésitait pas, empruntant de préférence les sentiers les plus distincts sans se laisser dévier de la direction choisie. Il n'était vraiment capable de se concentrer que sur une seule chose : chaque kilomètre parcouru l'éloignait un peu plus du club et cette seule pensée décuplait sa résistance. Rien ne semblait pouvoir freiner sa course. Lorsqu'il était contraint de repasser au pas dans les passages les plus obscurs, il parvenait seulement à songer aux secondes ainsi perdues et reprenait le trot dès qu'il le pouvait.

Au fur et à mesure de sa progression, la forêt se faisait plus dense et l'idée lui traversa l'esprit que le monde n'était peut être constitué que par cette forêt. La vallée de ses rêves serait une sorte d'oasis au cœur d'un océan de verdure ! Ceci était plutôt rassurant car il se croyait ici à l'abri des humains. Cette densité végétale paraissait se faire complice des vies anonymes qu'elle recelait. En devenant un habitant de plus, il pensait s'assurer sa protection.

Bientôt de nouvelles nuances s'infiltrèrent des plus hautes cimes. Il faisait encore nuit mais déjà les troncs se dessinaient plus distinctement, le chemin s'enfuyait toujours plus loin à chaque tournant. Les oiseaux nocturnes s'étaient tus et un silence différent annonçait la naissance de l'aurore.

Quo-Vadis ralentit avant de s'immobiliser tout à fait. Pour la première fois, il mesura du regard le vide compact qui l'entourait. Ses flancs palpitaient rapidement, une rigole de sueur ruisselait le long de la ligne de son épaule. La fraîcheur nocturne saisit incidemment son corps échauffé par l'effort et un frisson glacial le parcourut.

Il reprit sa marche en songeant qu'il lui fallait trouver une cachette sûre avant le lever du jour. Il se sentait brusquement las et surtout une envie puissante se mit à le tenailler : la soif. Celle-ci se fit de minute en minute si impérieuse que le souci de boire ne l'abandonna plus une seconde. Pour l'assouvir, il fut bientôt prêt à tout, même à s'exposer au risque de se faire repérer. Les effluves que lui renvoyait la forêt assaillaient maintenant ses narines en un mélange inextricable d'essences inconnues d'où il était incapable de distinguer la présence éventuelle de l'eau.

Il se décida à quitter le sentier et s'enfonça à l'aveuglette dans les sous-bois, en se persuadant qu'il devait à un moment ou un autre tomber sur une mare. Chacune de ses foulées déclenchait un craquement qui résonnait sinistrement et paraissait faire taire toute voix. Il trébucha dans des fougères, contourna des dénivellations comblées de ronces infranchissables, enjamba troncs et fossés sans rencontrer la moindre trace d'eau. La sueur avait séché sa robe, laissant de longues stries de sel, ses muscles fatigués ne répondaient plus que par automatisme. Une voix intérieure l'implorait de s'arrêter et de s'étendre mais une force plus grande encore le poussait à continuer, une pulsion inextinguible qui s'imposait à sa raison même et utilisait ses ressources dans le seul but de son assouvissement. Il devait boire !

Il déboucha soudain dans une sorte de minuscule clairière, tapissée de mousse qui rebondissait sous ses pas. Il trompa sa soif en mastiquant quelques touffes spongieuses de cette plante rase qui fondaient sous la dent. Le revêtement moelleux se détachait sans résistance et il constata que la terre dessous était humide. Il gratta alors fébrilement de son antérieur dans l'espoir d'y découvrir une nappe souterraine. Sous l'humus, il mit à nu une couche argileuse mais pas le précieux liquide. Sans réfléchir, il lécha de longues minutes la terre végétale ce qui le fit saliver abondamment et exacerba encore plus sa soif.

Il tenta de rassembler son courage mais une autre envie prit le dessus et il se laissa choir mollement sur le sol. Il se roula plusieurs fois avec délectation, oubliant son obsession durant ces fugitives secondes. Il ne voulait pas dormir, juste se délasser. Très vite cependant, il glissa dans une doucereuse plénitude et ne trouva pas la force de se relever. Sa tête se fit de plus en plus lourde, l'engourdissement gagna tout son corps. Il piqua du nez sans s'en rendre compte, les dents en appui sur le sol. Presque instantanément, il rêva de ses compagnons d'écurie. Il les vit accueillir son retour avec joie et empressement. Il se dirigea dans sa stalle sans les saluer et but tout son soûl à son abreuvoir automatique. La fraîcheur du liquide remplissait avec un délice inconcevable son gosier, glissait avec volupté le long de son œsophage ; il n'arrêtait plus de déglutir, obstiné à prolonger au maximum cette merveilleuse sensation...

Un craquement très distinct lui fit brutalement ouvrir les yeux et contracter son encolure. Il ne put rien distinguer mais se souvint avec une fulgurante lucidité, de sa course, de la forêt, de la clairière et de sa soif. Le jour n'était pas encore levé, mais l'obscurité alentour était d'autant plus impénétrable que les premières lueurs de l'aube emplissaient la percée où il se trouvait. Le bruit qui l'avait réveillé se réitéra, encore plus précis, plus proche. Il se sentit soudain vulnérable, impuissant, livré à son inexpérience. Maladroitement, il se remit sur pieds, les sens aux aguets. Il crut percevoir alors l'étincellement d'un regard... concentra toute son acuité visuelle, la respiration en suspens... Non, il ne se trompait pas... le scintillement se multipliait ; ce n'était pas une paire d'yeux qui l'épiait, mais quatre, cinq plus peut être.

Il fut saisi d'un effroi irrépressible. Son instinct lui dictait la fuite éperdue, cependant ses muscles refusaient d'obéir. Alors il resta pétrifié, comme hypnotisé par ses lueurs vivantes. Son pouls battait à rompre dans sa gorge, accentuant sa déshydratation, le ras de marée de sa circulation gonflait à faire éclater les veines de son cou. Enfin, il lui sembla distinguer l'esquisse d'un mouvement, le déplacement imprécis d'une ombre. Les premiers chants d'oiseaux annonçaient la venue du jour et semblaient vouloir rompre la tension. Le frémissement se précisa alors, aussitôt confirmé par les craquements des branches foulées par des pas. Une forme claire, encore vague, surgit du couvert des sous-bois et s'avança dans la clairière, révélant enfin le dessin mystérieux de sa silhouette.

Quo-Vadis n'avait encore jamais vu un tel animal. Plus petit que lui, son corps svelte et brun était monté sur de longues jambes, d'une extrême finesse, sa tête purement ciselée achevait avec élégance un cou élancé et incurvé. Il émanait de lui une grâce infinie qui donnait envie de ne plus le lâcher des yeux. Il s'était immobilisé et observait le cheval avec la même apparente fascination. Seules ses grandes oreilles horizontales s'agitaient d'avant en arrière pour marquer son hésitation. Quo-Vadis remarqua la douceur pénétrante de son regard et réprima de justesse un élan qui le poussait vers lui. Brusquement quelque chose s'agita derrière lui et un deuxième animal, légèrement plus gros, s'approcha, aussitôt suivi par un troisième puis un quatrième.

Ils étaient tous identiques quoique de tailles différentes et possédaient le même troublant regard de velours. Le plus intrépide, le premier à être sorti de l'ombre, se mit en marche vers lui, le nez en avant, ployant avec une délicatesse de ballerine ses jambes effilées. Un cri rauque monta alors des bosquets qui figea net sa progression et Quo-Vadis vit alors bondir un cinquième inconnu, beaucoup plus massif, le crâne surmonté d'un formidable enchevêtrement de cornes qui plaçait sa stature à la même hauteur que la sienne. Celui-ci se tint en retrait et se mit à balancer furieusement la tête de droite à gauche en renouvelant son cri.

Quo-Vadis poussa un faible hennissement qui signifiait :

– Qui êtes-vous ?

– Des biches, lui répondit spontanément le plus hardi ; voici Majestad, notre chef.

Le cerf s'emporta et simula une charge. Malgré la colère et la frayeur, ses yeux reflétaient la même intense et déconcertante douceur. Il fut subjugué par sa prestance et baissa humblement l'encolure pour exprimer son désir de paix. Un soupçon de méfiance planait chez le cerf, mais sa jeune compagne passa outre ses avertissements et s'avança encore vers le cheval. Bientôt, il n'eut plus que l'encolure à tendre pour la toucher. Il ne bougea pas d'un pouce cependant. L'aube avait pâli et il pouvait mieux la détailler. Une rangée de longs cils recourbés soulignait la profondeur de son regard, un petit museau étroit et humide terminait la ciselure gracieuse de sa tête. Tout son être vibrait imperceptiblement vers elle mais il n'osait la toucher de peur de commettre un sacrilège. Comme si elle l'avait compris, elle pressa son mufle tiède contre ses naseaux.

– Tu es belle comme une fleur et douce comme du miel… susurra-t-il avec une sincérité candide.

– Fleur… Fleur de miel, on ne m'avait jamais donné un si joli nom ! Que fais-tu seul ?

– J'ai fui les humains.

Majestad n'avait pas perdu une miette de ses confidences. La tête droite, figé dans une hautaine attention, il dominait de l'envergure de ses cors le cheval qui s'était maintenu dans une attitude de déférence, l'encolure basse.

– Pourquoi ne pas l'aider s'il fuit aussi les humains ? reprit avec douceur Fleur-de-Miel.

– S'il fuit les humains, nous devons l'aider, renchérit aussitôt une autre biche.

Quo-Vadis s'étonna.

– Vous fuyez les humains ?

– Depuis toujours. Ils nous chassent !

– Majestad, tu sembles oublier les hivers de notre jeunesse où nous n'avons survécu que grâce au foin que les chevaux en pâture partageaient avec nous, rappela la doyenne.

Le cerf tourna avec lenteur son imposante coiffe vers sa compagne et lui lança un regard attendri. Lorsqu'il se retourna vers le cheval, ses prunelles s'étaient adoucies.

– Soit… Nous t'apprendrons à te cacher des humains, mais ta place n'est pas parmi nous.

Majestad tournait déjà les talons et se dirigeait sous le couvert des arbres. Sa démarche était d'une bouleversante dignité. Naturellement, il emboîta le pas à la harde qui se rassemblait derrière son chef. Ils progressèrent longtemps en s'enfonçant toujours plus loin dans la partie la plus dense de la futaie. À cause de sa corpulence, Quo-Vadis avait du mal à éviter les entraves de la végétation des sous-bois. Lorsque la harde le distançait trop, d'un commun accord, tous ses membres s'arrêtaient et l'attendaient. Le bref repos qu'il s'était octroyé lui avait redonné des forces mais sa soif l'obsédait de nouveau. L'écho de la forêt cependant ne renvoyait aucun signe de la présence de l'eau. Les oiseaux chantaient avec un enthousiasme croissant l'avènement du jour et tout semblait s'imprégner de cette joie comme si elle découlait naturellement de la simple apparition du soleil. Fleur-de-Miel qui marchait à quelques longueurs devant lui s'arrêta soudain et se retourna pour l'observer.

– Nous savons ce dont est capable la soif, lui déclara-t-elle avec une surprenante perspicacité, il ne faut pas se laisser surprendre. L'eau n'a pas d'odeur, mais si tu es capable de reconnaître les parfums qui l'entourent, tu sauras toujours la trouver

Il l'écoutait avec un intérêt grandissant, reconnaissant dans la justesse de ses propos la dimension de sa propre ignorance. Elle s'immobilisa soudain, un antérieur plié et poussa un petit brame sec. La harde tout entière s'arrêta aussi d'un seul coup et se retourna vers elle. Les faons se pressèrent instinctivement contre leurs mères. Puis le regard de Majestad qui revenait sur ses pas croisa celui de Quo-Vadis qui crut y lire une sorte de compassion désabusée. Le grand chef changea alors de route en reprenant la tête du groupe.

– Concentre-toi sur les effluves qui vont aller en s'intensifiant, habitue-toi à les distinguer des autres... lui conseilla Fleur-de-Miel.

L'idée qu'il allait bientôt boire s'emparait de tout son mental et décuplait ses dernières forces. Soutenant sans faillir le rythme, il avançait à grandes enjambées, toute son attention concentrée sur les informations captées par ses naseaux dilatés. Sans s'en rendre compte, ce n'était plus la harde qu'il suivait mais bel et bien l'indication de ces odeurs qui envahissaient petit à petit tout le champ de sa conscience.

Soudain, il fut pris d'une frénésie incontrôlée et remonta d'un seul trait le troupeau, s'entravant maladroitement dans les embûches des sous-bois. Il dépassa Majestad, dévala le dénivelé de la mare qui s'étendait devant eux et emporté par son élan, s'affala tête la première dans l'eau. Suffoquant à moitié, pataugeant jusqu'au poitrail dans la vase qui l'aspirait, il chercha à se rétablir tant bien que mal. Enfin stabilisé, il plongea avec un plaisir sans pareil le nez dans la surface noirâtre du liquide miraculeux. Les sensations que lui procura l'apaisement de sa soif éveillèrent en lui une incomparable félicité. Il ne se souvenait pas avoir ressenti un tel état de bien-être; c'était un peu comme s'il matérialisait la réhydratation de chacune de ses cellules, comme s'il en percevait concrètement les bienfaits réparateurs jusque dans la plus petite particule de vie qui le composait.

Enfin, il redressa la tête, la bouche dégoulinante comme hébété par la brutale disparition d'un sortilège. Il ne vit tout d'abord que la forme circonscrite de la mare, cachée dans une dénivellation et le scintillement des premiers rayons de soleil sur sa surface. Il était seul sur la berge la moins abrupte. Aucune biche ne l'avait rejoint. Sans les apercevoir, il sentait leur présence derrière lui, à l'abri des arbres. S'arrachant avec difficulté de l'effet de succion de la vase, il s'empressa alors de reculer et pivota sur lui-même dès qu'il perçut la fermeté du sol sous ses sabots. Il se retrouva face à Majestad, planté quelques pieds plus haut sur la pente et qui le dominait magistralement.

Au lieu de se hâter de le contourner et de remonter à son tour, il resta où il était, humble et déconfit, inclinant respectueusement l'encolure devant son ostensible supériorité. Cette posture de déférence toucha Majestad; il le lâcha des yeux pour tourner lentement la tête à droite puis à gauche en émettant une sorte de râle sourd qui monta de sa gorge comme un appel. Les biches s'approchèrent alors sans précipitation; deux d'entre elles, celles qui étaient suitées de leurs faons, dégringolèrent la berge et commencèrent à boire. Lorsqu'elles eurent terminé, elles cédèrent aussitôt la place à deux autres qui firent ensuite de même. Une fois toutes ses compagnes désaltérées, le cerf descendit à son tour d'un seul bond et but en interrompant ses lampées à intervalles réguliers pour scruter autour de lui.

Fleur-de-Miel qui avait été la dernière à boire avant lui, rejoignit le jeune cheval. De sa langue pointue, elle léchait méticuleusement les orifices de ses narines d'où l'eau coulait encore. Quo-Vadis comprit en voyant la tactique du troupeau l'ampleur de son erreur. La doyenne des biches qui avait pris la place de Majestad en haut de la pente pendant que celui-ci se désaltérait, relâcha sa garde et se rapprocha des autres. Elle passa à la hauteur du jeune cheval et s'arrêta pour lui jeter un long regard presque maternel.

– Notre présence te protège mais n'oublie pas que tu es un solitaire… Tu ne dois pouvoir compter que sur toi-même.

À son tour, le grand cerf s'était approché du cercle qu'ils formaient.

– On peut tout prévoir, jusqu'à la tempête la plus inattendue, mais on ne prévoit pas les humains; bien sûr, on peut les leurrer, se camoufler, brouiller les pistes… gagner du temps… mais on ne leur échappe pas.

Il avait parlé avec une telle désolation que Quo-Vadis fut saisi d'une fulgurante pitié. Un étrange silence pesait maintenant sur le petit groupe. Puis Majestad se mit dignement en marche. Tandis qu'il se fondait déjà aux nuances rousses du décor, la harde se rassemblait dans son sillon comme un éventail replié, comme les deux ailes d'un papillon unies pour mieux prendre leur envol. Quo-Vadis observa quelques instants avec une tendresse grandissante l'harmonie presque comique de leurs culottes blanches, toutes identiques. Sans s'arrêter, Fleur-de-Miel qui fermait la marche, tourna la tête vers lui. Il hésita, regardant furtivement autour de lui. Il faisait grand jour et des colonnes de lumière poussiéreuse habillaient la forêt d'une nouvelle parure, plus somptueuse, plus fascinante. Dans l'étendue de ce décor inconnu, révélé par la clarté de sa première journée de liberté, il mesurait d'un seul regard la dimension de sa vulnérabilité. Fleur-de-Miel s'était arrêtée et posait sur lui un regard insistant. Il s'élança sans plus réfléchir et tous deux disparurent à la suite de la harde.

Il passa avec eux le restant du jour et tira de leur façon de vivre de riches enseignements. Il apprit aussi que même la forêt n'offrait qu'un refuge précaire et que les biches auraient toujours à trembler pour leur fragile bonheur et qu'en ayant choisi lui-même cette indépendance, il devrait vivre avec le même souci.

Dès l'approche du crépuscule, un malaise secret le gagna. Plus que la nécessité du départ, c'était la crainte de l'attachement qui le contraignait à séparer sa route. Tandis que la nuit reprenait possession du décor, il s'immobilisa soudain à la croisée de deux sentiers et regarda la harde s'engager dans celui qui piquait au sud. Au bout de plusieurs secondes, celle-ci prit conscience qu'il n'avait plus suivi et comme un seul animal, stoppa sa progression. Fleur-de-Miel fut la première à faire demi-tour, très vite imitée par d'autres biches qui se disposèrent en demi-cercle, face à lui. Il les dévisagea à tour de rôle, les yeux emplis de tristesse. Le grand cerf avait aussi rebroussé chemin et bien qu'en retrait derrière les autres membres du troupeau, il pouvait deviner palpiter en lui l'émotion. Ils échangèrent un long et silencieux regard, lourd des choses qui les unissaient. Puis Majestad bascula d'un geste majestueux son cou puissant et reprit d'un pas lent et déterminé la direction qu'il avait abandonnée.

– Adieu, lui lança la doyenne en l'imitant.

– Adieu, reprirent les autres biches avant de s'engager à tour de rôle sur les traces de leurs aînés.

Fleur-de-Miel n'avait pas encore bougé :

– Adieu… Je ne t'oublierai pas, lui murmura-t-elle en essayant de masquer le chagrin qui l'envahissait.

Puis, à son tour elle s'éloigna en reculant, sans le quitter des yeux, comme si elle voulait s'attacher plus longtemps à lui. Quo-Vadis la sentait lui échapper inéluctablement ainsi que lui échappait sans qu'il n'y pût rien, son propre passé. Il resta un long moment sans bouger, sans penser, attentif au seul silence nocturne qui s'enflait comme du vide, comme un faux apaisement d'éternité qui masquerait l'incompréhensible absurdité du monde.

Soudain montant de la terre vers le ciel, comme un coup de tonnerre à l'envers, un long brame s'éleva, amplifié par l'écho. Quo-Vadis retrouva la chaleur de sa chair et tout son être répondit silencieusement à Majestad.

CHAPITRE 8

L'aube digérait lentement la nuit. Il venait d'atteindre la lisière de la forêt et devant lui se déroulaient de nouvelles perspectives où l'ombre semblait s'accrocher avec entêtement aux lambeaux d'espace englouti. Il hésita et songea aux règles de prudence auxquelles venaient de l'initier les biches. Cela l'incitait à rebrousser chemin mais le bouillonnement qui était en lui le força à continuer. Il ne savait déjà plus reculer. Si le monde ne se limitait pas à cette forêt, il devait apprendre à en connaître toutes les apparences. Cette fausse insouciance formait en réalité un moteur puissant qui le plaçait, lui, en marge de son espèce, unique, solitaire, libre.

Ainsi donc, trottait-il vaillamment, l'oreille attentive, les naseaux ouverts. Rien ne ralentissait la régularité de son allure, ni les ornières, ni les pierres du chemin, ni même la pensée des dangers.

Au bout d'une demi-heure, il repassa au pas. La fatigue commençait à se faire sentir. Il décontracta ses muscles en marchant l'encolure basse, les postérieurs s'engageant sous sa masse et se cala dans ce nouveau rythme. Il traversait une étendue mollement vallonnée, de champs cultivés et de prairies. Au loin, de-ci de-là, quelques fenêtres éclairées signalaient la présence d'un village ou d'un hameau. Au fil des minutes l'aube rosissait, diffusant une timide clarté qui révélait les premières couleurs sans qu'il fût possible de dire si cette lumière montait de l'horizon ou tombait du ciel.

Il parvint à la hauteur d'un champ de blé en herbe dont l'exhalaison éveilla son appétit. Il fit sa première vraie halte de la nuit et brouta un long moment sans autre souci que d'apaiser sa fringale. Un vrombissement lui fit lever la tête. L'avion n'était qu'un minuscule point étincelant dont la longue traîne de fumée accrochait l'or des premiers rayons. Le jour était levé.

En se remettant en marche, il laissait monter en lui la grande frénésie du printemps. Tout lui paraissait étrangement beau, immuable, éternel : cette aurore qui finissait de naître dans une apothéose de tons mauves, ce paysage serein qui se dévoilait avec faste, cette atmosphère vivifiante qu'il respirait, cette saveur capiteuse laissée sur sa langue par le blé juteux, ces senteurs de renouveau qui flattaient ses narines, le vol en formation de ces oiseaux qui décrivaient dans l'immensité du ciel d'impétueuses arabesques, tantôt noires, tantôt blanches selon la position de leurs ailes : le monde avait tant à offrir ; comment était-il possible de ne pas s'en réjouir ? Et comment était-il possible d'œuvrer à l'enlaidir ? Tout ce qui l'avait fait jadis douter, tout ça s'enfuyait d'un seul coup avec ces oiseaux qui paraissaient se moquer des vicissitudes terrestres. Tout ce qui n'était pas joie et bonheur disparaissait dans un néant inaccessible pour ne laisser place qu'à cette merveilleuse sensation d'être en accord absolu avec la beauté de l'univers.

Oui, c'était çà, l'euphorie qui l'habitait maintenant était bien la seule vérité, dut-elle avoir l'évanescence d'un battement d'aile puisque le temps d'un envol elle avait le sublime pouvoir de le libérer du poids de l'existence ! Quo-Vadis serait toujours heureux puisqu'il possédait la faculté de s'émerveiller de la naissance d'un jour.

Il prit le petit trot parce que son odorat venait de lui signaler une odeur familière. Dans le creux d'un vallon, il déboucha sur un chemin sans issue qui menait à un grand pré ceint d'une large haie épineuse. Il approcha avec circonspection de l'entrée. Au fond du pré, quatre juments et leurs poulains venaient de s'arrêter de brouter et avaient levé la tête d'un même élan pour le regarder. Spontanément, l'une d'elles se mit aussitôt en marche vers lui. Les autres hésitèrent quelques secondes puis l'imitèrent, suivies de leurs jeunes. Elles se placèrent côte à côte le long de la simple porte de barbelés. Il était très surpris par leur conformation qui ne ressemblait en rien à celle de tous les chevaux qu'il avait jusque-là connus. Guère plus grandes, elles étaient en revanche bien plus puissantes que lui et toutes de robe identique, grise très claire presque blanche.

Leurs immenses têtes étaient supportées par une encolure courte et massive, leurs membres trapus s'achevaient par des sabots aussi larges que des seaux. Les poulains se ressemblaient de la même amusante manière, râblés comme leurs mères, on eût dit de véritables colosses miniatures ; par contre ils étaient entièrement noirs, excepté le contour de leurs yeux qui commençait à s'éclaircir et attestait de leur future robe blanche.

– Mon nom est Quo-Vadis, se présenta-t-il d'un renâclement.

– Nous, c'est Libellule, Esmiralda, Eugénie et Caroline.

Quo-Vadis lut une inconsolable tristesse dans les yeux de la dénommée Libellule. Il recula de quelques pas en agitant amplement l'encolure pour leur faire comprendre son intention de les rejoindre. Elles s'écartèrent pour lui libérer le passage et il bondit par-dessus les barbelés. Caroline poussa un hennissement d'enthousiasme et s'éloigna d'un trot étonnamment gracieux malgré sa masse. Son poulain qui avait tout d'abord essayé de la suivre, revint sur ses pas, déconcerté, et se réfugia auprès de l'un de ses petits camarades.

Quo-Vadis bondit alors comme une flèche et en quelques foulées la rejoignit. Durant les minutes qui suivirent, le pré résonna des martèlements sourds de leurs ébats. Lorsque Caroline s'arrêta pour souffler, Quo-Vadis continua à caracoler un bon moment avec les poulains qui ne tarissaient pas d'intérêt pour lui. Enfin, à contre cœur, il se décida à son tour de cesser le jeu et revint vers les juments, les quatre jeunes sur les talons. Ceux-ci, assoiffés, rejoignirent sans se tromper le sein maternel et burent goulûment avec une cocasse coordination. Il les détailla longuement puis leur raconta sa fuite et l'objet de sa quête. Apparemment elles l'écoutaient sans vraiment comprendre ; il sentait bien qu'elles ne partageaient pas sa flamme pourtant leurs pupilles étaient parvenues à s'illuminer, excepté celles de Libellule qui persistaient à trahir le chagrin. Il en était contrarié mais avait l'intuition qu'il serait maladroit de la questionner devant ses compagnes.

Il passa la majeure partie de la journée à manger et dormir sans cesser de guetter le moment opportun pour parler à Libellule. Cela s'avéra impossible. Elles ne se quittaient guère, attentives au contraire à se tenir, leur progéniture y compris, en cercle fermé, comme si elles avaient redouté que leur dispersion les exposât à un mystérieux danger.

Lorsque le soleil commença à décliner, Quo-Vadis se sentait frais et dispos pour une troisième course nocturne mais ne parvenait pas à se décider à partir. Les percheronnes broutaient toujours mais déjà s'interrompaient de plus en plus fréquemment pour somnoler, la lèvre inférieure pendante. Les quatre poulains ne tardèrent pas à se coucher non loin les uns des autres, leurs mères les encerclant. Alors qu'il les épiait en espérant que Libellule serait la dernière à s'endormir, il se produisit quelque chose qui lui parut extraordinaire : la vieille percheronne quitta le groupe de ses consœurs assoupies et marcha vers lui. Il ne bougea pas d'une oreille jusqu'à ce qu'il la sentît toute proche. Alors seulement, il se retourna. Elle se tenait immobile, et l'observait avec un intérêt à la fois gêné et obstiné. Sa robe paraissait bien plus blanche dans la lumière mourante. Elle devait être très vieille car malgré sa masse, les os décharnés de ses hanches et son garrot saillaient sous sa peau. En détournant la tête, elle vérifia que les autres ne l'avaient pas suivie puis les yeux chargés d'une nouvelle anxiété, lui demanda à brûle-pourpoint :

– Dans ton pays merveilleux Quo-Vadis, tu as bien dit qu'il y avait des poulains ?

– Bien sûr ! s'étonna-t-il.

– Sont-ils heureux ?

– Au moins autant que les adultes… Pourquoi ?

Elle baissa graduellement la tête comme si un poids énorme l'avait contrainte à ployer la nuque.

– Je détiens un horrible secret, déclara-t-elle avec une espèce de force lasse. Dans mes jeunes années, j'ai travaillé dans les champs avec ma mère. Quand les humains ont cessé de nous atteler, ils l'ont emmenée à l'abattoir. Je ne sais pas ce qui m'a sauvée.

Elle se tut soudain, se recueillant sur sa douleur comme sur le corps d'un mort, avant de reprendre d'une voix sans consistance :

– C'est aussi là qu'ils emmènent nos poulains quand ils nous les prennent à six mois.

Quo-Vadis regarda les quatre poulains couchés, veillés par les trois poulinières somnolentes, quatre petites formes vagues à peine plus sombres que l'ombre des grandes haies qui s'était allongée démesurément et menaçait de les atteindre et une sensation insoutenable le paralysa. Quelque chose de si omnipotent qu'il crut que son cœur allait s'arrêter de battre et qu'il allait mourir avant même d'avoir compris.

Alors d'un pas ample et lent qu'il croyait pourtant impuissant à l'éloigner d'elle, il s'échappa. Parvenu à l'entrée du pré, il dut rassembler tout ce qui lui restait de courage pour se retourner. Il la vit trancher nettement de la pénombre grandissante, plus blanche qu'une neige éternelle et secouer la tête en signe d'adieu. Bondissant alors par-dessus le barbelé, il s'enfuit de toute la vitesse de ses foulées.

CHAPITRE 9

La pleine lune était si lumineuse que la transition entre le jour et la nuit s'était faite presque clandestinement. Bien avant la disparition totale du soleil dans un bain amarante, le disque lunaire avait revendiqué son règne, intensifiant de minute en minute sa blancheur platine et jetant à terre des ombres de plus en plus crues qui rivalisaient de bizarrerie. Toute la nature paraissait ensorcelée par cette luminescence bleutée qui lui donnait un aspect de faux décor, une atmosphère féerique.

Quo-Vadis s'était remis en marche avant le coucher du soleil. Depuis plus d'un mois qu'il battait la campagne, jamais encore le paysage traversé ne s'était si notablement modifié. Une succession de collines sauvages et de vallées boisées, toujours plus encaissées, avait remplacé l'alternance monotone des futaies et des champs. Encore lointains mais déjà très distincts, traçant en filigrane sur le bleu obsidienne du ciel nocturne leurs majestueuses silhouettes, les premiers sommets montagneux habillaient magistralement l'horizon. Ce spectacle nouveau éveillait en Quo-Vadis un regain d'ardeur car cela ressemblait au décor de ses rêves. Ses visions ne s'étant plus manifestées depuis son départ, il était persuadé qu'au-delà de cette barrière naturelle, elles se concrétiseraient tout aussi sûrement qu'une lumière plus grande succéderait à l'étrange clarté de cette nuit d'été.

Les structures de son mental ne lui permettaient pas d'apprécier le temps écoulé ni la distance parcourue depuis son évasion; il savait simplement que non seulement il pouvait se passer des humains mais qu'il lui était même plus agréable de vivre sans eux. Au début l'idée de se faire reprendre l'avait persécuté ; puis petit à petit, il s'était rendu compte qu'en dépit des innombrables embûches que représentait l'étendue de l'empire humain, il lui était somme toute facile de passer inaperçu. De plus, les quelques humains croisés fortuitement, s'étaient désintéressés de lui, se contentant de le regarder tout au plus avec un vague étonnement. Il avait évité toute agglomération, contournant systématiquement villes et villages, ainsi que fermes et hameaux. Les routes, les fleuves et les voies ferrées avaient mis sa sagacité à l'épreuve, le plus délicat restant le passage des autoroutes.

Ces dix derniers jours avaient été les plus pénibles car sa ferrure usagée l'avait considérablement gêné. Il venait tout juste de perdre enfin le seul fer postérieur qui lui restait. Sa corne solide usée par la course, n'avait en fait nul besoin de protection et cette délivrance lui redonnait du baume au cœur car tout ce qui le ralentissait, était ressenti comme une intolérable entrave à sa liberté. Aujourd'hui plus que jamais dans la paix indescriptible de la nuit d'été veillée par la pleine lune, avec enfin à l'horizon les perspectives visibles de ses espoirs, il se sentait sûr de lui et satisfait de ses choix. Il avait même cessé de rêver de ses compagnons d'écurie et parvenait à y songer sans regret.

Il gravissait au petit trot le flanc abrupt d'une colline en haut de laquelle, la lune, énorme et basse semblait l'attendre. La tête dressée, les oreilles droites, la crinière déployée, attentif au spectacle allégorique de l'incommensurable, sa silhouette sombre se détachait avec une netteté obstinée sur le fond clair du disque lunaire. Parvenu au sommet, il s'arrêta. L'astre avait reculé sur le prochain coteau et inondait d'une lumière mate un vallon surgi comme par magie du ventre de la nuit et où scintillait une étrange corolle de points d'ignition. Il dévala ce versant au petit galop, ne ralentissant qu'une fois la pente radoucie puis pénétra une forêt clairsemée qui retentissait des échos familiers d'une nuit d'été ; bientôt pourtant, il crut reconnaître un tout autre type de bruit encore très lointain mais déjà différent qui n'aurait d'autre finalité que sa seule volonté d'être : de la musique !

Il se sentait irrésistiblement attiré et sans se l'expliquer cheminait maintenant, captivé par cette insolite mélodie nocturne qui s'élevait de plus en plus distinctement au fur et mesure de sa progression. Très vite, tandis que s'allumait une immense clarté d'incendie où semblaient se débattre, dans un délire de farandoles, de gigantesques ombres humaines, le rythme endiablé de chants et d'instruments à cordes s'intensifia avec une inexprimable exaltation. Il lui fallut encore un bon moment pour atteindre l'espace ouvert au milieu des bois où se déroulait la scène la plus extraordinaire qu'il lui avait jamais été donné de contempler. Il s'immobilisa à une distance respectable littéralement fasciné parce que lui renvoyaient ses sens.

Autour de plusieurs grands feux de camp dont le crépitement s'associait aux accords enfiévrés des guitares, des humains de tout âge dansaient et chantaient frénétiquement. Les femmes portaient des jupes amples et bigarrées qui leur arrivaient aux chevilles et dont les mouvements épousaient avec une grâce indescriptible le rythme de la musique, les enfants se contorsionnaient tels de jeunes chats ou bien sautaient dans les bras des hommes qui les lançaient en l'air puis les rattrapaient en riant à gorge déployée. Les ombres des flammes géantes accentuaient l'expression de gaieté insensée que l'euphorie des chants sculptait dans ces masques de chair en transe tandis que le clair de lune complice, enveloppait la clairière d'un halo d'argent et achevait de donner une note fantastique à cet incroyable déferlement d'allégresse qui, avec les flammèches des brasiers, montait au firmament comme une immense clameur séditieuse.

Quo-Vadis ne se doutait pas que cette griserie collective n'avait d'autre but que son propre vertige mais cette joie qui explosait avec la force d'une colère du sein de la nuit, avait quelque chose d'irrésistible. Pourtant, par instinct, il n'osait bouger car parmi eux se trouvaient aussi des chiens qui pouvaient déceler sa présence. Ce ne fut que lorsque les guitares se turent, que les flammes se réduisirent à des charbons ardents et qu'il ne persista plus que l'écho affaibli des derniers rires, qu'il sortit de sa cachette.

Alors qu'il n'était plus qu'à quelques foulées des corps alanguis, le vent tourna légèrement et lui apporta l'odeur familière de congénères. Surpris, il contourna la clairière puis déboucha sur un large chemin forestier le long duquel était garée une file de camions et de caravanes. Il la remonta le plus silencieusement possible, protégé par l'ombre compacte des véhicules et parvint sur un espace découvert où paissait tranquillement une dizaine de poneys. Ceux-ci redressèrent la tête et se mirent à le fixer d'un air étonné, leurs minuscules oreilles pointées comiquement de part et d'autre de leur front touffu. Il s'approcha du plus proche ployant l'encolure en signe d'amitié. Le petit cheval ne broncha pas et laissa leurs deux souffles se mêler. Il lui arrivait à peine à la hauteur du poitrail et reniflant soudain à plusieurs reprises, il lui demanda avec une pointe de méfiance :

– Tu es libre ?

– Oui, je me suis échappé d'un club hippique.

Intrigués, les autres s'étaient rapprochés et disposés en arc de cercle devant lui. De petits renâclements dubitatifs fusaient du groupe. Ils avaient tous le même aspect et à peu près la même taille. Leurs robes en revanche étaient très diverses. Ils étaient replets et hirsutes, certains avaient même un ventre énorme qui touchait quasiment terre et leurs crinières abondantes et ébouriffées les faisaient ressembler à de grosses peluches.

– Je dis la vérité, protesta Quo-Vadis.

Les poneys se regardèrent mutuellement puis se fixèrent tous sur l'un d'entre eux, un poney noir dénommé Socrate qui n'avait encore rien dit.

L'interpellé clopina vers Quo-Vadis. Face à lui, il leva sa courte tête de toute la longueur de son encolure ; ses crins et son énorme toupet se rejetant ainsi en arrière découvrirent une jolie tache blanche en forme d'étoile où s'accrocha un fugitif rayon de lune. Le jeune cheval sentit son cœur s'enflammer d'enthousiasme :

– Connais-tu la Vallée Merveilleuse derrière ces montagnes ?

Socrate jeta un coup d'œil furtif à ses compagnons.

– De quelle vallée veux-tu parler ?

– Celle que j'ai vue en rêve et qui doit se trouver là-bas de l'autre côté de la montagne.

– On voit toujours des choses merveilleuses de l'autre côté de la montagne... mais puisque nous en venons, je peux te dire qu'il n'y a pas plus de vallée de rêve derrière celle-ci que de plumes sur mon dos !

La brutalité de cette déclaration consterna Quo-Vadis. Voyant la perplexité du jeune intrus, le poney reprit d'un ton plus chaleureux :

– Le monde est vaste, j'ai beaucoup voyagé mais les gitans ne vont pas partout.

– Qui sont ces gitans ?

– Des humains comme les autres.

– Pourquoi voyagent-ils ?

– Pour rien, c'est leur manière de vivre, c'est tout !

– Que font-ils de vous ?

– Ils nous aiment bien ; de temps à autre, nous promenons les enfants dans les villages et les fêtes foraines, c'est tout ce que nous avons à faire.

Quo-Vadis remarqua que les antérieurs de tous les poneys étaient reliés. Il était encore sous le charme de la musique gitane et avait un peu l'impression de vivre un rêve ; il éprouva soudain l'envie de fermer les yeux pour mieux saisir les personnages qui formaient à cet instant le monde dont il faisait partie mais la peur de les faire disparaître en ouvrant de nouveau les paupières l'en empêcha. Socrate et les siens avaient l'aspect de ces chimères que l'imaginaire emprunte à la réalité pour faire vivre les acteurs des rêves, tout comme les nuits de pleine lune se servent de la lumière du soleil pour imiter le jour.

Le poney noir à l'étoile blanche était pourtant bien réel. Plus d'une minute s'était écoulée depuis ses dernières paroles et la perplexité se lisait aussi dans son regard. Quo-Vadis s'apprêtait à remercier Socrate lorsqu'un cri effroyable, une sorte de hurlement de rage et de douleur, s'éternisant sur plusieurs octaves puis s'étouffant brutalement comme dans un étranglement, explosa tel un coup de canon. Un frisson glacial parcourut l'échine de Quo-Vadis jusqu'à la racine de ses poils. L'encolure redressée au maximum, les yeux exorbités, il tentait de saisir le sens de ce sinistre cri en scrutant les fourrés tout proches d'où il avait jailli. Les poneys, eux, n'avaient même pas sursauté et s'étaient retournés sans la moindre frayeur apparente.

– Ne t'inquiète pas ; c'est Savonarole, ça lui prend souvent les nuits de pleine lune, le renseigna Socrate.

– Qui est Savonarole ?

– Un vieil âne, la mascotte des gitans… il a au moins le double de mon âge et je suis déjà bien vieux.

– Pourquoi crie-t-il de la sorte ?

– Il n'a plus toute sa raison. Les gitans l'ont trouvé agonisant, battu à mort. Ils l'ont sauvé ; maintenant ils sont persuadés que sa folie les protège.

– Sa folie ?

– Oui, il est resté un peu fou ; il passe des heures à creuser des trous quand il ne se met pas à hurler sa haine comme il vient de le faire.

– Il ne peut pas faire ça sans raison ! s'exclama Quo-Vadis, interloqué par la personnalité de ce mystérieux Savonarole.

Pour signifier son impuissance, Socrate s'ébroua, soulevant la masse hirsute de ses crins. Tandis que les autres poneys se dispersaient clopin-clopant pour recommencer à brouter, le braiment reprit, plus percutant, plus obstiné encore. Quo-Vadis ne se laissa plus surprendre et essaya d'en décomposer chaque arpège :

– Tremblez ! Tremblez ! Ô âmes impies ! Car la malédiction vous guette !

Il abandonna Socrate et les siens pour se diriger vers les bosquets qui dissimulaient l'étrange imprécateur. Il le découvrit, à la fois grotesque et pathétique, le cou tendu vers le ciel, la bouche grande ouverte comme s'il cherchait à respirer un air qui refusait d'atteindre ses poumons. Surpris, le vieil âne voulut se redresser mais comme il avait les deux antérieurs en contrebas dans un trou qu'il venait de creuser, il trébucha avant de parvenir à fixer l'intrus d'un œil hébété, ses immenses oreilles pointées vers lui tels deux points d'exclamation.

Quo-Vadis s'approcha avec mille précautions parce qu'il avait du mal à discerner sa robe grise. Savonarole était aussi maigre que les poneys étaient gras. Son pauvre corps décharné paraissait avoir été taillé à la serpe ; son dos creux, déformé par des charges trop lourdes, ses membres grêles et arqués, son encolure renversée et sa croupe osseuse, lui conféraient un aspect pitoyable qui toucha profondément le jeune cheval.

– Mon nom est Quo-Vadis, je suis un cheval libre, se présenta-t-il en soignant le ton de sa voix qu'il voulait rassurante.

Le vieil âne se ressaisit ; ses pupilles s'apaisèrent et ses grandes oreilles se détendirent, pendant misérablement en arrière de son crâne presque glabre :

– Pourquoi brilles-tu ainsi, d'où sors-tu ? lui demanda-t-il d'une voix éraillée.

– Je brille ? s'étonna Quo-Vadis

Il parut réfléchir, une de ses oreilles se redressa, se désolidarisant du reste de son corps comme pour mieux marquer son hésitation.

– C'est que ton cœur est pur; si tu parviens à le garder pur, tu seras épargné par la malédiction.

– La malédiction?

– Oui, la malédiction! Elle nous attend tous, tous ceux qui se sont damnés.

– Qui s'est damné?

– Tout ce qui vit et meurt…

– Pourquoi nous sommes-nous damnés, Savonarole?

– Tous ceux qui acceptent de vivre dans ce monde que les humains ont perverti se damnent.

– Je fuis les humains, Savonarole!

– Ça explique pourquoi tu brilles mais tu ne pourras pas les fuir indéfiniment; cette planète est leur royaume et nous ne vivons que pour les servir.

– N'as-tu jamais rencontré la Vallée Merveilleuse?

– Si, si, bien sûr, rétorqua-t-il sans hésiter.

Quo-Vadis sentit son cœur s'emballer. Les yeux du vieil âne se perdirent alors, bien au-delà de ce qu'ils pouvaient voir.

–… mais c'était il y a si longtemps.

– Elle existe toujours, j'en suis sûr, s'enflamma Quo-Vadis en essayant vainement de capter l'intérêt des prunelles de Savonarole qui semblaient s'enfuir hors des frontières du réel.

Celui-ci secoua brusquement la tête et ses longues oreilles claquèrent contre ses tempes comme un rappel à l'ordre.

– Non, non, il n'y a plus un arpent de terre qui ne soit pas leur territoire. Ils régissent tout et ils nous faut renvoyer tous nos espoirs aux calendes grecques.

– Comment peut-on vivre sans espoir?

– C'est cet espoir qui asservit.

– C'est pourtant mon espoir qui m'a libéré!

– Ta liberté est illusoire, l'espoir comme les rêves sont les armes les plus pernicieuses du diable, méfie-toi, la réalité, elle, est implacable.

– Est-ce ça être fou, Savonarole? Est-ce perdre l'espoir?

– Non, non, tu n'y es pas, je n'ai jamais connu l'espoir comment aurais-je pu le perdre… être fou est un simple moyen, un moyen de supporter l'insupportable et d'échapper ainsi… peut-être, à la malédiction.

– Mais je l'ai vue cette vallée, comme je te vois, je t'assure, comment serais-je capable de me la représenter aussi précisément si je ne l'avais pas vue !

– Où l'as-tu vue ? s'enquérit-il avec un empressement subit en raccrochant pour la première fois le regard de son interlocuteur.

– Là-bas derrière ces montagnes.

Il tourna aussitôt la tête dans la direction indiquée où la pleine lune s'était petit à petit enfuie et bordait maintenant les pics montagneux d'un somptueux halo d'argent.

– Là-bas, l'aube est toujours plus longue que la nuit, ne laisse pas l'âge frelater ton désir…

Savonarole avait parlé sans le regarder et Quo-Vadis se demanda si ces drôles de paroles lui étaient adressées. Quelque chose au fond de lui le persuadait que le vieil âne avait parlé plus pour lui-même. Savonarole se retourna vers lui et son regard trahit une telle désolation qu'un élan de pitié le poussa à préciser :

– Toi aussi, tu pourrais être heureux dans cette vallée !

Sa voix chevrotante parut alors faire trembler toute sa frêle carcasse.

– À chacun son bonheur… Tu as ton rêve… J'ai ma folie… Nul ne peut nous les prendre, ou il faudrait nous tuer ; or quelle enviable délivrance !

Le jeune cheval était de plus en plus décontenancé par ses propos. Malgré l'immense compassion qu'il éprouvait pour le vieil âne, il ne parvenait pas à le comprendre. Il observa un long moment la silhouette hâve et chercha vainement ses pupilles qui venaient de nouveau de se perdre. Il avait l'impression de percevoir l'irréductible force lasse qui soutenait encore ce misérable succédané de corps et restait persuadé que Savonarole essayait de lui dire quelque chose.

– Je te fais la promesse de trouver la Vallée Merveilleuse, Savonarole, pour que plus jamais tu puisses souhaiter mourir.

Le vieil âne n'eut aucune réaction mais Quo-Vadis crut le voir cesser de trembler. Il s'apprêtait à le laisser seul avec ses insondables méditations, lorsqu'un murmure coupa net son élan :

– Psst, psst… À toi je peux le dire, oui, à toi je peux le dire.

Il pivota de nouveau face à lui. Il avait redressé ses deux immenses oreilles et faisait tourner ses yeux dans leurs orbites comme s'il voulait vérifier qu'ils n'étaient pas épiés.

– Mais d'abord tu dois me dire si tu sais garder un secret ?

– Bien sûr, si tu me le demandes.

– Bon, bien alors approche-toi… !

Il parla si bas que Quo-Vadis faillit ne pas comprendre.

– En fait, ce n'est pas moi qui suis fou.

– Que veux-tu dire ? demanda-t-il en murmurant par réflexe de la même manière.

– Tséee… Tséee…

Il fit entendre une espèce de petit chuintement de langue mouillée tout en balançant la tête…

– Tu le fais exprès ? Je ne suis pas fou. N'est ce pas clair ?

– Pourquoi est-ce un secret ?

– Chut… Parce qu'ils ne doivent pas savoir.

– Qui ils ?

– Tous mais surtout les humains, eux ne doivent jamais l'apprendre !

– Pourquoi ?

– Parce que sinon ils sauraient que ce sont eux les fous et pas moi !

– Peut-être devraient-ils le savoir !

– Mais non malheureux ! Car je ne pourrais plus passer pour fou.

– Pourquoi tiens-tu à passer pour fou ?

Il se rapprocha soudain encore plus près ; cette fois Quo-Vadis aurait pu le toucher de toute la surface de son corps. Son ton baissa encore d'une octave et il eut beaucoup de mal à le suivre.

– Réfléchis… Moi je sais que je ne suis pas fou mais je sais aussi qu'eux croient que je le suis, donc à leurs yeux, c'est moi le fou… Tu me suis… ! S'ils comprenaient que je ne suis pas fou, ils sauraient alors que, eux, le sont et il me faudrait me comporter comme ils se comportent… En vrai fou ! C'est un stratagème, tu comprends ?

Quo-Vadis ne comprenait pas mais n'osa pas le contredire et acquiesça d'un silencieux battement de paupières.

– J'ai tout essayé, crois-moi, c'est le meilleur moyen de conjurer l'absurde.

– L'absurde ?

– Oui, tout ce qui n'a aucun sens : la haine, l'envie, la jalousie, l'ambition, la souffrance…

– Et le reste ?

– Quel reste ?
– L'amour, l'amitié, la solidarité, la beauté, la joie…
– Pfff… Tout ça a été sacrifié par les humains il y a bien longtemps déjà, sur l'autel de leur dieu de papier.
En constatant l'incrédulité grandissante du jeune cheval, Savonarole se tut, pencha la tête d'un air apitoyé et reprit avec une nouvelle gravité.
– C'est vrai… Toi tu brilles… Tu ne sais pas encore !
– Quoi donc ? Dis-moi ce que j'ignore, Savonarole, je t'en conjure.
Il lui sembla que le vieil âne le regardait alors pour la toute première fois.
– Tu ne sais pas ce dont sont capables les humains.
– J'essaye de les comprendre…
– On ne peut les comprendre, ils sont complètement insensés.
– Peut-être est-ce pour ça que j'ai éprouvé le besoin de les fuir.
– Ils sont incontournables.
– Que faire alors ?
– Le fou !
– On tourne en rond.
À ces mots, le vieil âne poussa un braiment bref, si puissant et si inattendu que Quo-Vadis crut que ses tympans allaient exploser. Puis il se ressaisit aussitôt et se mit à regarder anxieusement en tous sens autour de lui comme s'il craignait soudain avoir attiré l'attention de spectateurs invisibles.
– Là est bien la question, reprit-il en murmurant de nouveau, tout est rond, toi… moi… la terre… Seuls les humains ont inventé les angles et depuis plus rien ne tourne rond.
– Et avant ? s'entendit demander béatement Quo-Vadis qui ne parvenait plus à suivre le raisonnement de son interlocuteur.
Les pupilles de Savonarole se mirent alors à tourner vertigineusement dans leurs orbites comme des billes emballées dans une sphère.
– Avant… Avant… Avant, ânonna-t-il en changeant d'octave à chaque répétition. Oui, oui, il y a bien longtemps… Tout était encore possible… Mais ils ont suivi Thanatos… Ils ont inventé la guerre, la prison, la torture…
Le vieil âne parlait pour lui-même, comme si les mots lui

venaient d'une autre conscience, d'une autre mémoire.

– Oui... Tout aurait pu être autrement; tous n'étaient pas fous, il y avait des clairvoyants parmi eux... Je me souviens un jour d'un humain totalement différent; je l'ai porté moi-même, je ne sentais pas son poids, c'était étrange... Pourtant il était sur mon dos, j'aurais pu l'emmener au bout du monde, j'aurais fait tout ce qu'il voulait... Mais ils l'ont tué!

– Qui? Les autres humains?

Savonarole parut se souvenir de la présence du jeune cheval et se tournant vers lui plongea ses yeux dans les siens.

– Bien sûr les autres humains.

– L'as-tu rêvé ou l'as-tu vécu?

– Comment pourrais-je le savoir? Quelle importance?

– Sais-tu pourquoi ils l'ont tué?

– Parce qu'il parlait d'amour.

– Comment peut-on tuer quelqu'un parce qu'il parle d'amour? C'est absurde!

– Que te disais-je, tu n'écoutes donc pas. Ce sont eux les vrais fous! Chut... N'oublie pas, tu m'as promis de te taire, ils ne doivent pas savoir.

Il s'ébroua soudain bruyamment et pivota sur les hanches pour se replacer face au trou qu'il avait creusé.

– Maintenant laisse-moi; je dois retourner à ma tâche, tu m'as fait perdre beaucoup de temps.

Sans plus attendre, il se mit à gratter furieusement la terre tantôt de son antérieur droit, tantôt du gauche.

Quo-Vadis l'observa un moment sans rien oser dire, sans rien oser penser. Il n'avait jamais rencontré un personnage aussi déconcertant et il ne pouvait se résoudre à le laisser ainsi, sur cette conversation énigmatique qui avait éveillé en lui plus de questions qu'elle n'en avait élucidées.

– Pourquoi creuses-tu, Savonarole?

– Tu es encore là, lui répondit-il sans discontinuer; je cherche la lumière lui rétorqua-t-il en soufflant par ses naseaux, la poussière respirée.

– Tu cherches la lumière dans la terre?

– Évidemment, où crois-tu qu'elle soit?

Le jeune cheval réfléchit quelques instants.

– Dans le ciel!

– Toute l'erreur est là! bondit soudain Savonarole en cessant de gratter, nous ne savons regarder que la périphérie mais la vérité, elle est là ! Au centre ! Bien sûr, tu ne peux pas savoir ça, toi, tu es un nomade… Moi il y a longtemps que j'ai compris ; j'ai cessé de courir et depuis je creuse.

– L'as tu déjà trouvée ?

– Pas encore… Il faut être patient. Les humains sont d'éternels insatisfaits parce qu'ils ne savent pas être patients. Moi, tu vois, cahin-caha, en deçà des philosophes qui frôlent la vérité sans jamais la saisir, des scientifiques qui l'expliquent sans la comprendre et en deçà des artistes qui l'utilisent sans la connaître, je cherche la lumière au fond de ma tanière.

Il avait repris son labeur frénétique en disant cela et le jeune cheval fut alors saisi de la certitude qu'il ne pourrait rien en tirer de plus. Le mystère de Savonarole s'enfouirait sans doute avec lui dans le trou qu'il creusait. Il se mit à reculer à pas comptés sans parvenir à détacher son regard de l'âne qui redoublait ses efforts en toussant de plus belle. Ce ne fut que lorsque l'obscurité lui en effaça la vision qu'il se décida à rejoindre les poneys assoupis. Il distingua Socrate, non loin de là, en appui sur trois membres, la lèvre inférieure pendante. Le petit cheval sentit le poids de sa présence et cligna des paupières.

– Crois-tu que les gitans me garderaient ? lui demanda-t-il à brûle pourpoint.

Une lueur d'étonnement traversa les pupilles du poney.

– Poursuis ton chemin, jeune ami, si tu ne veux pas être déçu !

– On ne peut pas être méchant quand on joue une musique pareille !

Socrate relâcha son regard et soupira longuement. Seul le grattement de Savonarole troublait cette curieuse paix qui précède les aurores mais bientôt il s'estompa aussi. Quo-Vadis pensa que la fatigue avait dû avoir raison de lui. Il constata que Socrate s'était éloigné et choisit un coin de mousse pour se coucher en attendant l'aube.

Quelques heures plus tard, les gitans le découvrirent endormi parmi leurs poneys. Le clan s'était rassemblé et les interrogations succédaient à la surprise. Un homme élancé, habillé d'un débardeur qui mettait en exergue des muscles lisses sous sa peau bronzée, marcha vers lui avec calme. Il le laissa le rejoindre puis lui caresser l'encolure et le chanfrein. Ses mains étaient agiles et expertes. Elles lui passèrent presque aussitôt un licol et une longe avant de glisser sur son épaule, ses reins puis le long de ses membres.

– Méfie-toi quand même ! lança un homme mûr d'un ton qui avait l'habitude du commandement.

Quo-Vadis sentit le poids de l'homme qui prudemment s'appuyait sur son dos. Il réprima de justesse un réflexe d'esquive. L'idée de devoir se soumettre de nouveau l'affola un bref instant mais il se ressaisit en se remémorant l'image de Savonarole creusant. Lestement l'homme avait bondi sur son dos et lui parlait maintenant d'une voix apaisante tout en lui flattant l'encolure. Il attendit docilement la légère pression des mollets pour se porter en avant. Son cavalier lui fit exécuter quelques boucles au pas autour des autres gitans, en se servant du simple poids de son corps puis ils s'éloignèrent au petit trot sur le chemin où étaient garés les véhicules et virevoltèrent au bout d'une centaine de mètres pour revenir au grand galop. À la hauteur du groupe, il l'obligea à s'arrêter net et mit aussitôt pied à terre. En tapotant l'épaule de sa monture, il déclara :

– C'est un bon cheval, nous pourrions en tirer de l'argent.

Un brouhaha d'assentiment monta de l'assemblée. Les enfants s'étaient approchés et caressaient Quo-Vadis, les femmes retenaient les plus jeunes qui voulaient les imiter et les hommes se regroupaient autour de celui dont ils attendaient les prochaines paroles. Ce dernier avait les yeux fixés sur le cheval et semblait ne pas les voir. La fermeté de son visage basané, soulignée par une abondante moustache noire et des traits profondément marqués, trahissait une grande réflexion :

– Si c'est un cheval volé et qu'on le reconnaît, c'est nous qu'on accusera.

– Que comptes-tu faire alors ? Le laisser repartir ? lui rétorqua celui qui avait monté Quo-Vadis.

De nouveau, une vague de commentaires s'enfla dans le groupe.

– Le plus sage serait en effet de le laisser partir…

Il se tut et nul n'osa enchaîner sur ses paroles restées en suspens. Plusieurs minutes s'écoulèrent pendant lesquelles il fit le tour de Quo-Vadis en se frottant le menton.

– Il n'est pas marqué, reprit-il, et il est tout en muscle. Si nous faisons vite, nous risquons peu ! Je connais un maquignon qui nous le prendra sans poser de question.

Ils attachèrent Quo-Vadis à un arbre et disparurent dans une des caravanes. Les autres gitans rassemblèrent les poneys et les firent monter dans une camionnette. Il se contorsionna pour apercevoir Savonarole qu'un gamin tirait par une oreille afin de le décider sans succès à le suivre ; d'autres enfants vinrent à la rescousse. Le vieil âne les laissa arriver à sa hauteur puis se mit à trotter de lui-même en direction du véhicule. Il se dépêcha de rejoindre les poneys et les enfants rabattirent alors les portes arrière du véhicule. Ce fut la dernière vision qu'il eut du vieil âne.

CHAPITRE 10

Deux gitans restèrent avec Quo-Vadis jusqu'à la venue du maquignon. L'affaire fut vite conclue. Celui-ci fouilla dans ses poches et en retira une liasse de billets crasseux qu'il compta un à un avant de les remettre à son vendeur; puis il embarqua sa recrue dans un van miteux où s'entassaient déjà plusieurs chevaux. Quo-Vadis ne pensait qu'à revoir Savonarole et sur cette idée fixe se pétrifiaient tous ses désirs.

Quand le pont fut remonté, il se retrouva comprimé contre un lourd cheval bai qui ne broncha pas. À la hauteur de sa tête, de l'autre côté, un gris, plus petit, lui jetait un regard un peu fou. Les premiers kilomètres furent les plus pénibles parce que les amortisseurs ne remplissaient plus leur fonction. Les chevaux étaient ballottés de toute part et avaient tout le mal du monde à garder leur équilibre. Leurs sabots claquaient contre le sol sans paille et parfois contre les côtés non capitonnés. Le camion bifurqua sur une route principale et prit enfin une allure régulière. Les chevaux se détendirent un peu.

Il faisait encore nuit noire lorsque le van décéléra puis s'immobilisa après avoir exécuté une série de manœuvres. Le moteur s'arrêta dans un hoquet et les portières se rabattirent de concert sur les deux occupants de la cabine. Un brouhaha s'ensuivit qui fut couvert par le grondement d'un pan métallique qu'on faisait glisser tandis que des ordres confus étaient hurlés de part et d'autre. Les phares de deux automobiles éclairaient l'ouverture béante d'un wagon sur le bord de laquelle avait été posé le pont du camion. Une demi-douzaine d'hommes s'agitait autour de cet aménagement bizarre. Le maquignon monta pour détacher Quo-Vadis et le fit pivoter dans le sens de la descente. Il n'y avait que le pont à franchir pour se retrouver dans l'horrible trou qui s'ouvrait comme la gueule d'un monstre.

Il stoppa net son élan et se pétrifia. Le maquignon s'arc-bouta sur la longe en vociférant des insultes grossières tandis que les autres humains se plaçaient en éventail derrière lui, les bras levés au ciel. Un premier coup de chambrière cingla ses cuisses. Surpris, il rua de toutes ses forces. Aussitôt l'un de ceux qui l'encerclaient se précipita pour lui passer une corde autour de l'encolure puis des coups répétés se mirent à pleuvoir sur sa croupe. De rage et de douleur, il se dressa sur ses postérieurs menaçant dangereusement celui qui le tenait. Le nœud coulant de la corde se resserra brutalement sous son cou. Il bondit alors de côté et se retrouva coincé entre le pont et une automobile. Les hommes cessèrent de le frapper et s'interpellèrent confusément. Ils fixèrent alors la corde qui le retenait au wagon et le laissèrent dans cette position.

L'effervescence de son débarquement avait fini d'affoler ces congénères qui se laissèrent enfermer et attacher dans leur nouvelle prison ambulante sans opposer grande résistance. Quand le dernier fut embarqué, son tour vint de nouveau. Ils le détachèrent et le forcèrent à coups de cravache et de coups de pied dans le ventre à se replacer sur le pont du camion. Quo-Vadis était bien décidé à endurer les coups aussi longtemps qu'il pourrait pour ne pas pénétrer dans le wagon. C'était compter sans l'ingéniosité des humains. Ils resserrèrent à tel point le nœud coulant de la corde que ses cordes vocales émettaient à chaque respiration un long râle d'agonie. Puis ils disposèrent une autre corde sous sa croupe, au-dessus des jarrets dont ils nouèrent une extrémité sur la porte du wagon et firent coulisser l'autre sur un montant. Bloqué dans cette poulie, les ruades qu'il tenta d'exécuter n'avaient aucune action et tandis qu'il se raidissait pour résister, les cordes sciaient ses chairs. Le souffle rauque, à moitié étouffé, il dut céder au bout de plusieurs minutes en bondissant vers l'avant ce qui le précipita à l'intérieur.

Immédiatement la porte coulissa derrière lui. Le maquignon l'attacha par la longe entre les croupes de deux autres chevaux et retira la corde de son encolure. Il le sentit se faufiler entre lui et ses congénères pour accéder de nouveau à la sortie. Le pan métallique s'entrouvrit dans un rai de lumière pour se refermer aussitôt comme un caveau sur le wagon où s'entassait tête-bêche une bonne douzaine de chevaux. Aucun d'eux n'osait bouger, craignant de voir surgir à tout moment, hurlant et frappant, les humains qui les avaient enfermés là. Tout comme ses compagnons d'infortune, Quo-Vadis n'était pas capable d'analyser ce qui arrivait et sans maîtriser les spasmes de ses oreilles qui seules pouvaient le renseigner, il tentait de saisir la signification des bruits extérieurs. Plusieurs moteurs s'étaient remis en marche et les voitures manœuvraient projetant ça et là dans le wagon des faisceaux de lumière fugitive qui révélaient la terreur des pupilles. Il constata qu'il devait se trouver face au joint de fermeture d'une deuxième porte car outre un courant d'air à peine perceptible, la clarté fusait en rai étroit sur toute la hauteur. Grâce aux phares des véhicules, il devinait plusieurs interstices de quelques centimètres de large qui devaient être les seules ouvertures de ce wagon. Enfin les moteurs s'éloignèrent et avec la fuite des minutes qui suivirent, le silence nocturne reprit ses droits.

À l'intérieur du singulier huis clos les respirations se firent plus bruyantes et la tension se détendit avec les premiers raclements de sabots contre le sol métallique. Le refuge précaire du calme revenu enhardissait les moins traumatisés qui se mettaient à manifester leur désir de sortir. De cette timide excitation montait une odeur nauséabonde, un mélange de transpiration morbide, d'urine et de crottins macérés qui saturait l'air confiné du wagon. L'attache très courte de Quo-Vadis ne lui permettait pas vraiment de tourner la tête et il sentait contre ses flancs moites, les respirations saccadées de ses deux voisins. Cette proximité commençait d'ailleurs à agacer les plus irascibles et des coups de pieds ferrés claquaient contre le métal des cloisons. La présence de ses congénères ne rassurait pas Quo-Vadis et malgré l'incommodante intimité, il les sentait loin de lui, comme étrangers à ses tourments. Il s'enfermait petit à petit dans cette solitude lorsqu'il ne put réprimer un couinement en sentant les dents de son voisin se planter cruellement dans sa croupe. Sans vraiment s'en rendre compte, il rabattit les oreilles en signe de menace et la vague d'agressivité se calma comme elle était venue. Un silence d'outre-tombe lui succéda qui semblait les engloutir, lentement, obstinément, irrésistiblement…

Un choc inattendu et si puissant qu'il ébranla tout le wagon, les arracha à cette fallacieuse torpeur. Aussitôt s'enchaîna une série de secousses brutales, accompagnées de l'entrechoquement de pièces métalliques et de grincements de roues. De nouveau, l'affolement général alluma les prunelles. On eût dit que leur cellule elle-même s'éveillait d'un long sommeil et s'ébrouait tel un monstre avant l'heure de la chasse. Les chevaux ne se contenaient plus d'angoisse et se maculaient les jarrets d'une diarrhée fétide. Une espèce de long sifflement monocorde et apparemment sans fin parut jaillir des confins de la nuit. Lorsqu'il se tut, le silence vibra plus inquiétant encore. Les secondes s'écoulèrent avec une lenteur d'éternité, puis comme pour répondre au mystérieux appel, le wagon se mit en branle. Son mouvement se prolongea pour se caler dans une sorte de bercement saccadé qui suivait le rythme croissant des roues. Les chevaux se stabilisèrent à la volée, tassés les uns contre les autres, accaparés par le nouvel effort à fournir pour s'accorder à l'emballement de plus en plus effréné de leur prison mobile. Ils n'osaient plus se mordre, ni se taper, de peur de rompre leur fragile union avec le battement incessant. Quo-Vadis sentait s'installer en lui comme une seconde peau, cette inquiétude dévorante qui tenaillait ses camarades. Le train qui les emportait maintenant à une allure folle semblait fuir l'issue même de la nuit pour laisser à la traîne l'inéluctabilité de la prochaine aurore.

Au fil des heures, la fatigue, la soif, la faim se confondaient dans une même sensation de non-être, une doucereuse indolence qui était en fait la seule façon de survivre à l'impuissance totale de leur situation. Un hurlement horrible qui secoua fortement le wagon les arracha sans ménagement à leur faux repos. Tous sursautèrent, s'arc-boutant involontairement sur leurs attaches, le cœur battant à se rompre, leurs jambes s'agitant dans une fuite grotesque qu'ils ne pouvaient pas prendre. Un train plus rapide les doublait dans un bruit d'enfer mais ils ne comprenaient pas le sens de ce fracas brutal qui se prolongea d'interminables secondes.

Lorsqu'enfin il cessa, une fièvre nouvelle s'était emparée des malheureux prisonniers. Les sabots tambourinaient le sol avec un acharnement exaspéré, un effroyable désordre de corps emmêlés activant l'odeur répugnante des excréments piétinés, s'enfla comme une explosion et vint percuter Quo-

Vadis. À son tour il lutta plusieurs secondes pour retrouver le synchronisme avec le déplacement du train. Ses sabots non ferrés lui permettaient d'adhérer mieux que les autres au sol glissant. Il se rattrapa et se cala, membres écartés, le souffle court. Le martèlement cessa, le battement des roues regagna sa suprématie. Toutefois un nouveau bruit semblait lui faire écho, quelque chose de plus lent, plus mat, plus massif, un vague entrechoquement de chair flasque. Quo-Vadis ne comprit pas immédiatement mais ce bruit l'intrigua et il concentra ses sens du côté où il venait. Il crut alors apercevoir dans l'obscurité tenace, le balancement insolite d'une masse légèrement plus claire. Dans un éclair de lucidité inexplicable, la vérité s'imposa à son esprit. Surpris par le bruit de l'autre train, l'un de ses compagnons d'infortune s'était pendu à son licol. L'encolure maintenue par une longe trop courte, il n'avait pu retrouver son équilibre et s'était brisé le cou. Son corps sans vie mais encore chaud heurtait mollement la paroi et venait choir dans les jambes de ses voisins qui avaient assisté impuissants à son agonie. Cette masse de chair animée d'un mouvement aussi étranger qu'absurde avait été, il y a à peine quelques minutes, ce qu'il était lui encore, un être sensible, inquiet de son devenir, relié au monde par ses besoins, ses désirs et ses secrètes espérances. Quel sens avait donc eu sa pauvre existence ?

Le train poursuivait sa course effrénée dans la nuit. Les naseaux collés contre la jointure de la porte, Quo-Vadis avait la chance de pouvoir respirer un air moins vicié. Il sentait sa gorge se dessécher et ses muscles s'ankyloser faute de mouvement. Depuis la mort de leur congénère, ils étaient encore plus tassés qu'auparavant car les voisins immédiats de l'accidenté s'en éloignaient le plus possible. Malgré son envie de changer de position, il s'efforçait de bouger le moins possible afin de ne pas contraindre les autres à se rapprocher du cadavre. Pour tromper son épuisement et se donner un but, il entreprit de se débarrasser de son licol. Ce dernier, même serré, ne lui opposa pas grande résistance et en fut libéré au bout de quelques minutes.

La nuit leur parut interminable. Dès les premières lueurs de l'aube, Quo-Vadis sortit du mauvais sommeil dans lequel il s'était laissé prendre. D'horribles crampes se firent aussitôt sentir dans son dos et ses reins. Il ne savait plus distinguer les effets du manque d'air, de la fatigue, de la soif et de la faim. Avec le lever du soleil, la température s'était considérablement accrue dans le wagon et les chevaux étaient trempés d'une sueur fiévreuse qui continuait de vicier l'atmosphère confinée. Vers midi, l'allure du convoi décrut progressivement et pendant près d'une heure, celui-ci continua sa route à un rythme plus lent. Ce changement avait sorti les prisonniers de leur torpeur et tous attendaient confusément, sans parvenir à l'imaginer, l'issue de leur calvaire. Enfin le train s'arrêta tout à fait. La porte allait s'ouvrir, rien de plus logique ne pouvait se produire...

Aucun bruit extérieur ne franchissait les murs de leur huis clos. On eût dit que le convoi les avait définitivement coupés du monde ! Le temps s'écoula comme un long supplice. Les chevaux n'avaient plus la force de hennir et leur présence restait tout à fait anonyme dans le ventre du serpent de métal figé au soleil comme un lézard. La transpiration ruisselait jusqu'aux naseaux de Quo-Vadis. De grosses mouches tournaient autour de ses yeux et ses oreilles mais c'était comme si leur harcèlement ne l'atteignait pas.

Lorsque le train se remit en branle, c'est tout juste si les prisonniers le remarquèrent. Ils utilisèrent leurs dernières réserves pour s'accorder au rythme infernal de leur cellule. Parmi tout ce qui les accablait, la déshydratation était ce qui les menaçait le plus. Les plus faibles commençaient à défaillir et Quo-Vadis avait déjà supporté à plusieurs reprises le poids de son lourd voisin qui s'affalait sur lui. Il ne savait plus s'il faisait jour ou nuit, s'il tenait les yeux ouverts ou non. De nouveau, il fut heurté violemment par son compagnon. Il se contracta de toutes ses forces pour le soutenir mais plus il se raidissait, plus celui-ci se faisait pesant ; il avait l'impression que son poids le comprimait de toutes parts, l'écrasait comme un horrible couvercle que, plus il s'acharnait à repousser, plus on s'obstinait à refermer sur lui. Puis soudain, miraculeusement, à cette insoutenable sensation, succéda une autre tout à fait opposée. Son corps était léger comme l'air. Il trottait et galopait transporté par une joie indescriptible. Tandis qu'il prenait de la vitesse, il vit d'un seul coup, le troupeau bigarré de ses rêves venir à son encontre, baigné de lumière, rayonnant de la même sérénité. Seul un bruit discordant jetait une ombre sur ce merveilleux tableau ; c'était une sorte de râle prolongé, opiniâtre, qui détonnait curieusement avec l'harmonie paisible de la scène. Sa persistance le ramena à la réalité. Il traversa un grand brouillard avant d'avoir de nouveau la perception de la paroi et de son rai de clarté ; puis brutalement, en baissant l'encolure qu'il avait libre, il découvrit son voisin bai gisant à ses pieds, tel un arbre abattu. Il contempla d'un air ahuri le corps de son infortuné congénère, convulsé par des soubresauts violents de plus en plus rapprochés. Dans un geste irréfléchi, il le bouscula du nez comme pour l'encourager à se relever mais le râle s'affaiblissait et un relâchement total des muscles livra la nouvelle victime au bercement du train.

Brutalement et avec une violence aussi extrême qu'inattendue, un fracas épouvantable se produisit, semblant crever le ciel dans un assourdissant déchirement de tonnerre. Au même instant et sans qu'aucun des occupants n'eût le temps d'en prendre conscience, le wagon, fut happé par une force prodigieuse qui l'arracha de ses rails et l'envoya voltiger dans les airs comme un vulgaire fétu de paille. Avec quelques fractions de secondes de décalage, les voitures qui précédaient retombaient déjà tandis que celles qui suivaient se cabraient à leur tour en une sorte d'infernale farandole. Le train parut se contorsionner comme un asticot décapité avant de se disloquer entièrement dans un bruit d'apocalypse et une phénoménale nuée de poussière et de fumée. Tout se passa avec une telle puissance et une telle rapidité qu'il n'y eut ni frayeur, ni douleur. Le wagon des chevaux fut réduit à un amas inextricable de métal fumant et de chair vibrante. La porte devant laquelle se trouvait Quo-Vadis avait été arrachée d'un seul bloc et projetée à une centaine de mètres. Libéré de toute attache, il avait été aspiré par la déflagration et éjecté de la même manière. De cela bien sûr, il n'eut aucune conscience. Son corps rebondit telle une balle de mousse avant de s'affaler dans un épais tapis d'herbe haute qui le recouvrit presque complètement. Quand il revint à lui, douloureusement, sa première perception fut olfactive. Ses naseaux lui renvoyaient une délicieuse odeur de fleurs sauvages. Il se laissa envahir un long moment par cette douce sensation sans parvenir à ouvrir les yeux. En emplissant ses poumons, le parfum paraissait irradier jusque dans la plus petite parcelle de chair qui le composait, et il en frissonnait d'aise comme sous une caresse.

Il fit un effort laborieux pour fouiller dans ses souvenirs. Il se souvint en tout premier lieu d'une horrible odeur de mort qui le prenait à la gorge. Une contraction involontaire et douloureuse lui rappela alors l'immobilité contrainte et tout s'enchaîna d'un seul coup clairement dans son esprit : le wagon ! La soif, la faim, la fatigue. Il ouvrit les yeux brusquement, mais ne put rien distinguer. Il s'imagina galopant dans le ciel parmi les étoiles et doucement, timidement, il tenta de mettre en mouvement ses jambes endolories. Le miracle se produisait bel et bien, elles lui obéissaient. Il en ressentit une telle joie qu'il referma les paupières et s'endormit profondément. Son sommeil fut agité mais c'était un vrai repos régénérateur.

Lorsqu'il reprit conscience, il faisait grand jour. Il se demanda si c'était la douce sensation de chaleur dont l'enveloppaient les rayons délicats du soleil matinal ou le chant endiablé des oiseaux qui l'avait réveillé. Il s'étonna de son irruption si tranchée dans le réel. Le lit herbeux où il avait dormi et la douce harmonie de ce matin lui parurent soudain étranges. Il se mit à bouger mais pas une parcelle de chair ne se contractait sans douleur. Ses premiers efforts l'épuisèrent mais le besoin de savoir l'obsédait. Curieusement les oiseaux s'étaient tus et un silence étrange planait sur la campagne. Il allongea ses deux antérieurs, replia ses postérieurs sous lui et souleva d'un geste ample son encolure. Il fut saisi d'un vertige qui faillit le rabattre dans sa position initiale mais lutta de toutes ses forces pour se maintenir ainsi redressé.

La première vision qu'il eut le bouleversa. À quelque vingt mètres à peine, le wagon qui l'avait tenu prisonnier, éventré comme les autres, gisait lamentablement le long des rails désertés. Tout autour de lui, des débris de métal avaient courbé les hautes herbes sauvages comme l'avait fait l'impact de son corps. Pas un bruit, pas un gémissement ne s'élevait de l'amas monstrueux mais le vol silencieux de plusieurs grands oiseaux noirs achevait la dramatique atmosphère du tableau. Son instinct le renseigna immédiatement sur la signification de cet augure. D'un seul coup, il oublia sa douleur et tenta de se mettre sur pied. Il retomba peut-être une dizaine de fois sur lui-même comme un poulain nouveau-né avant de parvenir à rester debout. Il crut alors que le sol se dérobait sous lui. Grotesquement, tout son corps essaya de garder l'équilibre en s'accordant comme il l'avait fait des heures durant au balancement du train et il s'affala de nouveau dans l'herbe. Le sang affluait à une telle vitesse que sa veine jugulaire s'agitait comme un animal vivant. Il savait que si la vie s'acharnait ainsi en lui, ce n'était pas uniquement sous la sollicitation de ses violents efforts physiques.

Quand il vit les deux grands oiseaux noirs tournoyant juste au-dessus de lui, la colère le saisit. Il poussa une sorte de cri de rage et se trouva d'un seul coup debout bien d'aplomb sur ses quatre membres. De toutes parts autour de lui, des prairies sauvages, mollement vallonnées, couvertes d'herbe grasse et de fleurs multicolores se déroulaient à perte de vue sans qu'aucune clôture, aucune route, aucun poteau électrique ne vînt briser cette harmonie naturelle. Il n'avait encore jamais vu pareil paysage.

Son regard revint aux wagons désarticulés et il se mit en marche vers eux. À quelques pas de celui d'où il avait été éjecté, il s'immobilisa d'effroi. Ce qu'il pouvait voir clairement confirmait toutes ses craintes. Seule la partie centrale avait encore un aspect qui rappelait la forme initiale de la voiture mais elle avait elle-même subi un tel choc que le toit convexe était maintenant concave. Pourquoi aurait-il été le seul rescapé ? Il s'approcha encore et ce qu'il découvrit n'était qu'un amoncellement suintant de corps mutilés, écrasés, enchevêtrés dans les débris ignobles de leur prison meurtrière. Une telle tristesse s'empara de lui qu'il faillit s'enfuir à toutes jambes.

Mais les oiseaux charognards, eux, s'enhardissaient de plus en plus. Deux d'entre eux s'étaient même posés sur le dernier wagon. Tandis qu'il faisait demi-tour pour s'éloigner un peu, il crut entendre un râle, quelque chose d'à peine perceptible. Il fit quelques pas qui le ramenèrent contre l'ouverture béante et aperçut alors le cheval gris coincé sous la toiture enfoncée. Un frisson glacial le parcourut car il vit un tressaillement agiter le corps de son congénère. Il tendit au maximum son encolure et parvint à toucher la sienne de ses naseaux. Elle était chaude. Au contact, le râle reprit si faiblement qu'on ne pouvait l'entendre mais contre lui, il en percevait sans doute possible les vibrations. Du bout des lèvres, il remonta jusqu'à la tête ; elle était maculée de sang qui s'écoulait d'une profonde blessure à la tempe et traçait le long des ganaches claires des petits ruisseaux rouges. Il lécha ses souillures jusqu'à ce qu'elles disparaissent et que la belle robe grise reprenne son aspect éclatant. Il s'acharna des minutes durant sans relâche ; il s'y serait attelé des heures mais le sang s'arrêta assez vite de couler. Alors seulement, il se redressa, rompu de fatigue, ahuri de chagrin et recula un goût de sang à la bouche qui paraissait ne plus jamais devoir s'estomper.

Il pivota sur lui-même et découvrit alors l'alignement morbide des grands oiseaux noirs qui avaient tous rejoint ceux qui s'étaient déjà posés. Toute sa douleur se transforma en rage et poussant derechef son hurlement de guerre, il chargea les dents dénudées. Les oiseaux s'envolèrent avec des cris de dépit et se remirent à tournoyer à une distance respectable. Ils savaient attendre. Ils vivaient de cette patience. Quo-Vadis comprit qu'ils n'oseraient attaquer tant qu'il s'agiterait ainsi, menaçant, autour de leur proie. Cette garde était la seule chose en son pouvoir et il lui était inconcevable d'y renoncer. Poussé par la soif, il remonta la direction des rails et découvrit la cause de l'accident. Dans le lit d'une rivière, la locomotive gisait parmi les débris d'un pont qui s'était écroulé sous son poids. Nulle trace de vie n'était repérable. Il longea la berge et finit par trouver un accès. Les deux pieds avant écartés, il but à grandes lampées. Bien avant d'avoir totalement assouvi sa soif, il regrimpa avec difficulté la rive pour rejoindre au plus vite le wagon. Durant tout le restant de la journée, il fit ainsi la navette entre l'eau et le tombeau. Les oiseaux tournoyaient toujours mais n'osaient plus se poser.

Vers le déclin du jour, il se décida à tromper sa faim en broutant un peu l'herbe qui s'offrait à profusion autour de lui mais il ne put en consommer une grande quantité. Il remarqua que les vautours s'étaient élevés plus haut dans le ciel et avaient augmenté l'ampleur de leur ronde de mort. Il les suivit des yeux, maîtrisant son vertige, intrigué et inquiet à la fois. Soudain, comme s'ils s'étaient donnés le mot, ils s'éloignèrent jusqu'à ne devenir que de vagues petits points noirs, très vite engloutis par le bleu sombre du ciel vespéral. Le bourdonnement qu'il avait pris pour celui de sa fièvre qui augmentait, se précisa alors.

Les plaines restaient pourtant désertes. En tournant la tête du côté opposé où s'étaient enfuis les oiseaux, il comprit d'un seul coup. Encore éloignés mais déjà distincts, deux énormes bourdons mécaniques se dirigeaient vers la voie ferrée. Fasciné, il les regarda s'approcher sans bouger d'un pouce malgré le bruit de plus en plus infernal de leurs lourdes pales de géants. Ils obliquèrent tout d'abord en direction de l'avant du train qu'ils survolèrent de longues minutes puis l'un d'eux se posa tandis que le second se mit à suivre la voie ferrée vers la queue du convoi. L'horrible vrombissement et le souffle phénoménal qui courbait l'herbe tout autour affolèrent le survivant qui détala de toute la vitesse de ses jambes. Plus il galopait, plus il avait l'impression que l'hélicoptère se rapprochait. Il tenta d'échapper à la menace en changeant brutalement de direction mais l'effet contraire se produisit et il vit surgir l'énorme engin en face de lui. De nouveau, il obliqua en sens inverse, continuant désespérément sa course folle.

Après s'être étonnés de la présence de Quo-Vadis, les pilotes renoncèrent cependant à le suivre et retournèrent auprès du train accidenté. Il poursuivit longtemps sa fuite éperdue avant de s'arrêter enfin, hors d'haleine. Il pouvait encore voir le manège des engins autour du convoi. Le deuxième avait fini par se poser non loin du wagon de ses compagnons. À cet instant précis, il se sentit libéré d'un poids énorme. Alors pour la première fois, il posa son regard sur l'espace ouvert. Les prairies qui se déroulaient à perte de vue semblaient plonger à l'horizon, au sein même de la nuit. Il n'y avait rien d'autre à voir, mais il savait que demain c'est là que naîtrait la prochaine aurore.

CHAPITRE 11

Il fallut à Quo-Vadis plusieurs semaines pour récupérer physiquement. Au début, il ne couvrit que peu de distance. Affaibli par la fièvre, il consacra l'essentiel de son temps à manger et à dormir.

La contrée inconnue où l'avait conduit le train infernal était la plus sauvage qu'il ait jamais connue. Les immenses prairies avaient petit à petit laissé place à des monts de moyenne altitude, de plus en plus boisés. Dans ces forêts étrangères aux essences variées, il pressentait la présence d'une vie animale intense et notamment de gros animaux que son instinct lui dictait d'éviter. Quant à la civilisation humaine, elle restait étrangement discrète. Les voies de circulation étaient peu nombreuses et plus la forêt s'épaississait, plus elles se réduisaient à de larges chemins carrossables. Les villages qu'il lui était arrivé de croiser, ne ressemblaient pas à ceux qu'il avait toujours vus. De toute façon il continuait à les éviter et en gagnant un peu plus d'altitude, les signes de présence humaine se raréfièrent encore.

Ici, au sein de ces monts mystérieux, sous son toit de verdure, il se sentait en sécurité. Sa tranquillité n'était troublée que par le passage de gros avions qui rasaient le front des forêts. Durant quelques minutes alors, la grande paix de la nature se brisait et tout semblait retenir son souffle. Les premières fois, en entendant ces vrombissements qui paraissaient vouloir écraser le ciel contre la terre, il avait senti resurgir en lui l'irrépressible panique qu'avaient déclenchée les deux hélicoptères. Puis sans vraiment s'y habituer, il avait fini par les admettre comme éléments intégrants de ces insolites contrées.

La nature lui offrait tout ce dont il avait besoin. Le climat devait contribuer à la luxuriance sylvestre. Malgré de très fortes montées de chaleur, l'eau ne manquait pas et les nuits, en comparaison avec les températures diurnes, étaient fraîches et agréables. En dépit de fréquents cauchemars, il avait retrouvé une certaine sérénité.

À la fin de l'été, son corps avait retrouvé ses courbes initiales. Âgé de six ans, sa silhouette revêtait l'efficiente harmonie de la maturité physique. Les prémices de l'automne apparaissaient déjà. Outre les jours qui raccourcissaient, les frondaisons des feuillus viraient à l'ocre, au jaune, au roux et à l'amarante, tranchant au fil des jours avec le vert sombre des résineux. Le temps lui aussi subissait des transformations radicales. Les vagues de chaleur se heurtaient à des fronts froids venus du nord et déclenchaient de violents orages, de plus en plus fréquents. On eût alors dit que le ciel se déchirait sous le feu de la foudre et l'explosion du tonnerre pour déverser des trombes d'eau d'une force prodigieuse. En moins de deux semaines le cycle brutal des saisons métamorphosa le paysage. Le sol détrempé s'éboulait, devenait marécages ou fondrières ; la plupart de la végétation fut saccagée par la grêle et la foudre, partout les cours d'eau grossissaient à vue d'œil et donnaient naissance à des torrents dévastateurs. Puis petit à petit la colère du ciel s'apaisa pour laisser place à une pluie régulière et coriace qui acheva d'engorger le terrain.

Quo-Vadis ne craignait pas les caprices du temps. Il avait appris à s'en protéger. Dans son pays natal, le climat tempéré participait pour beaucoup à la prospérité des populations tant humaines qu'animales. Ici, dans cette région inconnue, il semblait qu'il en était tout autrement. Il comprit très vite que la saison clémente avait touché à sa fin. L'acharnement des nuages à inonder la terre, ne lui laissait plus de répit. Il ne parvenait plus à se mettre à l'abri de l'humidité. Tout était gorgé d'eau et son poil ne pouvait plus sécher. Il marchait de plus en plus longtemps sans progresser beaucoup car il devait fournir de gros efforts pour s'arracher à la prise du sol gluant. De plus des torrents infranchissables lui barraient souvent la route. Au bout d'une semaine à ce régime, la corne de ses sabots commença à se dérober et ses tendons fatigués s'engorgèrent. Marcher lui devint pénible. Son moral en fut atteint. Il passa le plus clair de son temps réfugié sous un arbre qui ne le protégeait pas vraiment à mâchonner de l'écorce ou de la mousse pour tromper son ennui.

Heureusement, la pluie s'arrêtait parfois brièvement et un timide rayon de soleil perçait l'armée implacable des nuages. Aussitôt le décor se transformait comme sous un coup de baguette magique. Les oiseaux, qui se terraient durant le déluge, réapparaissaient soudain et se mettaient à chanter à tue-tête. La forêt tout entière, sous les fabuleux effets de lumière, explosait de mille feux et chaque perle de pluie brillait comme un diamant. Des arcs-en-ciel multiples naissaient partout entre les feuillages ou les flancs des vallons et les chevelures étincelantes de l'automne se miraient dans les lacs et les rivières. Ce ravissement éveillait chaque fois un sursaut d'énergie chez le jeune cheval et lui redonnait la force de reprendre sa route. Il prit l'habitude de guetter les éclaircies et apprit à en déchiffrer les signes précurseurs.

Hélas, si elles avaient le pouvoir de lui redonner espoir, elles n'avaient pas celui de le sécher. L'humidité avait même eu raison de ses bronches et une toux irritante troublait son sommeil. Un beau jour, il eut la chance de tomber sur une cabane désaffectée. Si elle n'avait plus ni porte ni fenêtres mais les seules ouvertures prévues à cet effet, la toiture était suffisamment étanche pour maintenir l'intérieur au sec. L'odeur des humains y régnait encore bien qu'aucun d'eux n'eût visiblement dû y séjourner depuis belle lurette. Un vieux poêle à bois avec une grosse conduite d'évacuation où s'infiltrait la pluie répandait une émanation âpre de suie mouillée. À part cela, il n'y avait rien mais le sol de terre battue était sec et les planches des parois assez épaisses pour ne pas laisser passer le froid et le vent. Il en fit son refuge. Là au moins, il était au chaud; son poil parvenait à sécher et surtout il pouvait dormir plusieurs heures d'affilé sans être réveillé par une intense sensation de froid. Cette retraite lui fut salutaire. Très vite sa corne retrouva sa fermeté et ses tendons leur galbe lisse. Sa toux se calma progressivement, puis disparut tout à fait.

Cependant, la métamorphose de la nature continuait à s'opérer inexorablement. Les nuits étaient plus froides mais aux redoutables rafales du vent du nord succéda un vent d'est plus régulier qui finit par chasser définitivement les gros nuages responsables de la pluie. Les jours étaient courts et les arbres avaient perdu une grande partie de leurs feuilles. Quo-

Vadis ne se décidait pas à quitter son refuge ; il ne savait pas lui-même ce qui le retenait. Un soir de pleine lune, tandis qu'il s'apprêtait à regagner son abri, il eut cependant une sorte de révélation. C'était un soir plein de confidences murmurées. La température s'était radoucie et il y avait beaucoup de vent. Le disque lunaire, drapé dans une robe de brume, diffusait une clarté vacillante dont le vent s'emparait avec malice pour créer des personnages fantasmagoriques. La respiration profonde de la forêt enflait intensément comme une vie soudain révélée. Les feuilles mortes, entraînées dans une espèce de farandole frénétique par le souffle puissant de l'atmosphère disparaissaient au loin comme aspirées au ciel par la course folle des nuages.

Quo-Vadis s'était immobilisé à ce spectacle, le nez en avant, sa crinière crépitant telle une flamme noire. Il avait l'impression que la nature tout entière lui parlait et il essayait de comprendre. Il se sentait tout d'un coup aussi léger que ces faux papillons que la nuit emportait avec elle comme si elle avait voulu leur livrer son Grand Secret. Il songea alors d'une manière inattendue que par un soir pareil, il aurait pu se trouver cloîtré dans sa stalle, repu, bien au chaud entre ses deux amies et son cœur brusquement se mit à battre plus fort.

Le lendemain, aux premiers rayons de soleil, il avait couvert une soixantaine de kilomètres. Il se trouvait sur une sorte de haut plateau à la végétation rase, au-dessus de la limite des arbres. Le vent avait tourné et venait de nouveau du nord. L'air était froid mais il faisait beau. Il marchait l'esprit libre, d'un pas régulier, cueillant au passage des herbes alléchantes lorsque soudain, au sortir d'un creux de terrain, il se trouva nez à nez avec un énorme animal brun. Ce dernier parut aussi surpris que lui. Il était assis sur son arrière train et léchait méticuleusement l'intérieur de ses impressionnantes pattes avant, armées de griffes gigantesques. Même dans cette position il était bien plus imposant que le cheval. Dès qu'il l'aperçut, il arrêta son toilettage et tous deux se dévisagèrent quelques brèves secondes avec la même stupeur. Puis d'un seul coup l'ours se dressa sur ses postérieurs en poussant un grognement sauvage qui découvrit des crocs phénoménaux. Sans demander son reste, Quo-Vadis détala. De dépit, l'animal se précipita aussitôt à sa poursuite. Bien qu'étonnamment rapide, sa course ne l'était pas assez pour attraper le cheval. Il le comprit assez vite et ralentit pour s'arrêter tout à fait. Reprenant alors dignement la station debout, les pattes avant pendantes il se mit à humer de tous côtés avant de regagner d'un pas lourd l'endroit où il avait été dérangé.

Cette rencontre fit redoubler Quo-Vadis de prudence. Durant le restant de la journée, il continua sa progression à un rythme moins soutenu, passant plusieurs cols de moyenne altitude et des lacs de plus en plus nombreux où se dédoublait le décor. À la tombée de la nuit, il semblait avoir quitté définitivement les hauteurs et se trouvait aux abords d'une vallée dont il ne pouvait embrasser les limites du regard. Il s'y engagea avec l'intention de trouver un endroit sûr pour dormir. Il trouva un coin de mousse aux pieds d'un grand hêtre, protégé par une masse de buissons enchevêtrés entre lesquels il se faufila non sans peine en s'arrachant poils et crins. Il s'y sentit aussitôt en sécurité et se laissa choir avec bonheur. Une odeur d'humus et d'écorce mouillée gonfla ses naseaux, les premiers ululements des oiseaux de nuit résonnèrent à ses tympans, tout était en ordre et le sommeil ne tarda pas à embrumer l'univers ordonné de sa conscience.

Sa tête s'était faite pesante et il avait pris appui de ses dents sur la mousse lorsque, lugubre, angoissant, un hurlement prolongé déchira le velours moelleux de la nuit comme une lame. Quo-Vadis se redressa sur sa couche, le cœur battant. Tout aussi plaintif, avec une intensité dramatique, le cri reprit puis s'étouffa en sourdine comme happé par le firmament. Il n'avait aucune idée de la créature capable d'exprimer ainsi dans une même voix tant de tristesse sublimée et de fierté maîtrisée mais il fut interpellé au tréfonds de son âme. Tandis que l'enchaînement harmonique recommençait, il se surprit à souhaiter en entendre encore, jusqu'au bout de la nuit, les modulations magiques qui mouraient à la lune avec une telle dignité qu'elles en devenaient mélodie et s'accordaient au chant du monde.

La plainte se tut et avec elle fondit dans la nuit et le silence le fragment d'existence qui lui avait donné voix. Quo-Vadis éprouva une grande sensation de vide puis finit par succomber au sommeil. Quand il s'éveilla, il sut que bientôt les couleurs de l'automne retrouveraient leur habit de lumière et que l'éclat de leur parure remettrait en marche le formidable cycle de la vie sauvage dont il faisait désormais partie. Il se leva sans précipitation, s'ébroua, et les sens en éveil, s'enfonça dans la nappe vaporeuse qui enveloppait encore la nature à peine éveillée. À chacun de ses pas, il sentait le sol se dérober et il s'enfonçait parfois jusqu'aux boulets dans une sorte de vase noirâtre où poussaient des herbes différentes des autres. Un peu plus loin, il retrouva avec soulagement un revêtement plus ferme et continua à marcher dans un bruit de clapotis qui paraissait étranger à sa progression.

Au bout d'une heure, le brouillard matinal s'était dissipé et il pouvait voir se dérouler devant lui une plaine morne, apparemment sans limite, où se dressaient comme des fantômes acharnés quelques groupes de grands arbres isolés. Il fut brusquement retenu par l'enfoncement simultané de ses deux antérieurs. Par réflexe, il bondit en avant, s'arrachant de la prise pour atterrir cette fois des quatre sabots dans une vase gluante qui l'aspira aussitôt jusqu'aux jarrets. Il se sentit comme saisi par de puissantes mâchoires. Cette impression lui fut si odieuse que sans plus réfléchir, il exécuta une série de coups de reins qui ne réussirent qu'à le livrer un peu plus à l'horrible marais. Il pouvait sentir le contact visqueux contre son ventre. Fou de rage et de peur, il recommença à se débattre en tous sens, faisant gicler des gerbes de fange, luttant contre son ennemi invisible. Chacun de ses gestes assurait plus sûrement la prise et tel un serpent constricteur, la terre mouvante le retenait prisonnier de son étreinte fatale.

À force de combattre cet adversaire infatigable, il se retrouva hors d'haleine et dut renoncer à s'agiter. Les veines gonflées à se rompre, ruisselant de sueur et de boue, les naseaux dilatés, il chercha à reprendre son souffle comme si de cette seule récupération dépendait sa délivrance. Tout autour de lui, le décor indifférent ne lui laissait aucune raison d'espérer s'en sortir. Cette entrave à sa liberté lui était plus intolérable que l'idée de sa propre mort. Dans un accès de révolte désespérée, il parvint avec un effort démesuré à arracher d'un bloc son avant main, ce qui eut pour effet d'engloutir de plus belle son arrière-main. Toute l'efficacité de ses muscles postérieurs était définitivement neutralisée et il comprit alors dans un éclair de lucidité que le moindre mouvement le livrerait à la gueule béante du marais.

Anéanti, vaincu, il veillait seulement à ne plus contracter le moindre muscle afin de ne pas sombrer dans les abysses insondables de ce tombeau à ciel ouvert. Maculé de boue, à moitié englouti, il se distinguait à peine du décor qui l'entourait, semblait-il, à l'infini. Il n'avait jamais songé un seul instant que la mort pût prendre un visage si doucereux. Il n'y avait aucune douleur. Il se sentait aspirer avec soulagement presque avec délice, vers l'assoupissement final comme on glisse dans le refuge du sommeil.

Lorsque les chiens qui suivaient sa piste furent à quelques mètres de lui, il revint à la réalité avec une rapidité surprenante. Il vit leurs gueules puissantes s'ouvrir pour aboyer furieusement. Il eut l'impression de sentir de nouveau circuler son sang jusqu'à l'extrémité de ses membres prisonniers et l'air vif emplir la totalité de ses poumons. L'un des chiens se mit à faire de grandes allées et venues le nez au ras du sol; puis en étendant au maximum ses pattes, il entreprit de ramper vers le prisonnier. Trois mètres l'en séparaient à peu près qu'il franchit sans encombre, en usant de cette judicieuse tactique. Quo-Vadis allongea l'encolure vers lui et l'appela d'un faible tremblement des naseaux. À son tour le chien tendit sa truffe qui rencontra le nez velouté et sortit alors le bout de sa langue pour le réconforter. Ceci fait, il fit demi-tour, attentif à rester bien à plat sur son ventre et sur la terre ferme, il se secoua énergiquement, faisant claquer ses longues oreilles tombantes.

Ses jappements se transformèrent petit à petit en gémissements d'impatience tandis que deux hommes approchaient au pas de course. Leurs visages étaient si burinés qu'il eût été difficile de leur donner un âge; tous deux étaient habillés de la même façon, d'une veste de feutre noir, d'un épais pantalon de flanelle, de bottes caoutchouc et portaient un fusil de gros calibre en bandoulière. Leur surprise passée, le plus fort des deux fit à l'encontre de son compagnon de grands gestes qui voulaient expliquer la démarche à suivre. Puis il virevolta avec détermination pour se précipiter vers un bosquet éloigné tandis que son compagnon filait, un chien sur les talons, d'où ils étaient venus.

Ayant confectionné une sorte de radeau de branches, il se risqua avec précaution sur ce tapis improvisé. Lorsqu'il atteignit Quo-Vadis un large sourire qui découvrit une mâchoire édentée, acheva de lui donner une candeur qui tranchait avec son aspect général. Il flatta le chanfrein du prisonnier d'une main rugueuse en marmonnant des mots aux intonations métalliques. Sans vraiment s'en rendre compte Quo-Vadis respirait avec bonheur ces effluves humains. L'homme lui passa sa cartouchière autour de l'encolure et y accrocha une solide branche fourchue. Puis, sans ménager ses efforts, il s'arc-bouta sur l'extrémité de la branche et tira à s'en rompre les veines du cou. Au début ses tentatives courageuses n'eurent aucun résultat mais finirent tout au moins à le maintenir hors du marais qui, imperceptiblement continuait à l'absorber. Au bout d'une bonne heure cependant, il n'en pouvait plus. Son chien gémissait de plus belle. Quo-Vadis pointa soudain les oreilles vers un brouhaha confus encore très lointain et attira l'attention de son sauveur qui à bout de force, s'était agrippé à la cartouchière. Aussitôt, son visage s'illumina et il se mit à déverser un flot de paroles. Le chien avait aussi détecté la présence du petit groupe qui s'avançait vers eux et filé illico à leur encontre.

Il fallut encore une bonne dizaine de minutes aux arrivants ralentis par l'indolence d'un énorme taureau pour les rejoindre. Trois autres nouveaux venus accompagnaient celui qui était parti chercher du secours. Aussitôt, ils passèrent à l'action tout en s'interpellant les uns les autres. Une corde fut solidement attachée à la cartouchière. Avec une facilité déconcertante, le taureau banda les muscles phénoménaux de son cou et en quelques pas arracha l'avant-main du cheval de la vase. Dans un brouhaha d'ordres confus, on passa une seconde corde derrière les antérieurs du prisonnier. S'arc-boutant de nouveau, tête baissée, le puissant animal avança d'un pas régulier sur quelques mètres, puis se mit à brouter, tout à fait indifférent à son exploit.

Quo-Vadis gisait sur la terre ferme, extirpé d'un seul coup de son piège nauséabond. Encouragé par ses sauveurs, il se remit sur pied. Celui qui était resté auprès de lui sortit un mouchoir et débarrassa ses naseaux de la boue puis nettoya ainsi le pourtour des yeux. Ses gestes étaient brusques mais Quo-Vadis se laissa faire sans rechigner. De même, il ne broncha pas lorsqu'il retira la cartouchière de son cou et noua la corde en forme de licol autour de sa tête.

Durant un bon quart d'heure, les hommes discutèrent entre eux, en l'examinant sous toutes les coutures, tâtonnant ses membres. Il leur posait une sérieuse énigme et soulevait des avis contraires car le ton monta à tel point qu'il crut qu'ils allaient en venir aux mains. Pourtant l'animation déclenchée s'apaisa comme elle était venue, et d'un commun accord ils le sollicitèrent à se porter en avant. Ses premiers pas furent hésitants comme s'il craignait se livrer de nouveau à la voracité du sol, puis constatant que rien de semblable ne se produisait, il s'enhardit. Son sauveur tenait fièrement le bout de la corde et se maintenait sans fatigue à la hauteur de son épaule.

Au fil des kilomètres avalés, Quo-Vadis se prit au jeu de sa liberté de mouvement. Il percevait l'échauffement de ses muscles avec un plaisir confus et l'envie d'amplifier son effort s'empara de lui. C'était vraiment plus fort que lui, ce besoin mystérieux le gouvernait tout autant que la nécessité de chacune de ses respirations. Il prit le trot tandis que son meneur jouait le jeu avec la même joie apparente. Il levait bien haut ses membres, arrachant au sol des jets de boue qui éclaboussaient ses flancs et les faisaient miroiter sous le soleil d'automne. Il oublia alors la présence de son sauveur et laissa agir l'envoûtante coordination de ses muscles qui le propulsait dans l'espace avec la facilité d'un battement d'aile. Dès les premières foulées de galop, il dut cependant revenir à la réalité car la longe se raidit soudain l'obligeant à ployer l'encolure. Il vit l'homme, essoufflé, pendu à la corde et aussitôt il ralentit pour s'arrêter.

Il leur fallut plusieurs heures pour atteindre leur but. Ils traversèrent d'abord une succession de petits champs cultivés entre lesquels serpentait un étroit chemin qui finit par les conduire à une bourgade adossée à d'impressionnants contreforts rocheux. Perpendiculairement à ce chemin, une route plus importante quoiqu'en mauvais état, le long de laquelle était aménagée une ligne électrique, semblait être la seule voie civilisée qui permît l'accès au village isolé.

Dès qu'ils s'en approchèrent, un attroupement se fit à l'entrée des premières maisons. L'ensemble des villageois semblait être présent. Le taureau ralentissant considérablement la marche du groupe, Quo-Vadis et son meneur parvinrent les premiers à leur hauteur. Aussitôt les curieux se pressèrent autour d'eux et tous se mirent à harceler de questions le chasseur de retour avec un bien étrange gibier. Seules, les femmes se tenaient légèrement à l'écart avec dans les bras ou blottis contre leurs jambes, les plus jeunes enfants. Elles étaient habillées plutôt pauvrement de flanelle grossièrement taillée aux couleurs ternes. Les hommes et les enfants plus âgés portaient des vestes et des culottes cardées, la plupart rapiécées aux coudes et genoux, également sans grandes nuances colorées. Dans les regards de ce petit peuple tout à fait insolite à ses yeux, Quo-Vadis discerna aussitôt, mêlée à la curiosité et l'étonnement, une sorte de tristesse que la pauvreté ne donne pas.

Lorsque le reste du groupe les eut rejoints, son sauveur parut décidé à ne plus répondre aux questions et écarta du bras ceux qui se trouvaient sur sa route. Une bande d'enfants se précipita alors en l'appelant :

– Janos, Janos !

Il resta sourd à leurs appels et son chien sur les talons, continua à entraîner le cheval dans la rue principale du village. Tous, sauf un gamin d'une dizaine d'années, renoncèrent à le suivre et une femme tenant un jeune enfant dans les bras, se détacha aussi des autres pour les rejoindre. Tout en s'accordant au pas déterminé de Janos, Quo-Vadis se mit à détailler l'étrange aspect du village. Toutes les maisons étaient en bois et pour la plupart couvertes de tôles vulgaires qui leur donnaient une physionomie peu hospitalière. Certaines pourtant étaient joliment décorées de peintures fines sur les pourtours des portes et des fenêtres ou comportaient une espèce de jardin potager, soigneusement clos. Les rues rectilignes et peu spacieuses n'étaient pas goudronnées et toutes sortes de volailles y déambulaient librement ainsi que quelques chèvres qui s'éparpillèrent sur leur passage. Il remarqua avec un certain étonnement qu'outre un vieux tracteur, apparemment immobilisé depuis longtemps, aucun véhicule à moteur ne s'y trouvait garé.

Ils bifurquèrent et pénétrèrent dans une impasse étroite où les constructions se resserraient les unes contre les autres comme pour mieux faire corps et résister aux falaises toutes proches qui les surplombaient. Janos ralentit à la hauteur d'une maison sans jardin, d'apparence plus cossue quoique grossièrement ouvragée. La femme qui les accompagnait poussa la seule porte de la façade qui donnait directement dans la rue et disparut à l'intérieur. Toujours suivi par son chien et son fils, Janos contourna le bâtiment pour conduire le cheval à l'arrière où était bâti, adjacent au mur de l'habitation principale, une sorte de petit appentis en bois et torchis qui semblait à moitié enfoncé en terre. Une porte sommaire s'ouvrit par l'intérieur en grinçant et laissa paraître la femme. Le curieux bâtiment souffla une bouffée d'air confiné, âpre comme une haleine malade, et Quo-Vadis sut que des animaux s'y trouvaient. L'endroit ne lui inspirait guère confiance mais il était trop tard pour tenter quoi que ce fût. Janos passa le seuil et tendit la corde pour l'encourager à le suivre. Il lui fallait abaisser l'encolure pour ne pas se cogner contre l'étroite ouverture. Il se retrouva une cinquantaine de centimètres en contrebas, dans un réduit obscur, en terre battue, où se trouvaient une vache et un cochon. L'endroit ne devait guère mesurer plus de sept mètres carrés, ne comportait aucune fenêtre mais une autre porte en hauteur qui donnait dans la maison principale. L'aération se faisait par le simple interstice entre les planches murales et l'unique pente du toit en tôle. À peine entré, il réprima un frisson sans résister cependant à Janos qui le conduisit au fond et l'attacha à côté de la petite vache. Celle-ci à moitié éblouie par la lueur de la porte se resserra craintivement de l'autre côté. Janos donna un ordre précis à son fils qui disparut puis revint traînant le fond d'un sac de sciure. Il le déversa sous Quo-Vadis et étala son contenu à la main. Il se répandit illico une agréable odeur de résine. Mécaniquement, Quo-Vadis se pencha puis se ploya pour se rouler avec délice dans les copeaux qui se collèrent à son poil encore trempé de sueur et de boue.

Une expression mitigée de satisfaction et de crainte se lisait sur les visages de Janos et sa femme. Leur fils, lui, éclata de rire en constatant sa face déguisée par les copeaux restés accrochés sur ses cils, son abondant toupet et l'intérieur touffu de ses oreilles. Spontanément, il s'avança vers le cheval et avec des gestes taquins entreprit de le nettoyer. Comme pour éviter de répondre à sa femme qui le regardait avec insistance, Janos appela son garçon et lui demanda d'apporter de l'eau et du foin. Pendant tout le temps qui fut nécessaire à leur fils pour mettre sa tâche à exécution, le couple s'entretint fiévreusement.

Lorsque la porte de l'habitation se fut refermée sur eux, le réduit se retrouva plongé dans la pénombre. Avant de bien distinguer, il sentit un souffle chaud parvenir jusqu'à lui et repéra la forme claire de la vache qui tendait timidement le mufle vers lui. Il s'approcha avec précaution et elle eut un geste de recul qui la fit buter contre l'enclos du cochon d'où monta un grognement grincheux. Une fois rassurée sur ses intentions, elle refusa de pousser plus loin la communication et se coucha pour ruminer. Le cochon ronflait déjà comme s'il n'avait même pas remarqué la présence du nouveau venu.

Il se détendit et se mit en devoir de manger un peu de foin. Le sommeil le surprit sans crier gare, une bouchée de foin à la bouche. Pour la première fois depuis des mois, il rêva de ses anciens compagnons du club. Tous lui faisaient fête et le pressaient de questions... Puis brutalement son doux songe se transforma en cauchemar. Un grondement infernal s'amplifiait et il se retrouvait seul dans son ancienne stalle, cherchant vainement à s'échapper ; toutefois ses membres étaient lourds, comme englués ; il lui sembla tout d'un coup que le toit de l'écurie s'affaissait sur lui. Il se réveilla en sursaut, tremblant et couvert d'une sueur froide. Avant même de réaliser où il se trouvait, son ouïe perçut un tambourinement acharné juste au-dessus de sa tête. Il pleuvait averse et les gouttes précipitées contre la tôle produisaient un vacarme assourdissant. Il comprit qu'il avait associé les bruits du réel à son rêve. Vaincu par son épuisement physique, il se laissa tomber sur sa couche de sciure. Lorsque la pluie cessa, il dormait d'un sommeil sans rêve.

CHAPITRE 12

Le lendemain soir, Janos vint lui rendre visite accompagné d'un inconnu dont les bras étaient chargés d'une pesante selle d'armes et d'un bridon. Il leur fallut un bon bout de temps pour ajuster cette panoplie à sa taille car le matériel était conçu pour un cheval bien plus lourd. Après leurs essais, ils le laissèrent patienter jusqu'à une heure avancée de la nuit. Quand ils revinrent, Janos était chaudement vêtu et plusieurs hommes à l'allure déterminée portaient des lampes tempête. Une fois à l'air libre, il se redressa pour humer avec délice les effluves que renvoyait la nature. À la lueur vacillante des lampes, il pouvait voir son haleine se perdre par jets rapides dans la froideur de l'atmosphère. À part les quelques halos blafards des fenêtres, le village était plongé dans la pénombre. Ses pupilles accoutumées à l'obscurité n'eurent aucun mal à en distinguer les formes massives entre lesquelles s'ouvrait l'échappée des ruelles.

Autour de lui, les humains s'entretenaient à mi-voix et s'affairaient mystérieusement. Oubliant soudain leur présence, il se porta en avant, bouillant d'impatience de défier la nuit. Tandis que Janos réajustait un gros sac de cuir en bandoulière sur sa veste et enfilait des gants de laine, deux de ses compagnons le saisirent à la bride. Ébloui par la lampe tempête qu'un troisième homme maintenait à bout de bras, il se résigna à attendre que Janos l'enfourchât. Celui-ci chaussa les lourds étriers, ajusta les rênes, échangea encore quelques mots avec les autres et lui donna enfin l'ordre de partir.

Dans la rue principale, éclairée par les lampes du petit comité, la silhouette trapue de Janos parut un bref instant en fragile équilibre. Tous se précipitèrent comme un seul homme pour essayer de les suivre mais bien que le martèlement régulier des sabots parvînt encore à leurs oreilles, ils n'éclairèrent qu'un mur de nuit opaque. D'un commun accord, ils attendirent alors de ne plus rien entendre avant de se disperser avec des mines plus ou moins sceptiques et disparaître, chacun à sa place, dans les replis de la nuit.

Janos et Quo-Vadis avaient déjà atteint les limites du village. Au début, crispé et à moitié cramponné aux rênes, Janos eut du mal à trouver sa place dans la selle puis au fil des kilomètres, il se décontracta et se laissa mener avec un plaisir grandissant. Il faisait très sombre car le croissant de lune disparaissait derrière un rideau d'épais nuages mais les yeux de Quo-Vadis s'étaient habitués très vite à la clarté du revêtement pierreux. Aidé par son cavalier qui semblait connaître chaque virage, c'est lui qui choisissait l'allure et l'adaptait au terrain. L'air vivifiant semblait solliciter ses poumons et malgré le poids conséquent de la selle et de son cavalier malhabile, une énergie indomptable bouillonnait en lui. Il courait pour le simple plaisir de courir. Sans souci de la distance parcourue, ni de l'issue du voyage. Comme si le sens de son existence dépendait de cette humble fonction.

Alternant de brèves périodes de pas avec des galops prolongés, ils progressèrent ainsi plus de deux heures. Lorsqu'ils parvinrent aux premières maisons d'un village, Janos éclaira sa montre et flatta son cheval avec enthousiasme. Ils traversèrent au pas une partie de la bourgade endormie avant de faire halte. Jusqu'à là, les sabots non ferrés de Quo-Vadis n'avaient pas donné l'alerte; leur présence fut repérée par le chien assoupi sur le perron de la maison devant laquelle ils venaient de s'arrêter. Janos l'appela par son nom puis émit un signal codé avant de mettre pied à terre. Le chien reprit ses jappements, et ceux du voisinage lui firent écho. Une première lueur se mit à scintiller à l'intérieur. Une silhouette se dessina alors dans l'embrasure de la porte qui s'ouvrait.

– Janos ? questionna l'apparition après avoir fait taire son chien.

L'interpellé acquiesça en s'avançant dans le faisceau de lumière. L'autre se précipita et les deux hommes s'embrassèrent chaleureusement. Avant d'échanger quelques explications, Janos flatta fièrement l'encolure de Quo-Vadis dont la respiration était calme. Celui-ci suivit sans se faire prier les deux hommes jusqu'à une grange attenante. Janos attacha l'extrémité des rênes à un tracteur et desserra la sangle de plusieurs trous. Puis tandis qu'il frictionnait énergiquement le ventre et le poitrail de son cheval, le propriétaire des lieux porta de l'eau dans un baquet.

Dès qu'il fut seul, il entreprit de se débarrasser du bridon, ce qui ne lui posa aucun problème. L'exercice physique avait été aussi bénéfique à son corps qu'à son moral. Il se cala sur trois membres et la lèvre inférieure pendante, somnola durant les quelques heures qu'il passa dans la grange. Ils parcoururent encore plus vite le chemin du retour. Libéré de sa mystérieuse tâche et rassuré par les capacités de sa monture, Janos se sentit beaucoup plus à l'aise et s'en trouva plus léger à porter.

À peu près trois nuits par semaine, ils recommencèrent la même course. En dehors de ces escapades nocturnes, il ne sortit jamais de l'appentis. Rien n'eût été plus facile pour lui que de désarçonner Janos et de s'enfuir, toutefois cette solution ne lui vint pas à l'esprit.

Un beau matin, de son cagibi, son ouïe aiguisée repéra une rumeur insolite. Il retint sa respiration afin d'essayer de comprendre, mais il n'eut pas à le faire bien longtemps car tout se précipita avec l'inéluctabilité d'un d'ouragan. Il reconnut d'abord les ronronnements de nombreux moteurs. Les villageois n'en utilisaient jamais. Les bruits se concrétisèrent, accompagnés de crissements de pneus, de claquements de portières, de brouhahas, jappements, cris de bêtes affolées puis d'ordres hurlés d'un ton acerbe. Presque instantanément la maison de Janos fut ébranlée et il reconnut sa voix invectivant les mystérieux visiteurs; à cela succéda un charivari indescriptible, un mélange de chocs, chutes, d'aboiements furieux, de hurlements de femmes et de pleurs d'enfants qui lui glacèrent le sang.

Il se mit à trembler de la tête aux pieds sans pouvoir se contenir. L'angoisse qu'il éprouvait était partagée par ses compagnons d'écurie. De l'autre côté de la fragile cloison qui les séparait encore de la confusion, une véritable bagarre faisait rage. Un cri de douleur s'éleva soudain au-dessus du vacarme général, aussitôt suivi d'un coup de feu qui arracha un gémissement plaintif au chien. La femme se tut pour reprendre de plus belle. Puis la porte de l'appentis fut violemment tirée, l'ampoule s'alluma et deux hommes en uniforme beige jetèrent Janos au bas des marches. D'autres humains identiques empêchèrent la femme et les enfants de franchir le seuil. Les deux premiers remirent brutalement Janos sur pied et le maintinrent debout en le ceinturant. Un troisième qui portait des galons s'approcha l'air menaçant, les poings serrés, et se mit à hurler aux oreilles du prisonnier en désignant le cheval du doigt.

Ahuri parce que lui renvoyaient ses sens, Quo-Vadis, comme les autres animaux, était pétrifié. À travers ses paupières gonflées, Janos distinguait à peine ce qui se passait et malgré les coups qui continuaient de pleuvoir, il refusait obstinément de parler. Tout en vociférant de plus belle, celui qui le questionnait, sortit alors de sa ceinture un impressionnant poignard dont la lame étincelante renvoya la flamme enragée de ses pupilles. Janos ne broncha pas. Sa femme lui hurla quelque chose et voulut se précipiter vers lui mais l'un des militaires qui barraient l'entrée lui administra un coup de poing en pleine figure qui l'allongea sur le sol. Ses deux enfants l'entourèrent en sanglotant sous le regard méprisant de celui qui venait de frapper et dont un sourire ironique ourlait les lèvres.

L'homme au couteau avait bondi dans l'enclos du cochon qui se mit à pousser des hurlements presque humains. La brute l'immobilisa entre ses jambes et d'un geste sec du poignet, ainsi que l'on cueille une fleur, il lui trancha la gorge. Ses cris s'étouffèrent dans un gargouillement qui répandit aussitôt l'âpre odeur de sang chaud. Le visage déformé par une grimace démente, il revint vers le prisonnier en lui braquant l'arme ensanglantée sous le nez. Puis avec la même diabolique détermination, sans lâcher Janos des yeux, il s'approcha de la vache qu'il saisit par une corne. Comme l'animal se débattait, il la plaqua contre le mur en pesant de tout son poids sur son cou puis avança l'arme. Il arrêta alors son geste et d'une voix où perçait un accent de folie, il s'adressa à Janos pour bien lui faire prendre conscience de ce que son silence allait permettre.

Muré dans son obstination qui restait sans doute sa dernière dignité, celui-ci ne desserra pas les dents. L'officier planta de toutes ses forces le poignard dans le cou de la vache. Le liquide rouge jaillit comme une fontaine trop longtemps contenue, maculant la belle robe fauve et les bottes du tueur qui malgré un bond en arrière ne put l'éviter. L'animal tomba à genoux et, les yeux égarés, perçut quelques instants fugitifs la rumeur de la vie qui la fuyait à gros bouillons.

Le cœur de Quo-Vadis palpitait si fort qu'il pensait que forcément les humains souhaiteraient le faire taire. Lorsque l'assassin saisit la corde qui le retenait avec un rictus démoniaque découvrant une scintillante rangée de dents en or, il crut sa dernière heure venue et pour échapper au poignard meurtrier se cabra dans un réflexe mécanique de toute sa hauteur. Sa nuque heurta de plein fouet le toit de tôle et, à demi-assommé, il faillit s'affaler en retouchant le sol. Il ne vit pas vraiment l'homme avancer le couteau ni la lame trancher d'un seul coup la corde sur laquelle il se tenait arc-bouté. Il avait maintenant l'impression d'évoluer dans un curieux brouillard achromatique où s'enfonçaient ses pas. Il se crut mort. Pourtant, il avait suivi l'officier hors de l'appentis et la lumière du jour acheva de le dérouter. Des larmes douloureuses brûlaient ses yeux éblouis et coulaient jusqu'à ses naseaux. Le coup qu'il avait reçu sur la tête lui avait, pour quelques instants, épargné la peur mais celle-ci rejaillit, intacte, lorsqu'il rassembla ses esprits.

Ses yeux petit à petit s'habituèrent à la lumière et il se vit tenu par un jeune homme apparemment embarrassé par sa présence, au beau milieu des troupes militaires qui avaient investi le village. Il vit aussi l'officier au couteau et tous les autres sortir de la maison avec Janos qu'ils firent monter sans ménagement dans un véhicule où il reconnut l'homme chez qui son maître se rendait de nuit. Presque au même instant, il remarqua la femme de Janos sur le seuil, les deux enfants accrochés à ses jupes. En découvrant son visage tuméfié, une vague de révolte s'éleva parmi les villageois rassemblés. Des ordres furent de nouveau hurlés et des coups de feu, tirés en l'air, se répercutèrent, amplifiés par l'écho des falaises toutes proches comme une grêle de déluge. S'ensuivit une grande confusion pendant laquelle les hommes eurent grand mal à retenir les femmes qui s'étaient mises à cracher à la figure des soldats et à leur jeter des pierres.

À ce moment précis, Quo-Vadis aurait encore pu s'enfuir. Il se laissa embarquer dans une sorte de pick-up où plusieurs soldats l'amarrèrent telle une charge inerte. Le voyage fut épouvantable. La colonne militaire s'était divisée et le véhicule qui le transportait se retrouvait avec les camions les plus lents. Il était brinquebalé au gré des cahots de la chaussée. Les routes comportaient des déformations importantes qui ralentissaient leur progression et augmentaient ses tourments. En traversant un pont en bois, l'un des camions passa presque à travers. Il fallut non seulement le dégager, ce qui ne se fit pas sans difficulté mais aussi réparer tant bien que mal les dommages de la voirie afin de permettre au restant de la colonne de traverser.

Ils n'atteignirent leur but qu'à la tombée de la nuit. La caserne dans laquelle ils pénétrèrent était une véritable forteresse. De longs bâtiments austères, sur plusieurs étages, aux fenêtres grillagées, disposés en U, formaient une cour carrée nue au centre de laquelle s'élevait une sorte de mât dépareillé où claquait l'attache d'un drapeau dont le crépuscule masquait les couleurs.

Sans vraiment le savoir, Quo-Vadis reconnut dans la monotone ordonnance des façades, la triste propension des humains à la médiocrité. Les grilles de l'entrée se refermèrent sur la colonne et les véhicules s'immobilisèrent un peu plus loin dans la cour. En suivant l'un des deux hommes qui le menait, il roula des yeux intrigués autour de lui. De l'effervescence provoquée par le retour des troupes transparaissait une drastique puissance. Ils débouchèrent dans une autre cour de terre battue délimitée sur l'une de ses longueurs par les murs d'enceinte. Plusieurs édifices d'aspect différent s'y dressaient. La majeure partie de ceux-ci était composée de gigantesques hangars tandis qu'à côté un imposant et grossier bâtiment en pierres, d'apparence plus ancienne, comportait un toit d'ardoises et sur toute sa longueur des ouvertures sans fenêtre d'où fusait une lumière blafarde.

À l'écart de tout ceci, dans le coin le plus retiré de la cour, une bâtisse massive et rectangulaire dépourvue de toit et sans autre accès qu'une porte trapue, rappelait l'austérité générale que les constructions voisines avaient rompue dans cette partie de la caserne.

En se rapprochant du vieux bâtiment en pierre, son odorat lui renvoya une information inattendue : l'odeur de congénères ! Son pas se ragaillardit et très vite, ils parvinrent à l'une des portes en bois à double battant que son meneur poussa. Avant même qu'ils en franchissent le seuil, plusieurs hennissements fusèrent. Ces appels spontanés lui réchauffèrent le cœur comme les flammes animent l'âtre refroidi. L'intérieur de l'immense écurie était éclairé par des ampoules poussiéreuses qui révélaient, de part et d'autre d'un large passage central, une quantité impressionnante de stalles, si spacieuses que chacune d'elle avait été séparée en deux par un bat-flanc suspendu. Pratiquement chaque emplacement hébergeait un locataire. Le couloir et les litières étaient parfaitement entretenus et le tout donnait une douillette impression de confort.

L'homme qui le tenait s'était arrêté à l'entrée et discutait avec deux nouveaux venus, rasés de près comme lui, et qui portaient une blouse de coton bleu. Ils remplacèrent la corde par un licol de croûte de cuir et le conduisirent au bout des rangées. Les dernières stalles sur sa droite étaient vides. Son voisin de gauche était un hongre rouan, puissant et membru qui le dépassait d'une bonne main au garrot. Ils se soufflèrent mutuellement dans les naseaux. À ce moment-là, les humains éteignirent les lumières et l'écurie fut plongée dans une sorte de clair-obscur. Le rouan partageait sa stalle avec un alezan dont la face entièrement blanche se détachait dans la pénombre.

– Qui êtes-vous ? souffla Quo-Vadis qui éprouvait le subit besoin de communiquer.

– Les humains m'appellent Cœur-de-Lion et voici Shogun.

Le cheval à tête blanche avança le chanfrein par-dessus l'encolure de son voisin et Quo-Vadis remarqua que ses yeux n'étaient pas de la même couleur.

– D'où viens-tu, lui demanda Shogun d'un ton qu'il crut enjoué.

Quo-Vadis réalisa combien il était difficile de raconter tout ce qu'il avait déjà vécu. Il éluda la question en soupirant simplement :

– De très loin, j'ai voulu fuir les humains…

Un silence succéda à cette révélation et dans l'œil droit d'un bleu azur de Shogun, il crut déceler une lueur de suspicion :

– Ne cherche plus à les fuir, conseilla Cœur-de-Lion dont la tranquille assurance tranchait avec la nervosité de Shogun.

Dans l'obscurité qui s'installait, ce dernier n'était plus visible que par la grande tâche blanche qui englobait l'un de ses yeux et ses naseaux. C'est avec une sorte de gravité lasse qu'il renchérit :

– Il y a des choses que tu dois savoir pour rester en vie. Ne leur résiste jamais, fais tout ce qu'ils te demanderont.

Le rouan se tourna brusquement vers lui comme pour lui ordonner de se taire. Il reprit quand même mais sur un autre ton.

– Cœur-de-Lion est un brave, il n'a jamais fui…

– On n'a jamais vu fuir un cheval de bataille, lui rétorqua son voisin, au cœur de la mêlée, c'est comme si rien d'autre n'existait, le plus doux des agneaux se transforme en lion, c'est ça le courage. Rien d'autre.

Quo-Vadis, qui les avaient écoutés avec une perplexité grandissante, ne put s'empêcher de dire :

– La fuite n'est pas forcément une lâcheté.

Cœur-de-Lion se retourna vers lui les yeux flamboyants :

– Ne te mets pas ça dans la tête…

– Que veux-tu me dire ? Que deviennent ceux qui n'ont pas ton courage, souffla avec douceur le jeune cheval.

Il distinguait plus qu'il ne pouvait voir la masse corpulente de son voisin dont les yeux s'étaient éteints. Shogun aussi avait caché la blancheur laiteuse de sa face et il comprit qu'il n'obtiendrait rien de plus cette nuit-là. Il eut une pensée pour tous les autres occupants qu'il n'approcherait peut-être jamais.

Le lendemain, au son du clairon qui désormais devait ponctuer ses réveils, la caserne s'anima bien avant le lever du jour. D'un peu partout fusèrent des bruits confus de course bottée, de moteurs toussotants, d'annonces nasillardes, toute une effervescence fébrile qui aurait éveillé ses craintes s'il n'avait pas relevé la parfaite sérénité de son voisin qu'un projecteur indécent, jaillissant par intermittence de l'un des soupiraux, arrachait à l'anonymat des ténèbres. Il observa avec une fausse indifférence le jeu de lumière mutin qui semblait vouloir animer le manteau coloré de cette belle chair figée par le sommeil. Ce fut alors qu'il aperçut les marques que le fer rougi avait laissées sur l'encolure et la croupe de Cœur-de-Lion. Il mangea sa ration du matin pour calmer les crampes d'estomac qui l'avaient plusieurs fois sorti de ses rêves.

Dans le courant de la matinée, on vint le chercher pour le mener à la forge et lui poser des fers. On lui passa ensuite un tord-nez pendant que le fer rouge brûlait ses chairs. Après ce traitement de choc, on enduisit son corps d'un produit nauséabond puis on retira une trentaine de centimètres de longueur à sa queue et à sa crinière. On en profita aussi pour lui essayer plusieurs panoplies de harnachements et lorsqu'une bride et une selle appropriées furent trouvées, un soldat habile bondit sur son dos et le mena dans la cour.

Après un bref échauffement, celui-ci le dirigea ventre à terre sur les pavés, lui fit prendre des tournants si serrés qu'il s'entama les pâturons avec ses nouveaux fers, le contraignit à des arrêts brutaux pour le faire repartir aussitôt à vive allure, où changer de direction en se cabrant. Il l'obligea aussi à ruer sous la piqûre acérée des éperons, à reculer précipitamment et à virevolter sur lui-même pendant qu'un sabre tranchait l'air avec des stridulations menaçantes. Enfin pour couronner le tout, alors qu'il le reconduisait tranquillement au pas vers l'écurie, un petit groupe de soldats les accueillit en tirant des coups de feu qui parurent lui éclater les tympans.

Il subit tous ces tracas avec une docilité déconcertante et les militaires furent persuadés qu'il serait une bonne recrue. Pourtant, de tout ce que les humains avaient exigé de lui, les exercices militaires lui paraissaient les plus fastidieux et les plus dénués d'intérêt. Deux à cinq fois par semaine, l'ensemble de la cavalerie quittait la caserne pour se rendre en rangs serrés dans des villages quelques fois très éloignés. Ils passaient souvent la nuit dans des refuges réquisitionnés où les rejoignaient des détachements motorisés. L'effet de la cavalerie produit sur la population était impressionnant; lorsqu'ils arrivaient sur la place d'un village, leurs quatre cents fers battant en cadence la chaussée dans un fracas assourdissant, les gens fuyaient en criant et s'enfermaient dans leurs maisons.

Un beau matin de novembre, de très bonne heure, il entendit sonner le rassemblement de la cavalerie et vit entrer les cavaliers en habit d'hiver, vêtus de leur épais pantalon à basanes, chaussés de leurs houseaux de cuir, armés de leur sabre qu'ils portaient au ceinturon et de leur gourdin qu'ils attachaient à la selle. Ils sortirent leurs montures en ordre et se rangèrent dans la cour comme ils avaient coutume de le faire pour quitter la caserne.

C'était bien avant le lever du jour et il faisait très froid. L'air respiré par les cent chevaux et les cent cavaliers laissaient derrière le détachement une grande vapeur d'haleine qui vacillait dans les lumières artificielles de la rue avant de disparaître comme aspiré par la voûte d'ébène.

Ils prirent le trot pour se réchauffer et le bruit des sabots ferrés qui claquaient sur le macadam semblait produit par une machine infernale. Ils avaient véritablement fière allure, ces centaures de la nuit qu'une mission inconnue menait triomphalement vers un destin commun. Ils empruntèrent une direction qu'ils n'avaient encore jamais prise et marchèrent en alternant les allures pendant trois bonnes heures. À travers le matelas de nuages, le soleil, réduit à un disque d'un blanc éclatant, ne parvenait pas à réchauffer le sol gelé par la froidure nocturne. La route qu'ils suivaient sillonnait dans un paysage morose, à peine transformé par la main de l'homme et qui, à l'approche de l'hiver, revêtait un aspect de désolation pathétique. Les champs étendaient leur surface écorchée, les arbres dressaient leurs squelettes sombres et torturés, et les belles couleurs de l'automne n'étaient plus qu'une beauté passée et oubliée semblant confirmer l'idée que cette terre méconnue cachait en son sein des secrets terribles.

Ils firent une brève halte au bord d'un champ dont les nombreux sabots ne parvinrent pas à entamer la croûte gelée. Les hommes se restaurèrent légèrement et burent dans leurs thermos du café encore fumant qui leur délia un peu la langue. Dans des musettes, les chevaux reçurent une petite ration énergétique et on cassa la glace d'un étang proche pour que chacun d'eux puisse boire une ou deux lampées d'une eau si froide qu'ils pouvaient sentir son trajet jusqu'à leur estomac. Leur présence avait attiré des corneilles qui craillaient au-dessus de leurs têtes en attendant de voir si leur passage laisserait quelques déchets comestibles.

Quo-Vadis patientait sagement auprès de son cavalier qui se tapotait les mains pour se réchauffer. Les oreilles pointées en avant, il observait d'un regard distrait les circonvolutions des oiseaux libres et pourtant enchaînés par leur besoin de nourriture, fragiles flocons noirs qui dans le déroulement inerte du décor rappelaient les souveraines nécessités de la vie. Il songea que comme eux, il pourrait évoluer libre et menacé, et que cette liberté serait plus souhaitable que les mystérieux dangers qu'il courait, livré aux hommes. Il songeait aussi que si tous ses camarades avaient voulu, ils auraient pu entendre l'appel sauvage des corneilles et sans problème échapper tous ensemble à la vigilance de leurs gardiens. Il ne comprenait pas plus ce qui les retenait que ce sentiment étrange qu'il éprouvait lui-même, qui n'était ni de la compassion, ni de la crainte, et qui pourtant le liait à leur sort.

L'ordre de marche fut donné et il vit Cœur-de-Lion se précipiter sans attendre la sollicitation de l'officier qui le montait pour prendre fièrement la tête de la colonne. Lorsque le soleil amorça son déclin, ils avaient atteint les environs d'une petite ville qu'ils aperçurent d'abord au loin du promontoire d'une colline grâce à l'enchevêtrement des toits et des lignes électriques. Elle disparut plusieurs fois de leur vue derrière le vallonnement du paysage avant de se distinguer bien réelle au bout de la route qu'ils suivaient.

Aux abords des premières constructions, ils resserrèrent les rangs et les chevaux sentirent que les cavaliers augmentaient la tension sur les rênes; les rues étaient désertes, ce qui n'était pas autrement surprenant car la cavalerie s'entend de loin. Pourtant cette fois-ci persistait une insolite sensation, peut-être parce que les fenêtres et les devantures des magasins étaient closes et qu'aucun animal domestique ne traînait dehors. Le fracas de leur progression amplifié par le goulet des rues semblait ébranler les façades et résonner jusqu'au sein des bâtisses où se terrait la population. Ils marchaient d'un même pas, à la fois déterminé et anxieux, et leurs cœurs battaient comme un seul le rythme de leur commune angoisse.

Ils débouchèrent sur une vaste place toute aussi vide au centre de laquelle trônait sur un haut socle de granit une superbe statue équestre. Le détachement s'engagea au complet sur l'esplanade tout en resserrant sa garde. Les premiers rangs virent les barricades érigées dans les rues qui en partaient au moment même où une grêle de coups de feu s'abattait sur eux sans sommation. Les armes et les munitions n'étaient guère nombreuses car la fusillade ne se prolongea pas; les balles cependant avaient atteint pour la plupart leur cible et plusieurs chevaux et cavaliers s'étaient écroulés en tête du peloton dont Cœur-de-Lion, frappé en pleine tempe.

Quo-Vadis eut tout juste le temps d'apercevoir la lourde masse brune de son corps s'affaisser entraînant son cavalier dans sa chute. L'officier qui le montait se dégagea aussitôt tandis qu'une houle vivante déferlait sur eux, paraissant jaillir de partout à la fois en poussant des hurlements sauvages. Ils étaient armés de couteaux ou de simples massues et la haine déformait leurs visages. Très vite, ce ne fut qu'une confusion indescriptible, un charivari de cris déments et de hennissements terrifiés, de cliquetis d'armes et de sabots ferrés contre les pavés où déjà ruisselait le sang. Mais plus les soldats se défendaient, plus les assaillants se multipliaient et parmi ceux-ci il y avait aussi des femmes et des adolescents dont la rage égalait celle des hommes.

À la première vague d'assaut qui précipita ses voisins contre lui, Quo-Vadis s'était cabré de toute sa hauteur puis sous la sollicitation des éperons de son cavalier avait bondi en avant. Cette phénoménale esquive créa une brèche dans la mêlée, hélas de courte durée car presque aussitôt il se retrouva isolé des autres par la masse des rebelles qui avaient fait d'importants dégâts dans les rangs. Les survivants étaient dispersés sur toute la surface de la place et chacun devait assurer sa propre protection. Le trompette avait sonné la retraite mais on ne l'entendait plus et de toute façon la fuite était devenue impossible car la route d'où ils étaient venus avait également été bouchée.

Quo-Vadis tint bon tant qu'il put, se démenant comme un beau diable pour éloigner les assaillants, virevoltant sans répit en ruant, mordant et pirouettant avec une telle rapidité que pendant d'interminables minutes, les hommes à pied ne purent l'approcher.

Au bout d'un quart d'heure de lutte acharnée, ses forces commencèrent à s'épuiser. Il ne put éviter un nouveau groupe de rebelles qui se précipitèrent d'un bloc en rugissant comme un fauve et se pendirent à plusieurs aux rênes. Tandis que son cavalier levait son sabre à droite, ils le saisirent par la jambe de l'autre côté et le plaquèrent à terre. En l'espace d'une fraction de seconde, il se retrouva face à face avec un seul homme qui le tenait encore. D'un réflexe incontrôlé, il fonça sur lui tel qu'il ne l'avait jamais fait sur un humain, le renversa violemment d'un coup d'épaule et s'enfuit ventre à terre.

Il s'aperçut alors seulement qu'il était sans cavalier, livré à sa seule volonté et continua à galoper comme un fou d'un bout à l'autre de la place. À plusieurs reprises il faillit tomber sur les pavés luisants de sang frais mais se rattrapant de justesse, il repartait toujours de plus belle.

Maintenant qu'il se trouvait en dehors du combat, un égarement total guidait ses pas. Malgré les larmes arrachées par son galop endiablé, il sillonnait entre les cadavres, les soldats démontés et d'autres chevaux qui cherchaient en vain à fuir. Dans un éclair de lucidité, il reconnut, fonçant droit sur lui, la face blanche maculée de sang de Shogun, également sans cavalier. Celui-ci bifurqua sur sa droite en bondissant par-dessus une mêlée de corps puis disparut à l'angle d'une des rues. Sans réfléchir, il s'élança dans la même direction mais sa route croisa celle d'un soldat qui courait devant une meute hurlante d'attaquants. Il ralentit son galop et sans savoir pourquoi obliqua vers lui. Saisissant l'aubaine avec la rapidité de l'éclair, ce dernier bondit sur son dos en pleine course et lui piqua aussitôt les flancs. Ils s'engouffrèrent dans la première ouverture trouvée et presque immédiatement durent s'arrêter devant les barricades compactes. Son cavalier le fit pirouetter sur place pour repartir aussitôt en sens inverse ; les poursuivants étaient cependant déjà parvenus à l'entrée de la rue et d'autres civils jaillirent des maisons avoisinantes avec des pelles et des fourches. Sans ralentir cette fois, ils firent demi-tour sur un grand arc de cercle qui frôla les rebelles décontenancés et foncèrent de nouveau sur les barricades.

Tandis que le hurlement démentiel poussé par son cavalier atteignait ses tympans, tout s'accéléra dans la tête de Quo-Vadis et il agit avec l'efficacité du rapace fondant sur une proie. Il ne vit plus que l'obstacle gigantesque dressé sur sa route. Une voix intérieure couvrit le cri de son cavalier :

– Ne confonds pas vitesse et précipitation…

En quelques secondes, il comprima son galop, banda toute sa masse musculaire et avec la rage du désespoir s'arracha à l'attraction terrestre.

Ils s'envolèrent littéralement par-dessus les quelque deux mètres de barricades dont le sommet explosa dans un nuage de plumes. Un brouhaha de dépit monta du groupe de poursuivants où discordaient les cris de surprise admirative. Ils se précipitèrent pour escalader les barricades mais de l'autre côté Quo-Vadis filait emportant son cavalier.

Par d'astucieux détours, le soldat retrouva la rue qu'ils avaient empruntée pour entrer dans la ville et il joua de nouveau de l'éperon. Quo-Vadis n'en sentait pas la morsure aiguë contre ses flancs et galopait aussi vite qu'il lui était possible de coordonner ses quatre membres, à la limite de la résistance de ses poumons. Il maintint cette allure près d'une demi-heure et l'aurait maintenue jusqu'à l'écroulement fatal, si, en entrevoyant au bout de la route comme un mirage la colonne des véhicules militaires qui devait les rejoindre, son cavalier ne s'était pas pendu aux rênes pour le ralentir. À la hauteur de la première voiture, le soldat dut mettre son cheval sur un grand cercle dans le champ au bord de la route pour l'arrêter. Il bredouilla quelques mots inintelligibles qui remirent aussitôt tout le convoi en branle.

Quo-Vadis était trempé de sueur. Son cœur tambourinait à se rompre dans sa poitrine et ses naseaux étaient dilatés à l'extrême. Son cavalier aussi avait du mal à reprendre son souffle. Lentement, il se laissa glisser de la selle et à bout de forces, tomba à genoux aux pieds du cheval qui venait de lui sauver la vie. Il courba le buste et cacha son visage dans ses mains. Tout son corps se mit à trembler et des sanglots irrépressibles en augmentèrent les spasmes frénétiques. Les rênes pendaient le long de l'épaule de Quo-Vadis et tout autour de lui, le paysage déroulait un fragment du libre univers.

Il baissa pourtant l'encolure vers l'homme et se mit à mordiller le col de sa veste. Comme le soldat ne réagissait pas, il se redressa de nouveau. Se souvenant alors de la belle face blanche de Shogun, souillée de rouge, il comprit dans une espèce de clarté intérieure, la seule chose qui lui restait à faire. Il se mit à tourner en rond autour de son cavalier accroupi en hennissant à pleins poumons. En entendant ses appels furieux, le soldat finit par lever sur lui un visage défait auquel le chagrin avait rendu une candeur enfantine. Ses yeux embués discernèrent la silhouette sombre de Quo-Vadis projetée majestueusement sur la blancheur éblouissante du ciel et aussitôt ses traits se durcirent. Il essuya hargneusement ses larmes et sauta en selle.

Lorsqu'ils parvinrent de nouveau au village, les barricades avaient été levées et ils arrivèrent sans encombre sur les lieux du drame. Les lampadaires urbains et les phares des véhicules essayaient tant bien que mal de rendre à la place, un succédané d'existence mais leur clarté livide ne faisait qu'en augmenter l'aspect funeste. Un silence de mort avait succédé au tumulte indescriptible de la bataille qui résonnait encore à leurs oreilles et qu'ils s'étaient inconsciemment attendus à retrouver. En tout premier lieu, ils remarquèrent que les cadavres humains avaient été triés. Les chevaux survivants étaient attachés en rang le long d'une file de véhicules et se tenaient l'encolure basse. De l'autre côté de la statue équestre qui paraissait être la seule chose vivante de cette mortelle mascarade, les soldats entouraient un groupe de rebelles qu'ils tenaient en joue. Il y en avait un grand nombre, mais la plupart avaient pu s'enfuir.

Quo-Vadis et son cavalier traversèrent la place sans être remarqués par quiconque. En se rapprochant de ses congénères, le jeune cheval se souvint alors de la chute de Cœur-de-Lion et la pensée qu'il ne le trouverait pas parmi les vivants lui poignarda le cœur. Son cavalier l'attacha à côté des autres et s'éloigna sans lui adresser la moindre caresse. La jument noire à côté de lui, lui jeta un regard accablé de fatigue. Sans réfléchir, il appuya son chanfrein dans le creux de l'épaule de sa voisine inconnue qui ne broncha pas.

Ainsi unis, tous deux refusaient de prêter attention aux cris et aux fusillades qui éclataient maintenant à répétition et qui les faisaient tressauter à chaque salve.

CHAPITRE 13

À la conjoncture préoccupante, l'hiver particulièrement rigoureux, ajoutait ses tourments. Les soldats étaient mobilisés aux incessantes corvées d'eau car toutes les canalisations avaient gelé. La veille de Noël, la neige cessa de tomber et les occupations de l'après-midi se résumèrent aux préparatifs du mess et du réveillon.

Pour la première fois, la tension et la discipline se relâchèrent et l'atmosphère de la caserne trouva un semblant d'air de fête. Cette nuit de Noël qui paraissait tant réjouir le cœur des humains s'annonçait longue et fastidieuse pour Quo-Vadis. L'écurie était déjà bien silencieuse et les accents mélodieux d'une musique inhabituelle parvenaient, à peine atténuée, à ses oreilles. Il ne comprenait pas ce qui pouvait à ce point amuser les humains alors qu'il se sentait lui-même incapable d'éprouver la moindre joie.

Son ouïe s'était habituée aux bruits enfiévrés de la caserne et ceux-ci n'étaient pas responsables de son insomnie. Il réalisa qu'autre chose l'incommodait dont il n'avait nulle conscience. Il redoutait cette sorte d'alarme intérieure. Il finit cependant par s'endormir et fut réveillé par un grondement lointain que couvraient encore les échos de la fête militaire. Il essaya de se rassurer mais la menace se précisa à une telle vitesse qu'avant même d'en comprendre l'origine, un sifflement aigu tomba du ciel, précédant de quelques secondes une explosion phénoménale qui illumina le ciel. La déflagration fut si puissante qu'il se retrouva projeté avec une violence inouïe contre la stalle voisine et que le bat-flanc qui le séparait de Shogun se brisa sous le poids de celui-ci.

Aussitôt une lueur d'apocalypse embrasa la nuit dans un monstrueux crépitement où les hennissements d'épouvante s'évanouissaient comme les cris au secours de naufragés engloutis. La moitié de l'écurie était déjà la proie des flammes et des congénères transformés en torches vivantes se débattaient sans pouvoir fuir tandis que l'immense brasier illuminait les ténèbres d'une diabolique clarté rouge et jaune. Se profilant immédiatement devant cette effroyable vision, il reconnut la forme de Shogun qui tirait tel un fou furieux sur son attache. Il coinça alors la têtière de son licol contre les barreaux de séparation et se libéra.

Les flammes rugissantes continuaient leur irrésistible progression, transformant tout sur leur passage en un gigantesque feu d'enfer dont la voix grondait maintenant plus fort que tout et masquait les moteurs de l'avion qui revenait. Quo-Vadis se retrouva dans le couloir, entre les stalles, à moitié asphyxié et aveuglé par la fumée. Il comprit que tout allait se jouer dans les minutes, voire les secondes qui suivraient, qu'il détenait encore le pouvoir de sauver sa vie.

La porte soufflée par l'explosion à quelques mètres en direction du brasier restait la seule issue possible, dans un instant le feu l'atteindrait et lui couperait toute retraite. Mais Shogun et tous les autres congénères de cette partie indemne de l'écurie luttaient contre leur attache. Son hésitation lui aurait été fatale, si soudain, il n'avait remarqué à travers le rideau de fumée que les humains avaient ouvert la dernière porte en bout de bâtiment et accouraient au secours des chevaux. Alors, bravant l'insoutenable haleine de l'incendie, il s'élança par-dessus les immenses flammes dont il sentit la cuisante morsure sous son ventre et disparut dans les ténèbres.

Une nouvelle déflagration plus puissante que la première pulvérisa littéralement la petite construction aveugle non loin de l'écurie. Instantanément, s'enchaîna une série d'explosions qui projetèrent jusqu'aux étoiles des feux d'artifices destructeurs dont la force ne cessait de se décupler. L'invraisemblable clarté semblait enflammer la neige et la glace elles-mêmes et les coups de tonnerre à répétition décrocher les étoiles. Abasourdi, Quo-Vadis continuait sa course folle alors que des débris embrasés pleuvaient autour de lui et que tout un monde de démons noirs l'accompagnait en dansant sur les façades et les congères. Le sol vibrait sous ses pas et il avait l'impression qu'il allait s'ouvrir pour l'engloutir. Il finit par déboucher dans une cour où des bâtiments intacts le protégèrent de la fureur du cataclysme. Pendant d'interminables minutes, l'esprit égaré, il parcourut en tous sens la caserne, passant inaperçu dans l'affolement général.

C'était une véritable atmosphère d'apocalypse : des humains couraient de tous les côtés, des sirènes hurlaient tandis qu'une lueur hallucinante, défiant l'interminable nuit hivernale, éclairait artificiellement l'ensemble du périmètre intérieur. D'où il se trouvait, il constata que tout le fond de la caserne était la proie des flammes mais que c'était le seul endroit où il pouvait espérer s'échapper. Il revint sur ses pas. La chaleur était insupportable et au-dessus des foyers montaient de monumentales volutes de fumée noire qui disparaissaient très haut dans le ciel nocturne. Il vit qu'il ne restait pratiquement rien des murs d'enceinte de la partie arrière. Malgré son effroi, il continua en direction du brasier, bravant son souffle cuisant. En clignant sans arrêt des paupières, il fouilla des yeux les décombres et remarqua une sorte de goulet où il s'engouffra sans même évaluer ses chances. Il n'avait plus qu'à bondir d'un mètre cinquante en contrebas pour se retrouver à l'extérieur. Il se reçut sur un amas de pierres, trébucha, puis dès qu'il put, s'enfuit de toute la vitesse de ses membres.

Quelques minutes plus tard, il ralentit et continua au galop rassemblé. Derrière lui, le feu gigantesque n'était plus qu'un surprenant point d'ignition au milieu d'une incommensurable et glaciale nuit d'hiver. Grâce à la clarté sidérale que renvoyait la neige, l'obscurité n'était pas totale et dès que ses yeux eurent oublié la lueur artificielle du brasier, il parvint à se diriger sans problème. Il quitta les artères principales et très vite fut confronté à la couche neigeuse qui s'accrochait en paquet à ses fers. Tous ses longs poils du ventre et des membres avaient été roussis mais il ne souffrait d'aucune brûlure. Juste après avoir défié le feu, il lui fallait affronter un vent glacial qui sifflait à ses oreilles.

Il marcha plus d'une heure avant de parvenir à une ancienne bergerie à moitié écroulée. Tout un pan de mur était intact et se dressait contre le vent. Il gratta la neige au pied de celui-ci de façon à former une coquille protectrice où il se coucha. Recroquevillé sur lui-même, il ne pouvait maintenant réprimer un tremblement qui mobilisait tous ses muscles. Il ne ferma pratiquement pas l'œil au cours de cette nuit de Noël.

Dès les premières lueurs de l'aube, il balaya du regard le décor enneigé que le timide soleil illuminait déjà d'une clarté éblouissante. À l'horizon, au-delà des plaines et des champs bosselés, se profilait un dentellement qu'il prit d'abord pour des nuages tant sa blancheur paraissait d'origine céleste, puis il reconnut la découpe des montagnes. Il avait hâte de se fondre dans cette nature immaculée qui lui semblait s'être parée d'une carapace blanche pour effacer toutes traces de salissure humaine.

Une semaine plus tard, il se retrouva amaigri d'une cinquantaine de kilos, dans les contreforts boisés des montagnes où les villages et les voies de circulation s'étaient faits aussi rares que les traces de toute autre forme de vie. Il avait appris à casser la glace pour boire et à gratter la couche neigeuse pour se nourrir de résidus herbeux. À force de se débattre contre ces éléments, il avait très vite perdu ses fers. En une nuit particulièrement glaciale, son corps se protégea d'une nouvelle toison, très dense, d'une texture rêche qui le faisait ressembler à un ours. Il ne lui était guère possible de parcourir de grandes distances car la neige même durcie le ralentissait énormément; il n'était pas rare qu'il s'enfonçât jusqu'au poitrail et progressât ainsi des heures durant jusqu'à l'épuisement général.

Autant dire qu'il ne pouvait presque jamais adopter une autre allure que le pas et que cette lutte permanente était bien plus éprouvante pour lui que n'importe quel galop endiablé. Quant à son moral, il se résumait à la mobilisation de ses facultés mentales pour la quête d'eau, de nourriture et d'un abri pour la nuit. Tout autour de lui, la nature silencieuse, d'une beauté somptueuse, semblait resserrer son étau. Les montagnes qu'il visait, reculaient toujours, de plus en plus inaccessibles, et plus il s'acharnait en fait à les atteindre, plus elles l'enserraient, car dans cette blancheur immaculée, les points de repère sont trompeurs. Il s'usait de plus en plus souvent la vue à l'impérieuse nécessité de repérer un étang, de même qu'il passait de plus en plus de temps à chercher et ingurgiter suffisamment de nourriture pour soutenir ses incessants efforts physiques. Malgré tout, il sentait sa résistance diminuer progressivement mais il lui était inconcevable de renoncer à affronter l'hiver pour chercher protection auprès des humains.

Ce jour-là, la neige se mit à tomber avant la fin des rares heures de clarté et ne discontinua pas de la nuit. Il s'éveilla, prisonnier de sa cachette sous la basse ramure protectrice d'un grand conifère et dut gratter pour en sortir. Un vent frais balayait par rafales blanches la couche poudreuse, mais le givre matinal s'était figé sur la moindre brindille de sorte que la nature resplendissait sous une dentelle si finement ciselée qu'on eût dit une monumentale œuvre d'art, sculptée par un mystérieux artiste de génie.

Quo-Vadis qui avait déjà mâché la mousse au pied du sapin, commença par sucer toutes les petites branches et rameaux à portée de sa bouche. Vers midi, il s'était éloigné d'à peine plus de trois kilomètres et, épuisé par les efforts déployés pour progresser dans la neige molle, il rebroussa chemin dans sa trace. Deux jours plus tard, il migra jusqu'à un autre groupe de sapins où il trouva de nouvelles mousses et des lichens qui calmèrent sa sensation de faim sans le rassasier. Il procéda de cette façon, évoluant d'un arbre à l'autre, tant que la neige persista à tomber. Son corps n'avait plus de réserve et il devenait moins résistant aux grandes descentes de température. Sous son épaisse toison saillaient maintenant, tels les nœuds des troncs, les os de ses hanches, de ses côtes et de ses épaules. Dans ces conditions d'enneigement, il ne soutenait guère plus d'une heure de marche.

Un matin de grand vent qui gela sa vapeur d'haleine dans ses poils de barbe, il décida d'obliquer vers le sud où les versants descendaient en pente douce. Durant des jours et des jours, il marcha comme un automate, perdant de plus en plus souvent le sens du réel.

Il lui arrivait parfois de s'arrêter comme pétrifié par le froid au beau milieu de sa progression dont la trace semblait soudain avalée par l'immensité blanche. Il ne pensait alors à rien, ne se souvenait de rien, oubliant jusqu'à la notion de sa propre existence et sa vie se réfugiait dans ces moments-là autour de son cœur, toujours vaillant, fuyant les extrémités de ce corps qui se faisait fardeau et s'inclinait vers la tentation des pierres, si insensibles à la morsure du gel. Puis en quelques minutes, avant d'être transformé en véritable statue de chair vide de conscience, par un inexplicable miracle, il retrouvait ses esprits et se reconnaissait dans les douleurs cuisantes que lui infligeait la remise en marche de ses muscles gourds. Plus affaibli à chaque fois mais animé par une volonté qu'il ne maîtrisait pas et dont il ignorait l'origine, il repartait avec en tête, la seule idée de s'appliquer à exécuter toujours et sans répit ce même pas qui le séparait de l'engourdissement plus qu'il ne le portait en avant.

Alors qu'il évoluait en terrain découvert, il eut brusquement l'impression d'être suivi. Ses yeux, las de tant d'éblouissante blancheur ne parvinrent pas à déceler une quelconque présence. Comme le silence compact était total une fois sa progression suspendue, il essaya de humer pour tenter d'identifier une hypothétique odeur de vie, mais ne reconnut que celle de sa propre sueur qui lui rendit la juste conscience de sa réalité vivante dans ce décor mort.

C'est une fois parvenu à l'orée d'un bois qu'il vit son mystérieux poursuivant débouler sans crier gare. Celui-ci lui sauta à la gorge dans l'élan et il l'évita grâce à un réflexe qui le fit pivoter sur lui-même. Ils se retrouvèrent face à face, chacun campé sur ses quatre membres.

Quo-Vadis put détailler l'animal qui avait su si habilement le surprendre et comprit seulement qu'il venait d'échapper à une mort certaine en évitant sa première morsure. C'était un grand loup sombre, aux pattes longues et puissantes, au corps taillé à la serpe, au museau et au poitrail si développés qu'il eût pu lui briser la nuque d'un seul coup de mâchoire. Dans ses prunelles, braquées sur lui, brillaient deux étincelles d'or dont on ne pouvait se libérer et qui glaçaient le sang. Quo-Vadis avait miraculeusement retrouvé une parfaite perception de sa masse corporelle et il lui semblait sentir le déchirement de ses fibres charnelles dans la gueule redoutable, le craquement de ses os sous les crocs aiguisés et ce regard, qui ne le lâchait pas, refléta quelque chose d'aussi absolu et incontournable que le visage de sa propre mort.

Entre-temps, six autres loups s'étaient lentement déployés en arc de cercle derrière leur chef et continuaient leur progression sans lâcher leur proie des yeux. Sous leurs magnifiques fourrures aux nuances qui variaient du gris cendré au noir fuligineux, on pouvait deviner la forme de leur squelette. Cette maigreur expliquait que l'attaque du chef de meute n'avait pas été relayée et le cheval comprit que ces prédateurs affamés ne renonceraient pas et que le moindre mouvement qu'il pourrait dorénavant esquisser déclencherait l'attaque de toute la meute.

Sans vraiment maîtriser sa résolution, il concentra toute son énergie pour la lutte qu'il s'apprêtait à engager et qui lui ferait défendre chèrement sa peau même s'il n'en espérait aucune issue favorable. Cette vie devenue si pesante bouillonnait de nouveau en lui à l'approche de la mort comme la recrudescence d'une flamme attisée par le souffle qui devait l'éteindre.

Il n'avait pas quitté des yeux le loup noir qui, le regard rasant, se plaçait à pas comptés sur sa droite. Au lieu de pivoter pour continuer à faire face au chef et offrir ainsi ses flancs vulnérables à la meute, il resta dans le même axe jusqu'à ce que celui-ci parvînt à hauteur de sa hanche ; alors avec la rapidité de l'éclair il virevolta à gauche et chargea la meute en poussant un cri de guerre rauque. La surprise fit s'éparpiller les six loups qui n'avaient jamais vu une victime isolée réagir ainsi et tailla une brèche dans leur ligne d'attaque où s'engouffra le cheval.

Aussitôt la meute se précipita à sa poursuite en hurlant de dépit. La petite avance que lui avait donnée sa tactique, décuplait chez lui une énergie insoupçonnée. Mais les assaillants furent rapidement sur ses jarrets car ses sabots ne pouvaient rivaliser sur ce terrain avec leurs coussinets rompus à ces courses de la faim. Il entendait leurs mâchoires claquer autour de ses postérieurs et avec l'énergie du désespoir, il rua plusieurs fois sans cesser de galoper. Un gémissement l'avertit qu'un coup de pied avait porté.

Pendant quelques instants il cessa de sentir leurs souffles féroces et d'instinct obliqua vers le bois où sans logique il escomptait les dérouter. La peur et l'effort physique aveuglaient le cheval qui se précipita sur un amoncellement de neige poudreuse dans lequel il s'effondra net. Il croyait déjà sentir les morsures des sept gueules affamées dans l'intimité tiède de sa chair lorsqu'il réalisa qu'il s'enfonçait de plus en plus. Il ne put rien faire et glissa soudain avec une vitesse vertigineuse le long d'une espèce de toboggan de glace. La neige qu'il entraîna amortit le choc de sa chute quelque quatre mètres plus bas au fond d'un énorme trou rocheux. Les premiers poursuivants durent bondir par-dessus l'ouverture formée pour ne pas tomber aussi.

Quo-Vadis gisait à plat sur un doux lit blanc dans lequel son haleine emballée taillait d'évanescentes sculptures de cristal. Il tenait ses paupières closes et s'évadait déjà dans un rêve hallucinant où il galopait avec aisance et sans fatigue dans un paysage noyé de verdure.

Des gémissements persistants l'en sortirent brutalement. La meute entourait l'orifice de la crevasse et le loup noir grattait furieusement les rebords. Ils auraient pu sauter sans difficulté en contrebas pour dévorer le cheval prisonnier mais cette solution leur aurait été fatale car les parois couvertes de glace rendaient toute remontée impossible. Ils en étaient bien conscients et à leur dépit de devoir se priver d'un bon repas, s'ajoutait la rage de savoir leur proie à portée de crocs.

Il observa un temps indéfiniment long la ronde entêtée de leurs gueules dégoulinantes et de leurs yeux étincelants autour du trou qui s'ouvrait sur le ciel béant. Il n'éprouvait ni joie, ni soulagement et s'attendait avec une indifférence croissante à les voir soudain se jeter sur lui. À force de hargne et de colère, le loup dominant aidé de sa compagne, tout aussi sombre que lui, avait réussi à ronger la glace sur les bords les moins pentus et se risquait maintenant, en s'agrippant comme il pouvait le long de la paroi du rocher mis à nu. Quo-Vadis souleva lentement la tête. Le loup noir s'était immobilisé et avait planté le dard de ses prunelles sur lui. Il soutint sans défi son regard insistant dans lequel il lisait une sorte de supplication :

– Sors de là, sors de ce trou, vois comme nous avons faim.

Ils se dévisagèrent ainsi sans ciller pendant un laps de temps qui leur parut une éternité et Quo-Vadis était persuadé que le loup finirait par céder à son envie de le rejoindre au prix de sa propre vie.

Soudain, un bref appel rompit le charme. Le loup remonta prudemment à reculons pour répondre à sa compagne et, dans les instants qui suivirent, Quo-Vadis regretta sa présence. Dès qu'il fut parti, il rassembla ses forces et se mit laborieusement debout. En tendant l'encolure au maximum, le rebord de la crevasse le surplombait d'un bon mètre et il n'apercevait qu'un lambeau de ciel où déjà se noyait la lumière du jour. Il tendit l'oreille et perçut un remue-ménage éloigné dont sa prison de glace renvoyait l'écho. Non, les loups n'avaient pas encore renoncé et on aurait dit qu'ils s'acharnaient non loin de là sur un succédané de proie. Leurs grognements féroces résonnaient contre les parois de la crevasse avec une telle netteté qu'il se retourna pour voir s'ils n'allaient pas surgir derrière lui. Ce mystérieux tapage s'éternisa, perdant au fil du temps en intensité et il se demanda quelle pouvait bien être la chose sur qui ils avaient ainsi passé leur colère.

L'orifice du trou s'était entre-temps teinté de gris sombre avant de prendre la forme d'un vague cercle noir qui restreignait l'immensité sidérale aux dimensions de sa liberté. Le profil des loups ne s'y détachait plus et la solitude s'était abattue sur lui avec la même impassibilité que la nuit d'hiver sur la montagne. Il faisait presque chaud au fond de la crevasse où la température devait avoisiner le zéro et il s'y serait senti bien si une détresse inattendue n'avait pas succédé à l'étrange félicité qu'il venait d'éprouver. Était-ce le paroxysme de la situation qui le balançait ainsi d'un sentiment extrême à l'autre comme le mascaret refoule les eaux à leurs sources ?

Depuis le retour de l'obscurité, il gisait de nouveau sans force sur le côté. Il en voulait aux loups qui lui avaient fait miroiter l'espoir de la délivrance avant de l'abandonner à ce sort bien plus cruel qui lui retirait jusqu'à la fallacieuse satisfaction de mourir pour quelque chose. Un râle qui aurait bien pu être un sanglot s'étouffa dans sa gorge parce qu'à travers ses paupières closes une lumière d'une étonnante intensité l'éblouissait. Il ouvrit les yeux et quelques secondes lui parurent nécessaires pour constater que les parois de glace lui renvoyaient les rayons de lune. Il fixa son regard sur le morceau de ciel au-dessus de lui comme s'il s'attendait à quelque chose. Plusieurs minutes s'écoulèrent puis la lune surgit petit à petit d'un des rebords de l'ouverture, d'abord en croissant, puis en quartier, enfin aussi ronde et étincelante qu'un nimbe. C'était un peu comme si l'univers lui faisait un grand clin d'œil.

Il se souvint de sa première fugue du club un soir de pleine lune et dans l'apparition de ce cercle parfait où se reflétait la vraie lumière, il reconnut alors toutes les leçons qu'il avait apprises, toutes les richesses qu'il avait emmagasinées. Non, il n'avait pas le droit d'être triste. Même fulgurante, sa vie avait valu la peine d'être vécue. N'avait-il pas connu des joies aussi intenses et fugaces que ces étincelles de lumière qui, par la grâce de la lune et de la glace, venaient de la source de toute vie jusqu'à lui ?

Il perçut l'emballement de son cœur à ses tympans comme les notes d'une musique intérieure et un courant de chaleur lui notifia la forme dense de son corps jeté sur son lit de neige. Cet outil de chair, si fidèle, devenu un fardeau, retrouva son sens et il éprouva une sorte de colère honteuse contre lui-même d'avoir aussi vite décidé de sa reddition. Soudain, crevant violemment le silence mat de la nuit, un long et formidable hurlement s'intensifia avec fureur. Un deuxième, identique lui succéda aussitôt, puis d'autres au second. Il reconnut les cris qui l'avaient déjà tant troublé et en frémit de reconnaissance. Au-delà de tout ce qui les opposait, il se sentait proche des loups au point de souhaiter se joindre à eux, parce que leur chant clamait tout ce qu'il aurait voulu extirper de sa chair ; le froid, la faim, la peur, la solitude, et au-dessus de tout ça une admirable dignité d'exister.

Il ramassa sous lui ses quatre membres et d'un seul effort se mit sur pied. Les derniers accents suraigus des hurlements emplissaient le chœur sidéral et lorsqu'ils se turent, il lui semblait qu'ils venaient de lui laisser libre le champ du silence. Pour la première fois, il se mit à détailler l'aspect de la crevasse qui s'élargissait tel un gigantesque entonnoir. Grâce à la lumière de la pleine lune, il se rendit compte que le fond comportait une sorte de renforcement. Il s'en approcha pour tenter d'en estimer la profondeur. La hauteur ne dépassait pas celle de son dos et la lumière n'était pas suffisante pour voir jusqu'où il menait. En portant sa tête dans le prolongement de son garrot, il perçut pourtant un très léger courant d'air qui l'intrigua. L'encolure à l'horizontale, il s'y risqua prudemment sur environ deux mètres et son nez rencontra alors une nouvelle paroi glacée. Il laissa ses yeux s'habituer à la pénombre et tâtonna des naseaux autour de lui. Au ras du plafond rocheux, il repéra un mince filet d'air qui confirmait que cet étrange couloir débouchait au-delà de ce mur sur un accès extérieur. Une autre crevasse sans doute ou pourquoi pas une issue ?

Il guetta après la disparition de la lune, la lente naissance de l'aurore puis s'enfonça de nouveau dans le renforcement. Il remarqua que des infiltrations avaient gelé au plafond en une infinité de petites perles d'argent et que la luminosité augmentait au fond du couloir. Les loups avaient en fait découvert cet accès et face à ce mur de glace ils avaient usé leurs crocs et leurs griffes. Parce qu'il lui était impossible de faire demi-tour dans le goulet, il recula sans précipitation et se présenta arrière-main en premier. La hauteur de plafond ne lui permettait pas de ruer mais il pouvait, en revanche, lancer à tour de rôle ses postérieurs.

Il s'y appliqua toute la matinée, méthodiquement, concentrant toute son énergie. Les formidables coups de butoir de ses muscles postérieurs commencèrent par fendiller la paroi sur toute sa hauteur. Vers midi un panneau tout entier céda ; cette première victoire attisa son énergie qui faiblissait. Finalement, la base du mur où ses sabots tapaient, s'écroula et l'air libre s'engouffra brusquement.

Dehors, dans le monde libre, ne l'attendait pas l'hiver glacial et ses privations mais un espace incommensurable qu'il pouvait choisir de parcourir et où il restait maître de ses espérances. Il fléchit sur ses antérieurs et flaira l'odeur âcre des loups dans des touffes de fourrures qui s'accrochaient aux rochers de l'autre côté du mur éboulé. Il franchit le passage à moitié sur les genoux et se retrouva sur une pente douce effectivement déblayée par la meute. Le ciel était dégagé et le soleil illuminait la vallée d'une lumière blanche. Un peu ébloui, il cligna des yeux avant de repérer la trace des loups qui s'évanouissait dans les sous-bois. L'attendaient-ils encore ? Il ingéra tout ce qu'il pût trouver de comestible et avala des paquets de neige. Il s'était habitué à éprouver une perpétuelle sensation de faim et ceci ne lui laissait pas mesurer les limites qu'il avait atteintes. Malgré sa sobriété, son corps continuait pourtant à s'affaiblir.

Une semaine après sa sortie de la crevasse, il se trouvait dans un tel état de faiblesse qu'il ne lui était même plus possible de casser la glace pour boire. Il ne s'agissait pas d'un simple épuisement physique, mais bien d'un état de famine avancé qui entraînait des dysfonctionnements graves de ses organes.

Lorsqu'il distingua les trois points noirs tout à fait insolites, il crut à une hallucination. Le petit groupe finit par arriver à sa hauteur et à l'entourer. Il s'arrêta. Les deux cavaliers, emmitouflés dans des vêtements en peau d'ours, armés de gros fusils de chasse et de gibecière, se regardèrent sans mots dire et mirent pied à terre. Ils observèrent longuement Quo-Vadis à peu près sur tous les côtés puis soulevèrent leurs toques de fourrure pour se gratter la tête d'un air perplexe. Leurs chevaux en parfait état reniflèrent l'intrus avec curiosité. Quo-Vadis se laissa passer une corde autour du cou et suivi péniblement le groupe jusque sous le couvert d'un groupe de hêtres.

Les hommes l'attachèrent avec les autres chevaux et s'affairèrent. Ils déplièrent une lourde couverture en peau sur son dos et lorsque le feu de camp commença à entonner son sympathique crépitement, ils mirent de la neige à fondre. Un peu plus tard, ils lui présentèrent l'eau tiède dans un seau en fer qu'il eut la force de boire à moitié, puis ils lui passèrent une musette remplie d'orge concassée. Il en perçut l'alléchante odeur sans comprendre que la nourriture se trouvait à portée de sa bouche. Une première déglutition réflexe déclencha une sorte de mécanisme et sans le savoir, il se mit à mâcher.

Ce soir-là, il s'endormit sur cette première bouchée avalée et une douce plénitude l'envahit. Il percevait la chaleur du feu de camp et son être tout entier retrouvait inconsciemment la mémoire de l'intime tiédeur du sein maternel. À la clarté des flammes, il vit un amas sombre de poil se soulever, bouger, prendre vie, puis une forme humaine en émerger, lentement, péniblement. Comme ce corps, pétri de sommeil, protégé du glacial monde extérieur par ces fourrures à l'aspect vivant, il se sentait renaître à la vie. Oh ! C'était encore timide mais bien réel pourtant puisqu'il reconnaissait les deux humains, qui, une fois encore, venaient de l'arracher à une mort certaine. Les autres chevaux, indifférents, mangeaient leur ration avec appétit et le bruit de leurs mâchoires réveilla en lui un vieux souvenir. Il avait faim.

Le petit groupe campa trois nuits au même endroit. Puis les trappeurs jugèrent que leur rescapé avait retrouvé suffisamment de force et décidèrent de partir. Grâce à leur sollicitude, il tint bon et atteint avec eux une large vallée, alimentée en électricité et parsemée de constructions en rondins qui formaient des petits hameaux épars. Au-dessus des toits, également en bois, s'élevaient des colonnes légères de fumée grise qui troublaient la limpidité cristalline de l'air froid et noircissaient la neige des versants.

Ils passèrent devant plusieurs maisons à côté desquelles patientaient des chevaux sellés qui les suivaient du regard. De gros chiens cendrés, aux allures de loup, déboulaient en aboyant dans leurs jambes puis retournaient docilement vers leurs maîtres que les cavaliers saluaient. En longeant une construction plus imposante que les autres et dont la soupente comportait une large ouverture, Quo-Vadis reconnut l'odeur caractéristique des bovins et, un peu plus loin, dans un bâtiment beaucoup moins haut, celle des moutons. À l'écart de cette partie mouvementée de la vallée, un chemin carrossable, en fort mauvais état mais déblayé de la neige, menait à un gigantesque abri en bois, ouvert sur toute une longueur et au fond duquel un grand râtelier regorgeait de foin odoriférant.

On retira la corde de son cou et on l'abandonna ainsi à cet endroit. Le sol était jonché de crottins et une large auge en bois, attaquée sur ses bords par d'innombrables impacts de dents, comportait des restants de grains. Sur les largeurs du curieux hangar, deux vieilles baignoires émaillées servaient d'abreuvoirs. Quo-Vadis se mit à fourrager du bout des lèvres le fond de l'auge. Il ne vit arriver les premiers congénères que peu avant la tombée de la nuit. Entre-temps une lourde charrette, tirée par deux puissants chevaux, avait amené cahin-caha des baquets d'eau pour les abreuvoirs et versé une abondante quantité de grains dans l'auge. Les nouveaux arrivants vinrent renifler un par un l'intrus qui se tenait maintenant en dehors de l'abri, la plupart avec indifférence, certains avec hostilité mais tant qu'il se tenait à l'écart de la nourriture, ils le laissèrent en paix. Des dominants affamés, arrivés après les autres, chassaient les premiers à coups de dent ou par de simples attitudes de menace. Quo-Vadis ne se sentait pas la force de lutter et passa la nuit seul, blotti dans un angle de la construction protectrice.

Dans les jours qui suivirent, il prit l'habitude de se comporter à l'inverse de ses congénères. Il passait le plus clair de son temps sous l'abri et les restes de nourriture suffisaient largement à remplir son estomac. Aux heures des repas, il s'éloignait et attentait à l'écart que son refuge fût de nouveau libéré. Les humains ne s'occupèrent plus de lui. Ils le montraient parfois du doigt en riant très fort ce qui le confortait dans son impression grandissante d'être un animal différent de ceux qu'ils utilisaient.

Pourtant, il y avait Boudoulaï. Boudoulaï était la fierté de son maître, Valodia, qui faisait partie de ces humains qui aiment sincèrement les animaux dont ils se servent. C'était un superbe hongre à la robe luisante d'un noir de geai et d'un naturel généreux. Il était apprécié des humains et respecté par les siens, mais Boudoulaï était un tendre et l'aspect pitoyable de Quo-Vadis avait touché quelque chose au fond de lui.

Il partageait quelques heures de ses nuits solitaires pour lui apporter un réconfort qu'il ne lui demandait. Boudoulaï lui avait confié qu'il aimait la vie qu'il menait. Les humains de cette vallée vivaient de chasse et d'élevage. L'hiver, quand la montagne les enclavait, ils passaient beaucoup de temps à traquer les animaux à fourrures qu'ils troquaient ensuite contre des denrées pour leurs familles. Ils faisaient aussi commerce des chevaux qui constituaient leur principal moyen de se déplacer car les véhicules à moteurs ne pénétraient pas au-delà de la vallée, même à la belle saison. Les juments et leurs poulains de l'année étaient rassemblés pour passer l'hiver à l'autre bout de la vallée sous leur surveillance. Au printemps, on sevrait les poulains pour les garder comme des chiens près des habitations et les habituer ainsi à leur future vie. Leur dressage ne présentait aucun problème car les enfants se chargeaient, en jouant, de leur apprendre à accepter très jeunes, tout ce qu'on leur demanderait plus tard.

Plus le temps passait, plus Quo-Vadis s'accordait à penser que Boudoulaï avait raison, que sa propre existence ne ressemblait en rien à ce qu'elle aurait dû être. Cette vallée où les chevaux jouissaient d'une semi-liberté représentait sans doute le meilleur compromis pour lui. Cette vallée, après tout, pouvait bien être la Vallée de ses rêves. En reprenant des forces, il se persuadait qu'il avait bien découvert une forme de paradis terrestre et parce qu'il ne se sentait plus le courage d'affronter le monde, il prit la résolution de rester au service de ses nouveaux sauveurs.

CHAPITRE 14

Au fil des semaines, Quo-Vadis reprenait des forces et son aspect changeait : son poil et ses crins avaient retrouvé leur lustre, ses formes se remodelaient et son corps emmagasinait une énergie neuve.

D'ailleurs le paysage aussi se transformait. Les jours rallongeaient, le froid se faisait moins dense et le soleil parvenait à fondre la neige. Les chemins devinrent boueux, les oiseaux migrateurs traversèrent le ciel par nuées et l'herbe se mit à pousser. L'état « du Miraculé », comme l'appelaient les habitants de la vallée, n'était pas encore satisfaisant pour qu'ils pussent l'utiliser, aussi resta-t-il libre ainsi qu'une partie des hongres qui avaient travaillé tout l'hiver.

Les humains accompagnaient les troupeaux de vaches et de moutons jusqu'aux pâturages de printemps et les montagnes étaient sillonnées de cavaliers qui allaient et venaient. Quo-Vadis aurait pu rejoindre les hongres libres, mais il ne s'était jamais lié avec eux et il préféra rester dans la vallée, avec les poulains tout juste sevrés. Ils étaient taquins, mais il se sentait bien avec eux. Lorsqu'ils l'embêtaient trop, il avait pris l'habitude de partir en trombe et de les laisser sur place, éberlués par la rapidité avec laquelle il avait disparu. Très vite ceux-ci tentèrent de l'imiter, échappant ainsi de plus en plus aux enfants. Au début les humains observèrent ces facéties avec amusement puis, réalisant que les jeunes chevaux devenaient récalcitrants, ils finirent par regarder d'un mauvais œil cet étrange miraculé. Ils l'entravèrent.

Certes, Quo-Vadis apprit très vite à vivre avec ce lien qui reliait ses deux antérieurs mais cela en était fini des seuls plaisirs qu'il avait retrouvés grâce à ses jeux avec les poulains. Lorsque la montagne eut perdu son manteau de neige, que les bourgeons se furent transformés en de jolies petites feuilles d'un vert tendre ou en fleurs multicolores qui explosaient partout comme les touches de couleurs d'un peintre fou, lorsque la vallée commença à s'ouvrir à d'autres vallées, que les fêtes de printemps éclatèrent accueillant toute sorte de visiteurs aux costumes bigarrés, que les chants des oiseaux et les musiques des hommes célébrèrent l'allégresse de la belle saison, Quo-Vadis se sentait plus seul qu'au cœur de l'hiver et aucune joie n'habillait son cœur. Boudoulaï venait encore le voir, la nuit, brûlant d'impatience de lui raconter ses courses dans la montagne et essayait de le convaincre de se mêler aux autres chevaux. Mais Quo-Vadis n'avait aucune envie de leur compagnie. Alors, impuissant, Boudoulaï s'éloignait et en voyant partir son seul ami, il avait le cœur gros mais ne cherchait pas à le retenir.

C'est avec une curiosité distraite qu'il vit un beau matin débarquer dans la vallée, un couple d'arrivants pas comme les autres. Il s'agissait d'un humain grand et maigre, accompagné d'un animal étonnant qui, de loin, pouvait passer pour un cheval malingre quoique sa démarche fût différente. Il avançait à petits pas saccadés, ses oreilles battant comiquement le rythme. Son maître, lui, progressait par longues enjambées souples et il était vraiment impossible au premier observateur venu, de comprendre comment ces deux-là pouvaient se mouvoir à la même allure et parcourir la même distance.

Quo-Vadis crut que l'homme venait, comme la plupart des visiteurs, vendre des marchandises et que l'énorme charge, portée par le cheval aux longues oreilles, était la raison de sa démarche bizarre. Il les suivit du regard.

L'étranger s'approcha du premier hameau et interpella les habitants. Tandis qu'il s'entretenait avec eux, plusieurs chiens se mirent à tourner autour de son drôle de cheval en aboyant, et en le harcelant aux jarrets. Une colère noire s'abattit sur celui-ci qui se mit à crier de fureur et à ruer si haut, si fort qu'il mit tous les chiens en fuite. L'étranger courait derrière lui en s'égosillant et en gesticulant mais plus il se démenait, plus son animal s'excitait malmenant sans la moindre gêne apparente son fardeau qui commençait à s'éparpiller au gré des zigzags et des ruades furibondes. La scène était si comique et si inattendue que les autochtones s'esclaffèrent sans retenue en se tapant sur les cuisses.

Tout finit par rentrer dans l'ordre. Avec l'aide des habitants, l'homme rassembla ses affaires dispersées puis après avoir attaché le responsable en le sermonnant à la manière des parents qui grondent leur enfant, il disparut dans l'une des maisons en rondins.

Il en sortit plus tard pour rejoindre ses hôtes qui avaient regroupé plusieurs chevaux devant la maison. L'étranger détaillait les montures qu'on avait rassemblées pour lui, toutes en parfait état, quand il aperçut soudain Boudoulaï qui passait par hasard son chemin. Il le désigna du doigt en répétant le même mot et les autres hélèrent le cavalier. Arrivé à leur hauteur, celui-ci s'arrêta. L'intéressé se mit à tourner autour du bel hongre noir en se frottant le menton et en hochant la tête. Fier de son cheval, Valodia lui fit comprendre qu'il n'était pas à vendre. Comme il paraissait déçu, tous le convièrent alors à s'asseoir avec eux autour d'un grand feu de camp. Lorsqu'il s'installa près du foyer, des rires étouffés accompagnèrent ses efforts pour replier ses jambes démesurées.

À la lumière des flammes, sa silhouette dégingandée dénotait d'une façon burlesque de celle des autres hommes. Il se tenait voûté, et le profil de sa tête, appesantie par un collier de barbe au bout de son long cou, avançant bien au-dessus de ses genoux, le faisait ressembler à un point d'interrogation. Tandis que la lueur du feu dévoilait les visages burinés et enjoués, le sien malgré un sourire deviné à l'étincellement de ses dents, gardait une gravité attentive. Ils s'entretinrent pendant des heures et les tintements des verres et des bouteilles qui circulaient résonnaient de plus en plus dans la paix du soir.

L'étranger avait fini par se laisser envahir par l'euphorie générale et gesticulait maintenant d'une manière si désaxée qu'on eût cru ses membres pris de velléité d'indépendance. Il fut une première fois emporté par l'élan de ses bras et tomba à la renverse dans l'hilarité de l'assistance. Ils le redressèrent et lui tendirent un nouveau verre. Enfin des femmes se joignirent à eux avec des mets fumants et des instruments à corde qui firent applaudir l'étranger. Après le repas, elles entraînèrent leur visiteur dans une farandole déchaînée qu'il suivit tant qu'il put, en chantant d'une surprenante et mélodieuse voix grave. Il tomba à plusieurs reprises mais à chaque fois, elles le remettaient debout et il recommençait, encouragé par les hommes qui battaient des mains et ne se contenaient plus de rire. Lorsqu'il s'écroula irrémédiablement, ils le traînèrent près du feu et le recouvrirent d'une couverture puis ils continuèrent leur fête impromptue.

Quo-Vadis avait fini par s'éloigner et somnolait sous un gros chêne. À la lueur d'un autre feu de camp, il vit passer une silhouette insolite, se déplaçant tel un automate. Il reconnut le surprenant cheval de l'étranger. Paradoxalement, quelque chose d'irréductible émanait du déplacement étriqué de cette ombre solitaire, comme si le flamboiement du foyer en révélant la densité de la chair, en dévoilait la force indomptable de l'âme.

Il songea à sa subite colère dès son arrivée, à l'incroyable énergie ainsi libérée et, chassant son sommeil naissant, il marcha vers lui. Malgré son entrave, il fut en quelques bonds à la hauteur de son épaule. À peine surpris, l'autre tourna vers lui sa tête oblongue, plus proche de celle du cheval que de celle de l'âne. Ils se dévisagèrent sans échanger un bruit puis l'étrange équidé se détourna d'un air méprisant et continua son chemin.

– Attends, appela timidement Quo-Vadis.

L'interpellé fit la sourde oreille et accéléra le pas. Quo-Vadis le rejoignit. Celui-ci rabattit alors ses oreilles sur sa nuque, les yeux menaçants et lança son encolure vers lui en grinçant sinistrement des dents. Puis, royalement, il lui présenta son derrière étroit et musclé où une queue, maigre à la base fouettait rageusement ses cuisses. Quo-Vadis remarqua qu'il avait affaire à une dame et à ses yeux ce constat justifia son hostilité. Il s'apprêtait à renoncer lorsqu'une interrogation soudaine lui traversa l'esprit :

– Qui es-tu donc, toi qui enchaînée comme l'esclave, marche comme une reine ? s'interrogea-t-il tout haut.

L'effet de cette question inattendue fut immédiat. Elle s'arrêta et se tourna vers lui.

– Et toi, qui parles comme un sage, qui es-tu ?

Grâce à la clarté de foyer, il put la détailler. Son poil semblait rêche sauf aux endroits du bât où un fin duvet de printemps formait des plaques lisses qui brillaient comme du satin à la lueur des flammes. Sa robe était brune mais s'éclaircissait vers le fauve aux extrémités et une raie noire courait de la base de sa crinière en brosse à la naissance de sa queue. Ses sabots étaient hauts et droits et bien que non ferrés paraissaient extrêmement solides. Ses jambes plutôt longues et minces, malgré sa petite taille, prolongeaient les lignes verticales de ses épaules et de ses hanches, quant au reste de son corps, il respirait la santé et la vigueur propres aux animaux sauvages.

– J'ai rencontré un jour un personnage extraordinaire, confia spontanément Quo-Vadis, il avait tes oreilles et tes sabots mais il était vieux et chétif.

Il dit cela sans la moindre arrogance et avec une telle ingénuité que son interlocutrice parut adoucie.

– Mon père était un âne et ma mère une jument; j'ai hérité des qualités de l'un et de l'autre mais je ne me sens proche ni des ânes, ni des chevaux.

Elle remarqua sa perplexité et enchaîna d'un ton curieux.

– Moi aussi, quelque chose me surprend à ton sujet... Tu es le seul à être toujours entravé.

– Les humains m'ont ainsi lié parce que j'éloignais d'eux les poulains.

– Aucun cheval n'est assez rapide pour s'éloigner d'eux... Il doit y avoir une autre raison. Quel est ton nom ?

– Quo-Vadis... Et le tien ?

– Hatshepsout.

– Hatshepsout ?.. Quel nom étrange !

– C'était le nom d'une reine dans un pays lointain où les humains se prenaient pour des Dieux.

– Pauvre Hatshepsout... Comme elle devait se sentir seule, opina-t-il sans réfléchir.

À ces mots, la mule plongea son regard dans le sien et un étrange magnétisme se créa entre eux qu'elle rompit par ces mots.

– Je sais pourquoi les humains t'ont entravé, déclara-t-elle en se remettant à marcher.

– Pourquoi ?

– Tu n'as d'un cheval que l'aspect extérieur !

– Explique-toi ? lança Quo-Vadis comme il la sentait se défiler :

– Si nous devons nous revoir, nous nous reverrons, sinon, adieu !

Elle s'éloigna en accélérant son rythme et il comprit qu'il était inutile d'insister. Il rejoignit son chêne, l'esprit en grande confusion, et tenta de trouver le sommeil. Le ciel était limpide et des milliers d'étoiles scintillaient plus brillantes les unes que les autres. Une légère brise presque tiède balançait doucement les frondaisons encore tendres et soulevait les crins légers de son toupet comme une caresse. De l'autre côté de l'espace ouvert, le foyer où dormait le maître d'Hatshepsout faiblissait petit à petit et ses hôtes s'étaient assoupis pêle-mêle ; leurs ronflements discordants parvenaient jusqu'à lui, lamentables échos de leurs corps déchus, ramenés par la fatigue et l'ivresse à un simple amas vulnérable de matière vivante qui ne se distinguait guère de la sienne. Il ne put réprimer un fugitif sentiment de compassion envers ces êtres démunis qui, par de futiles plaisirs, ne cherchaient manifestement rien d'autre qu'un moyen de tromper leur solitude. Il lui sembla soudain comprendre sans réflexion, ainsi qu'on reconnaît un vieux souvenir, la raison pour laquelle la fière et indépendante Hatshepsout acceptait d'être au service d'un humain.

Le lendemain, lorsque le grand étranger émergea, ses hôtes étaient déjà actifs et Valodia avait disparu avec Boudoulaï. Il se dirigea en titubant vers un des nombreux ruisseaux venus des montagnes et plongea son visage dans l'eau froide.

Dès le lever du jour, Quo-Vadis s'était rapproché d'Hatshepsout et broutait silencieusement à ses côtés. Après ses ablutions vivifiantes, son maître la rejoignit à grandes enjambées et s'empressa de la caresser comme s'il en attendait un pardon. Quo-Vadis remarqua qu'il s'était mis à le détailler d'un regard curieux. Il le vit s'avancer vers lui en tendant doucement sa main. Il lui parlait avec des mots aux intonations étrangement familières. Sa voix était profonde, ronronnante, presque musicale et sans savoir pourquoi, Quo-Vadis se mit à mordiller le tissu de sa manche. L'homme leva l'autre bras pour le caresser et il crut que ce geste ample allait punir sa hardiesse. Mais rien ne se produisit, au contraire, la voix redoubla de douceur et la paume se fit plus rassurante, plus experte. Puis le grand étranger recula de plusieurs pas et, la main au menton, le coude collé sur son autre bras replié, il scruta le jeune cheval d'un regard perplexe. La maigreur de Quo-Vadis le désolait mais ce qui l'étonnait par-dessus tout, c'était que sa mule, si acariâtre, ait accepté la présence de ce cheval dans son voisinage.

Entre-temps, quelques habitants du hameau, intrigués, les avaient rejoints et, à l'aide de gestes explicites et de mots simples, ils essayaient de lui faire comprendre l'épopée du « Miraculé ». Sous l'ordre des adultes, les enfants attrapèrent Quo-Vadis, lui passèrent une bride et retirèrent son entrave. Le jeune cheval les suivit sans rechigner. Parvenus près des habitations, les adolescents jetèrent une selle sur son dos. En s'approchant du « Miraculé », dont le garrot lui arrivait à peine à mi-poitrine, le grand étranger semblait déjà convaincu des étonnantes qualités de ce mystérieux cheval. Il ajusta les rênes que le gamin lui tendait et enjamba nonchalamment la croupe. Laissant le cheval choisir la direction, il s'éloigna d'un pas tranquille.

Pendant l'heure qui suivit, il le mena à travers toute sorte de terrains. Très vite Quo-Vadis se prit au jeu palpitant de cette piste inattendue et se divertit même en recherchant avec lui les difficultés et les pièges cachés de ces chemins buissonniers. Ils finirent par de grands galops qui les ramenèrent, le cœur léger, vers le camp des humains.

Le cavalier mit pied à terre et en constatant sa mine réjouie, les autres surent que l'affaire allait se conclure. Il lui fallait toutefois une décisive précision qu'il tenta de leur expliquer. Comme ils ne paraissaient pas comprendre, il amena Quo-Vadis jusqu'à Hatshepsout qui broutait avec une royale indifférence et attacha celle-ci à l'arrière de la selle. Aux premiers pas, la longe se tendit et la mule allongea le nez au maximum sans bouger d'un pouce. De lui-même, le jeune cheval s'arrêta en sentant la traction et se tourna à demi vers elle. Son œil droit rencontra son regard et s'y accrocha quelques secondes puis il reprit sa marche, l'encolure basse. Le miracle se produisit, Hatshepsout lui emboîta tout naturellement le pas.

Son maître n'osait pas poser les yeux sur elle. Il marchait d'un pas souple, régulier, et souriait comme on sourit aux anges. Les indigènes échangeaient des coups d'œil complices en se retenant d'éclater de rire pour ne pas faire rater le marché. Ils en avaient vu passer des marchands de chevaux mais jamais un client si heureux de conclure une piètre affaire. Ils déchantèrent un peu lorsque ce dernier commença autour du feu par discuter le prix demandé. Il prétexta l'état de maigreur du cheval et les marques au fer rouge très visibles après la chute du poil d'hiver. Les pourparlers s'éternisèrent toute la matinée pour reprendre au milieu de l'après-midi après une trêve qui dispersa tout le monde.

Enfin, peu avant le déclin du soleil, Quo-Vadis vit venir à lui le groupe d'hommes. Le maître d'Hatshepsout s'approcha de lui, un sourire satisfait sur les lèvres et le caressant longuement, se présenta en ces termes :

– Salut O Miraculé. Nous ferons désormais route ensemble car, moi, Eric ou Rick selon l'aisance des palais, citoyen du monde et voyageur « au long cou », moi qui suis aussi une sorte de « Miraculé », j'ai toujours fait confiance à ma mule, Hatshepsout, la plus sage d'entre toutes les reines !

Heureusement, pas plus que celui à qui elles étaient adressées, les autochtones ne comprirent le sens de ces paroles. Le matin suivant, tout était prêt pour le grand départ. Quo-Vadis quitta les lieux qui l'avaient ramené à la vie avec la détermination des nomades. Il s'étonnait de ne ressentir aucun regret. Tandis que tous trois disparaissaient de la vue des gens de la vallée, la nature resplendissante ouvrait tout autour d'eux des perspectives infinies comme aux premières aurores du monde. Du sud où ils se dirigeaient, montait une lumière limpide qui semblait venir à leur rencontre, poussée par un léger vent chaud. Les oreilles pointées, Quo-Vadis allait de ce pas décidé qui l'avait toujours mené et qui le réconciliait avec lui-même. Cette vallée aurait pu tout aussi bien se trouver à des années lumière ou même n'avoir jamais existé car rien n'avait autant d'importance que le moment présent.

Avec les jours puis les semaines qui suivirent, Quo-Vadis apprit à apprécier son nouveau maître et à composer avec le tempérament lunatique d'Hatshepsout. Cette dernière possédait le don précieux des serviteurs qui savent imposer leur bon vouloir à leur seigneur. Eric décidait de la direction à suivre, des haltes, des bivouacs, mais de sa mule dépendait en fait toute la progression du voyage. Au début, ils s'arrêtèrent souvent car Eric voulait ménager « Le Miraculé ». Fréquemment, le bourlingueur mettait pied à terre et marchait des heures à côté de son cheval. Outre son sens du terrain et de l'équilibre, Hatshepsout était dotée d'une résistance et d'une force phénoménales. Quo-Vadis n'était pas prêt d'oublier le jour où elle était parvenue à le hisser hors d'un fossé qui avait arrêté sa chute vertigineuse sur un versant escarpé. Depuis leur départ de la vallée, elle lui avait seulement avoué qu'elle le préférait au cheval qui l'avait précédé, mort d'une maladie inconnue. À part cela, elle ne s'intéressait apparemment pas plus à lui qu'à quoique ce soit d'autre. Cette vie de bohème lui convenait et pas un seul instant, il ne regretta le hasard qui l'avait mis sur le chemin de cet humain pacifique.

À la fin du printemps, il avait retrouvé ses belles formes arrondies et tout son potentiel physique. Après les sauvages régions montagneuses, ils avaient coupé des jours durant à travers des plaines interminables où la concentration humaine s'était densifiée. Très souvent, ils avaient été contraints de longer des routes. Puis à ces mornes horizons succédèrent des paysages inimaginables aux configurations parfois fantasmagoriques : rochers fauves et ocres aux formes vivantes, orgues basaltiques, cheminées biscornues, dentelles de quartz extravagantes, gorges et canyons déchiquetés; ces fantaisies de la nature laissèrent ensuite place à une zone moins tourmentée, dénivelée et rocailleuse où le vert se faisait toujours plus rare et où les habitations humaines se mariaient au décor. Contrairement aux contrées cultivées où ils avaient fui la civilisation, ils s'arrêtaient alors dans les villages rencontrés pour se réapprovisionner car la nourriture se faisait rare.

Quo-Vadis préférait leurs bivouacs au cœur de la nature. Eric passait des heures, tout à fait silencieux, à regarder crépiter le feu ou scintiller les étoiles, ou bien il prenait sa guitare et entonnait des chants d'une voix grave. Le cheval et la mule s'étaient habitués à entendre ces notes aussi langoureuses qu'un écho de la nuit. Lorsque leur maître ne chantait pas, ils savaient qu'il avait le cœur gros, lourd d'une peine inconsolable et d'une solitude irrémédiable. Mais ces soirées où il touchait le fond du désarroi humain étaient compensées par l'exaltation de celles qu'il passait dans les villages où l'accueil se faisait de plus en plus chaleureux au fur et à mesure qu'augmentait l'hostilité de la nature. Eric trouvait au-delà des cultures et des langues ce que dans son pays privilégié, on avait perdu depuis longtemps. En l'espace de quelques heures, il oubliait tout ce qu'il avait délibérément abandonné et de gens qu'il ne connaissait pas hier et ne reverrait pas demain, il se sentait aussi proche que de sa mère ou de son frère.

Un jour, du haut d'une falaise abrupte, ils débouchèrent sur un espace singulier, plan et ouvert comme un lac aux dimensions incommensurables. Jamais Quo-Vadis n'avait vu pareille étendue d'eau. La sensation qui s'en dégageait était unique tout comme l'était ce vent emballé, venu du large, qui balayait sa crinière, lui apportant une foule d'odeurs inconnues. Le soleil était haut dans un ciel limpide et la surface, d'un bleu parfait, miroitait de mille scintillements irréels. Une voile blanche, aussi pure qu'une aile, glissait comme par miracle entre des îles alanguies frangées de blanc, tandis que sous eux, quelque cent mètres plus bas, le ressac furieux harcelait inlassablement la roche avec des éclaboussures moirées qui soulevaient jusqu'à eux des papillons d'écume.

Quo-Vadis repéra un sentier abrupt et rocailleux qui sillonnait jusqu'à la plage et s'y engagea avec une telle détermination qu'il lui fut ensuite impossible de s'arrêter. Il dévala la pente défiant involontairement les surplombs les plus vertigineux et les éboulis les plus branlants. Son passage dénicha des goélands qui s'envolèrent en criant de dépit et arracha à la falaise des amas de rocailles qui bondissaient devant lui. Il parvint cependant sans encombre sur le haut d'une immense plage dorée où les flots venaient mourir sur le sable opalescent et arrêta net son élan. Eric, qui s'était précipité à sa suite, buta de plein fouet contre sa croupe. Entre-temps, la mule, vexée d'avoir été ainsi précédée sur ce sentier escarpé, les doubla dédaigneusement au petit trot et se roula dans le sable avec le bât.

Tandis qu'Eric la débarrassait de sa charge, Quo-Vadis se remit en marche vers la mer et baissa la tête vers le bourrelet d'écume d'une vaguelette. Des bulles irisées s'éclatèrent sur ses naseaux. À la prochaine vague qui buta sur ses sabots, il plongea le nez dans le flux et aspira une longue rasade d'eau qu'il recracha aussitôt ! Eric s'esclaffa en le voyant faire. Puis après l'avoir dessellé, il retira ses vêtements et bondit lestement sur son dos.

Il sentit à peine ses longs mollets contre son poil nu et chaud. Dans l'eau jusqu'au poitrail, il s'immobilisa et se mit à frapper de l'antérieur, soulevant des gerbes d'écume irisée et aspergeant son cavalier qui riait aux éclats. Ruisselants d'eau salée qui leur piquait les yeux, tous deux d'un commun accord continuèrent à avancer vers le large.

Comme par miracle, son corps tout entier parut soudain soulevé par une force phénoménale. Ses sabots avaient quitté le fond et les mouvements naturels de ses membres brassaient l'eau comme des palles d'aviron. Pour la première fois de sa vie, il nageait et rien ne lui semblait plus logique que le glissement de son corps dans l'élément liquide. Très vite il prit conscience qu'au-delà du plaisir, il restait ici à la merci d'une force invisible contre laquelle il aurait été incapable de lutter. Il décrivit un arc de cercle et augmentant la cadence de ses mouvements, nagea vers la côte. Allongé de tout son long au-dessus de son dos, Eric se laissait traîner et goûtait des joies d'enfant.

Lorsqu'ils en sortirent, luisants et épuisés, Eric se laissa lentement choir du dos glissant de Quo-Vadis et s'allongea les bras en croix. Après s'être secoué énergiquement, le jeune cheval se roula plusieurs fois dans le sable puis les oreilles en avant, les yeux brillants, il se mit à observer droit devant lui. Dans l'eau quelques minutes auparavant, il n'était pas maître de sa vitesse ; ici sur le sol ferme, il se sentait de nouveau lui-même, fils de cette terre, surgie comme un don entre les lèvres du ciel et la mer. Eric entrouvrit les paupières et l'aperçut dans une auréole de lumière. Il s'assit et jeta la longe par-dessus son encolure.

– Vas ! Vas donc ! Et reviens-moi ! lui lança-t-il.

Le bout de la corde cingla son épaule et déclencha le signal. Quo-Vadis s'élança de toute sa puissance. En quelques secondes, il disparut pour ne devenir qu'un point noir au bout de l'immense plage. Portant ses deux mains au-dessus de ses yeux, son maître le vit revenir vers lui. Cambré comme une voile, on eût dit qu'il avalait l'espace, s'en emparait. Chaque impact de ses sabots dans le sable était comme un fil inlassablement tressé à la trame de la terre. Éclaboussé de lumière et de sable, il passa devant Eric dans un train d'enfer et la beauté de cette image combla l'âme de celui-ci. Il se réjouissait simplement d'être là, aujourd'hui, au soleil, sur cette plage perdue, aussi démuni, aussi seul, aussi nu que cet animal magnifique qui ne possédait rien d'autre au monde que sa vie. Empli de ce bien-être, ses doutes tombaient de son esprit comme ses vêtements l'avaient fait de son corps et il se sentait en harmonie parfaite avec l'univers.

Quo-Vadis revenait de nouveau vers lui. Il s'arrêta à la hauteur de son maître, haletant, ruisselant d'eau et de sueur, la longe pendant à terre. Soudain en deux enjambées, Eric se retrouva sur son dos et le cheval s'élança de nouveau. Penché sur l'encolure, il était à peine visible. La longue crinière l'enveloppait et cinglait son buste, ses doigts s'y agrippaient et ses muscles épousaient l'effort de ceux de l'animal. Il sentait l'air s'engouffrer dans ses cheveux, la résistance élastique du sable et lui aussi était ivre de cette sauvage liberté qu'arrachait aux éléments la force de son galop. Il n'était plus cavalier, il était centaure !

À la cuisante maturité du jour, succéda la fraîcheur vespérale. Les nuages se bordèrent d'or, filtrant les derniers rayonnements qui jetaient du ciel immense des poudroiements ocre avant de se noyer dans le miroir marin. Lorsque le soleil eut totalement disparu de l'horizon dans une apothéose de luminescences, Eric avait rassemblé des branchages pour allumer un feu et accroupi en lotus, les yeux perdus dans les flammes, la guitare posée sur ses cuisses, il laissait ses doigts effilés courir à leur gré sur les cordes de l'instrument. Un peu plus loin derrière lui, ses deux compagnons avaient achevé leur ration et regardaient l'horizon. Quo-Vadis entendait sans vraiment l'écouter la mélodieuse succession des notes. Il lui semblait avoir toujours entendu cette musique et éprouvait l'étrange sensation d'avoir déjà vécu cette scène. Sans vraiment le savoir, il cherchait à comprendre ce qui avait bien pu le pousser à tout quitter et pourquoi ses visions ne lui apparaissaient plus.

– Ne perds pas courage, la route est longue mais tu es jeune.

Quo-Vadis tressaillit en reconnaissant Hatshepsout. Il se sentit atteint dans son intimité sans parvenir à s'en inquiéter. Il tourna la tête d'un mouvement presque douloureux comme s'il eut dû retrouver les limites du concret :

– Où mène-t-elle Hatshepsout ? Le sais-tu ?

– Est-ce vraiment important ? Elle se tourna de nouveau vers l'horizon marin. Je t'ai vu galoper tout à l'heure sur la plage... Puis d'un geste apparemment ininterrompu reporta son regard sur lui. Mes sabots errent sur ce monde comme des abeilles sur un champ de fleurs ; ma liberté s'exprime par mes talents. C'est par la volonté des humains que j'ai vu le jour. Qui mieux qu'eux pourraient exploiter mes qualités et qui mieux qu'Eric pourrait me rendre heureuse ?

– Moi, j'ai cru pouvoir me passer des humains, vivre libre...

– La vraie liberté n'est pas où l'on croit.

– Veux-tu dire qu'on peut être libre dans la servitude ?

Elle agita ses gigantesques oreilles qui claquèrent et il vit briller ses pupilles comme des opales.

– Non, non, pas dans la servitude. J'ai vu des chevaux magnifiques danser devant des taureaux furieux, j'ai vu des chevaux aussi forts que des éléphants sortir des navires de la mer et des chevaux plus rapides que le vent courir aux gueules des canons, j'ai vu aussi des chevaux aveugles actionner des norias et d'autres plus vieux que moi tirer la charrue… J'ai vu tout ça et même si je me suis toujours secrètement réjouie de n'être que mule, j'ai compris qu'ils étaient aussi libres que toi lorsque tu galopais tout à l'heure sur cette plage.

– Tu penses que ma place est près d'Eric ?

De nouveau, elle secoua la tête en signe de dénégation.

– Il n'y a pas forcément une seule réponse à une même question.

– Mais tu as tant d'expérience… protesta-t-il.

– Les certitudes de l'âge ne sont pas toujours bonnes conseillères, de même que les illusions de jeunesse ne sont pas forcément fallacieuses ! Il est vain d'essayer d'apprendre à voler à un poisson, n'est ce pas, puisque son élément est liquide. Quel est ton élément, Quo-Vadis ?

La question d'Hatshepsout resta en suspens. Le chant de la guitare s'était tu car Eric s'était assoupi. Le silence de la nuit résonna soudain aux oreilles de Quo-Vadis et quelque chose oppressa son cœur ; c'est presque avec tristesse qu'il répondit après une longue hésitation :

– Je devrais être comme tous les miens… Je me sens si loin d'eux… Mais je ne sais pas ce qui m'éloigne d'eux…

–… Tu leur es plus proche que tu ne le crois, affirma-t-elle en lui coupant la parole. Plus je vieillis moins il me semble comprendre les agitations de ce monde. La vie est brève, aussi brève que ces étoiles filantes, continua-t-elle en contemplant le ciel, et si tant de vieillesses sont vides, c'est parce qu'on réalise souvent trop tard ce qu'on a laissé passer. Suis ton cœur, où qu'il te mène, car à l'heure de la mort rien n'est plus terrible que les regrets.

Eric sortit soudain de sa torpeur, étira ses membres ankylosés. Il se redressa lentement, rejoignit ses compagnons qu'il salua pour la nuit, raviva le feu et se glissa dans son duvet. Le jeune cheval l'observa quelques secondes. Il remarqua le gonflement paisible de sa respiration couverte par le bruit des vagues et il eut alors l'intime conviction qu'il n'y avait pas sur terre un humain plus heureux que celui-ci.

CHAPITRE 15

Durant tout l'été, ils longèrent les côtes. La durée de clarté des journées avait nettement diminué lorsqu'ils prirent un étrange bateau, qui d'escale en escale les mena vers de nouveaux horizons. Lui et la mule n'étaient pas les seuls animaux à bord où grouillait une pittoresque animation. À chaque halte débarquaient et embarquaient des dizaines de passagers accompagnés de bagages extravagants, de bicyclettes chargées et calées entre les pattes des ânes ou encore de chèvres aux yeux hagards ou de charrettes bondées d'épices odoriférantes et de volailles encagées : tout un peuple inimaginable de pèlerins bariolés, bruyants et enjoués dont la proximité aurait intimidé n'importe quel étranger fraîchement débarqué, mais dont la vivacité et la bonne humeur rassurèrent Quo-Vadis. Hatshepsout, somnola toute la durée du voyage et Eric passa son temps à jouer aux cartes ou aux dominos avec les marins tout en fumant un inépuisable narguilé.

Quand tous étaient assoupis, Quo-Vadis observait les voyageurs entassés pêle-mêle, à même les planches, entre les jambes des animaux ou contre le bastingage et malgré lui, il songeait que les humains étaient bien étranges, qui savaient se côtoyer avec complaisance sur ce frêle esquif et pouvaient parfois parcourir des kilomètres pour s'entre-tuer.

Il aimait aussi contempler de nuit le scintillement des phares et des villages, lorsque le continent ne devenait qu'un ourlet sombre au bout de l'immense miroir étale où la lune versait sa lumière d'argent. Le charme magique de ce tableau n'était rompu que par le toussotement du courageux moteur de leur bateau qui ne s'arrêtait jamais. Lorsqu'ils mirent de nouveau pied sur la terre ferme, Quo-Vadis fut pris d'un grand vertige et crut que le sol se dérobait sous lui. Il écouta s'éloigner le bruit du moteur et se fit petit à petit à l'idée qu'il n'était plus sur le bateau. Eric était assis à leurs pieds et attendait patiemment, le regard fixé sur l'horizon marin ou déjà s'éteignaient les feux de leur éphémère demeure flottante. Le jour n'était pas encore suffisamment levé pour qu'ils puissent observer avec précision leur nouvelle terre d'accueil, mais Quo-Vadis la pressentait différente. Les odeurs n'étaient pas les mêmes et l'air semblait saturé d'une saveur âpre qu'un vent de terre chaud balayait jusqu'au littoral.

Au bout d'une bonne heure de marche le long d'une piste poussiéreuse, ils parvinrent aux abords d'un premier village. Eric choisit un groupe de palmiers et y attacha ses animaux. Le matin encore tout jeune, balançait doucement les grandes palmes avec un doux murmure et une fraîcheur bienfaisante semblait couler le long des troncs crantés. Les constructions annonçaient en effet un autre type de climat. Les maisons n'étaient que de vulgaires cubes de béton, parfois bariolés, aux fenêtres hautes et étroites, elles se terminaient par des terrasses où séchait du linge et où vivaient poules et chats à moitié sauvages. Dans la rue principale, des véhicules poussiéreux et surchargés slalomaient entre d'indolents buffles gris et les charrettes tirées par des ânes ou des chevaux décharnés. Le plus dépaysant restait la présence des chameaux. Gigantesques et dédaigneux, ils passaient de leur pas nonchalant et imperturbable comme si quelque chose d'immanent en eux les isolait de l'agitation qui les entourait.

Eric, qui s'était éloigné avec une bande d'enfants, revint conduit par un homme en uniforme. Ils coupèrent par un dédale de rues moins animées pour se rendre chez leur hôte du jour. Hatshepsout et le Miraculé furent installés dans une écurie précaire au toit vulgairement bâché avec deux ânes et quelques chèvres. Il y faisait chaud, mais beaucoup moins qu'à l'extérieur et, malgré l'état de propreté douteux, ils purent goûter un vrai repos.

Ils ne repartirent que le lendemain, bien avant le lever du jour. La température était alors idéale et ils progressèrent à un très bon rythme. Dès les premières lueurs de l'aube qui rosit lentement à l'horizon sans relief, ils purent mesurer du regard l'immensité aride du pays. Ces terres portaient ici les traces de la vie arrachée au dénuement du sol par le labeur des hommes. Les hameaux paysans s'amassaient autour des puits et les oasis se succédaient tels des joyaux, exposant la mosaïque de leurs taches vertes dans l'ampleur ocre du paysage hostile. De leur cœur montaient avec les premiers feux du jour, les voix modulées des muezzins qui rappelaient la nécessité impérieuse de l'attachement à Dieu sans lequel le courage de vivre se tarit comme la source dans le sable.

Quo-Vadis sentait qu'ici plus que nulle part ailleurs, son sort était lié à celui des humains. Dans les jours qui suivirent, ils marchèrent plein sud et l'aridité des terres s'intensifia. Elles prenaient les couleurs des pâtes cuites par une implacable canicule. Il faisait chaud. Très chaud. Puis, bien avant le déclin total du soleil, succédait un moment privilégié pendant lequel la lumière cessait d'éblouir et la fraîcheur s'installait comme une récompense inespérée. L'obscurité hésitait tandis que s'allongeaient les ombres, repoussant le néant jusqu'à l'infini. C'était alors qu'ils prenaient la route, souvent une piste qui s'étirait, interminable, traversant des cultures morcelées ou des déserts de rocaille. Les chants magiques qui montaient des entrailles de la terre où se débattaient les hommes, vers le ciel lumineux où se taisait leur Dieu, leur indiquaient toujours la direction à suivre pour trouver refuge. Partout où ils passaient, le gîte et le couvert leur étaient assurés comme le dû du pèlerin, livré par sa seule foi à l'hostilité du désert. Quo-Vadis appréciait ces prières qui ponctuaient le jour et qui, étrangement, lui rappelaient les vibratos pathétiques du chant des loups; sans doute parce qu'il n'y a pas de beauté sans laideur, de bien sans mal, d'aurore sans nuit et que la grandeur d'âme se forge plus facilement à la morsure des vents de sable qu'aux brises printanières, il s'était attaché à ce surprenant pays.

Il pensait souvent à une scène anodine dont il avait été témoin : un âne et un chameau étaient attachés à la même charrue dont le soc écorchait à peine la croûte desséchée d'un champ rebelle. L'âne avait beau s'arc-bouter, il ne parvenait plus à arracher la lame à son sillon et chaque pas gagné par le chameau, le précipitait sur les genoux. Accroché à l'engin, le paysan peinait sang et eau pour le maintenir. L'âne finit par s'écrouler et refusa de se redresser. Son maître entra dans une colère noire et armé d'une longue baguette se mit à fouetter l'infortuné. Puis voyant l'inutilité de ses efforts, il dirigea son bras vers le chameau. Tandis que les coups pleuvaient sur lui, le grand chameau ploya les genoux, puis l'arrière train avec son indolence habituelle et plaqua son encolure à terre les yeux fermés. Devant cette réaction imprévisible, le paysan se décontenança, jeta la baguette et se mit à implorer Allah. Puis il tourna les talons pour aller s'étendre à l'ombre d'un palmier dattier. Par nature, Quo-Vadis se sentait plus proche de ceux qui font de leur courage leur unique raison d'être, aussi se sentait-il prêt à finir ses jours dans ce pays si étranger à ses rêves.

Un beau jour, Eric parvint à se faire accepter par une tribu vraiment nomade. Ces indomptables humains vivaient pratiquement comme le faisaient leurs ancêtres. Leur troupeau de chèvres leur fournissait l'essentiel de leur nourriture et les chameaux étaient leur moyen de locomotion. Ceux-là possédaient aussi quelques chevaux qu'ils vénéraient par-dessus tout. Sahid, le fils du chef, un jeune homme fier et fougueux, lui présenta son étalon noir autour duquel avait tourné la conversation de la soirée.

L'animal était effectivement d'une rare beauté, et Eric n'eut pas à simuler son admiration. Gamil, ce qui signifiait quelque chose comme Le Magnifique, possédait toutes les qualités physiques qui font l'élite de sa race. Son corps était admirablement proportionné, ses membres fins et secs comme de l'acier, son encolure décrivait un léger arc où les muscles fuselés saillaient sous le poil luisant et au bout duquel s'attachait une tête fine et expressive, aux yeux éveillés, au front large, au chanfrein à peine camus et aux naseaux soyeux et dilatés. On aurait pu le croire conscient de sa beauté tant son port altier forçait le regard. Aux dires de son maître, il était aussi doté des qualités morales qui font le cheval d'exception : fougue, courage, endurance, rapidité. Eric qui connaissait aussi bien les hommes que les chevaux, savait qu'il disait vrai et ses louanges étaient aussi sincères que son émerveillement.

Sous la grande tente commune, les deux hommes s'endormirent côte à côte après un copieux banquet. Ils étaient à peine plongés dans le sommeil que des cris monstrueux les en sortirent. Immédiatement, Eric reconnut une des irrépressibles colères d'Hatshepsout et un pressentiment lui glaça le sang. Il se précipita à la suite de Sahid et des autres bédouins qui emportèrent des lampes à gaz. Attiré par les nouveaux venus, Gamil s'était échappé et leur avait rendu visite mais la rage de la mule avait fini par atteindre l'imprudent prétendant. Il se tenait immobile, visiblement choqué, à cinq ou six mètres d'Hatshepsout et se laissa aussitôt attraper par son maître. Les coups de pied furieux avaient provoqué des entailles sanguinolentes, heureusement superficielles sur le poitrail et les cuisses. Sahid ne desserra pas les dents et Eric, qui s'en voulait de n'avoir pas prévu cette mésaventure, était persuadé qu'elle lui avait fait perdre la précieuse estime de la tribu. Lorsque l'étalon fut soigné, son maître se tourna vers Eric, et en le fixant droit dans les yeux, lui déclara solennellement dans un anglais rudimentaire :

– Allah est avec toi, grand étranger, car ta mule est noble et Gamil a eu la leçon qu'il méritait.

C'est ainsi que dès ce premier soir, Hatshepsout, qui d'abord avait déclenché les moqueries, fut considérée comme un animal béni de Dieu et traitée comme tel. Les blessures de Gamil cicatrisèrent rapidement et ils prirent l'habitude de faire de grandes promenades.

Ce jour-là Sahid avait proposé à Eric de monter son cheval, ce qui était un grand honneur. Monté par le bédouin, Quo-Vadis se maintenait à bonne distance de l'étalon. Il marchait d'un pas ample et rapide auquel Gamil semblait incapable de s'accorder. En effet, celui-ci trottinait la queue en panache, l'encolure agitée de grands mouvements frénétiques. Malgré la disparition du soleil à l'horizon, il faisait encore chaud et son corps était trempé de sueur qui ruisselait déjà le long de ses épaules et écumait entre ses cuisses. Eric sentait sous lui une pression formidable et en s'aidant de la voix, il tentait de calmer sa monture.

Il n'y a pas si longtemps encore, il se serait senti gratifié par cette fougue, dominé par le même orgueil que cet animal magnifique, qui en fait lui faisait don de ce qu'il avait de plus précieux : sa rage de vivre. Mais ces dernières années d'errance l'avaient modelé et il ne parvenait plus à ressentir ces sentiments primitifs. La beauté du pur-sang arabe ravissait son regard, mais sur son dos, il ne pensait plus à cette image et la vigueur de l'étalon n'était qu'une énergie à maîtriser. Il lui fallait cependant toute sa science car la moindre erreur pouvait provoquer une violente défense. Sahid le savait et l'adresse de son hôte augmentait son estime.

– Ton cheval me surprend, déclara-t-il, lui aussi ne demande qu'à galoper !

Eric lui glissa un coup d'œil sans rien répondre, puis s'attarda sur son cheval qu'il voyait monté par un autre. Le Miraculé et le bédouin formaient un couple harmonieux car ce dernier était bien plus petit que lui. Presque à son insu, il éprouva une indéfinissable contrariété en le voyant si serein sous la selle d'un étranger. Il connaissait tout de sa façon d'être et avait l'impression de pouvoir prévoir chacun de ses mouvements. Il savait que derrière le calme apparent du Miraculé était sous tendue une énergie au moins égale à celle du pur-sang arabe.

– Je te suis, finit-il par répondre comme une sorte de défi.

Il vit Le Miraculé jaillir tel un diable hors de sa boîte et aussitôt disparaître dans un voile de poussière. Surpris par la rapidité de ce démarrage, Gamil lui-même marqua une fraction de seconde d'hésitation, puis la tension des doigts d'Eric sur les rênes le libérant, s'élança à son tour avec une détermination enragée. Parvenu à la hauteur de Quo-Vadis, Eric constata que Sahid avait repris le contrôle de l'allure et retenait son cheval. À son tour, il veilla à ne pas laisser à Gamil l'initiative de la vitesse. Il comprenait que la présence du Miraculé à ses côtés excitait l'étalon et qu'il se serait tué à rivaliser avec lui plutôt que ralentir. L'impression de puissance ressentie était d'autant plus fabuleuse que ce galop était loin du maximum dont les chevaux étaient capables. À demi-courbé sur l'encolure du pur-sang arabe, il sentait ses muscles dans l'effort et la vague de chaleur animale perçue par ses jambes imprégner chaque particule de sa chair.

À côté de lui, il pouvait observer son cheval en pleine action, suivre chacune de ses longues foulées qui battaient le sol avec la régularité d'un métronome tandis que sa crinière, bien plus abondante, cinglait le visage du bédouin puis se rabattait, un temps sur deux, avec un bruit de claquement de fouet contre sa peau luisante. Les deux animaux filaient l'encolure à l'horizontal, attelés au même effort et le sable soulevé par leur allure endiablée masquait leurs deux minuscules silhouettes perdues dans l'immensité du décor. Il aurait été d'ailleurs difficile de dire s'ils dévoraient l'espace ou si c'était l'espacc qui les dévorait. Pourtant ils donnaient tout ce qu'ils avaient au fond d'eux, comme si c'était la chose la plus normale qu'ils puissent faire, comme s'ils fuyaient la désolation extérieure avec cet entêtement admirable de ceux qui accomplissent ce pourquoi ils sont nés.

Les deux hommes sentaient entre leurs jambes la farouche volonté des nomades animer les muscles de leur monture, les pousser sans autre but vers l'horizon qui s'enfuit et l'indomptable bédouin et le vagabond déraciné se retrouvaient frères à travers la même joie.

D'un commun accord, ils parcoururent encore quelques centaines de mètres à une allure transitoire avant de regagner le pas. Les flancs des chevaux se levaient et s'abaissaient à un rythme fou, leurs corps ruisselaient de sueur. Loin de calmer Gamil, ce galop l'avait exacerbé. Il se remit à trottiner aux côtés de Quo-Vadis en le menaçant par des simulacres d'attaque. Indifférent à son excitation, celui-ci marchait, redressé vers l'horizon et déjà sa respiration se faisait plus lente. Eric vit Sahid le caresser longuement avec une curieuse joie.

– Ton cheval te ressemble, sous un aspect sage, il cache un courage et une énergie rares. Il doit avoir du sang arabe.

– Il en a très certainement, acquiesça Eric.

– Ne l'as-tu jamais fait courir ?

– Courir ?

– Inscrit à une vraie course, comme ils en font dans les villes ?

Eric hocha négativement la tête :

– Il a peut-être couru, je ne connais pas son passé.

Il vit s'assombrir le regard de Sahid.

Les ombres des deux chevaux s'étaient démesurément allongées et la lumière mourante allumait sur leurs poils luisants de sueur des reflets inhabituels, bleu sur la robe de satin noir de Gamil, rouge sur celle de Quo-Vadis. L'étalon avait cessé ses menaces et allait plus paisiblement, la salive maculant son poitrail. Malgré sa démarche toujours dansante, Eric le sentait plus détendu et il s'en réjouissait en caressant la crête de son encolure.

Ils renouvelèrent souvent leur promenade et au bout des deux mois qu'Eric passa avec Sahid et les siens, une réelle amitié liait les deux hommes. Les jours étaient maintenant très courts et le bourlingueur songeait à partir car il voulait profiter de l'hiver pour descendre le plus au sud possible. Lorsqu'il l'annonça à son ami, aucune surprise ne trahit son visage, et contre son envie même de le voir rester, il lui déclara :

– Nous n'avons jamais regardé le même horizon, je savais que viendrait ce jour où tu chercherais le tien.

– Mon cœur est lourd, Sahid, car je ne sais comment vous rendre votre hospitalité.

Le jeune bédouin, qui avait évité son regard, chercha alors à capter l'attention de ses prunelles et il crut lire dans les siennes une suprême supplication :

– Tu ne nous dois rien puisque notre joie était aussi grande que la tienne… Mais il y a une chose que tu pourrais faire pour excuser ton absence à venir.

Eric sentit son cœur battre la chamade. Il n'avait aucune idée de ce qu'attendait Sahid mais il redoutait les défis audacieux de son jeune ami.

Les yeux de celui-ci se mirent à pétiller :

– Une course ! Une vraie ! Entre Gamil et Le Miraculé.

Eric sentit ses muscles se détendre malgré son embarras. Il éclata d'un rire sincère qui le libérait plus qu'il ne répondait à cette proposition car celle-ci lui paraissait maintenant presque prévisible.

– Le Miraculé n'aurait aucune chance, protesta-t-il sur le ton de la plaisanterie. Il mentait et Sahid le savait. La gaieté soudaine d'Eric tomba aussi vite en berne lorsqu'il réalisa que son rire était une insulte. Alors d'une voix empâtée de gravité :

– Gagner ou perdre une course, ça ne tient pas à grand-chose, Sahid, tu sais aussi bien que moi que le cheval médiocre peut un jour battre le plus rapide !

– Pas si les cavaliers courent pour ce qu'ils ont de plus précieux au monde…

– Explique-toi !

– Lorsqu'un homme est sur le dos d'un cheval, son âme est directement liée à la sienne ; s'il ne concourt pas pour de vrai dans son for intérieur, c'est comme s'il perdait d'avance !

– Alors ?

– Si je perds, Gamil sera à toi, si tu perds, je recevrai Le Miraculé.

À ces mots, le bourlingueur crut qu'il allait défaillir, que ses jambes allaient refuser de continuer à le soutenir. Il se ressaisit. Bien sûr, il pouvait refuser. D'ailleurs il ne pouvait que refuser et durant les secondes de silence qui suivirent, il était sûr que ses lèvres allaient prononcer ce refus libérateur qui lui ouvrirait aussitôt cette route où il avait toujours été maître de lui-même.

– Allah n'est pas mon Dieu, mais j'espère qu'il aura pitié de moi, s'entendit-il dire avec effroi.

– Allah est le Dieu de tous les hommes.

Sahid savait qu'il n'y avait plus de temps à perdre et la journée fut consacrée aux préparatifs. Une piste sommaire fut aménagée et en fin d'après midi, les deux concurrents parcoururent à pied le tracé qui comportait deux lignes droites d'environ un kilomètre chacune; en fait, un aller retour avec un seul tournant où tout pouvait se jouer.

Une curieuse fièvre avait gagné Eric. Il avait accepté cette course parce qu'elle était le prix à payer pour les deux mois de bonheur partagé avec la tribu mais tout son être la refusait et c'était comme si son corps extirpait un mal latent. L'idée de perdre Le Miraculé lui était intolérable mais lui paraissait en même temps inéluctable. Cependant, une grande fête se préparait et la tribu tout entière se réjouissait. Les femmes avaient mis leurs plus beaux atours et préparé un festin. Les enfants ne quittaient pas les concurrents et se chamaillaient pour leur apporter tout ce qu'ils demandaient. Eric échauffa longuement Le Miraculé. Celui-ci comprenait qu'un événement extraordinaire allait se produire. Les oreilles en mouvement, il surveillait l'agitation frénétique, mais contrairement à l'étalon, aucun signe de nervosité ne trahissait son inquiétude.

Plusieurs bédouins s'étaient installés près de la ligne de départ avec des sortes de clarinettes et de tambours en peau de chèvre. Lors des derniers préparatifs, ils se mirent à jouer une musique lancinante qui attisa l'enthousiasme des spectateurs. On plaça au cou des chevaux des colliers de laine tressée aux couleurs vives et on leur enduisit les jambes d'un baume astringent à base de graisse de mouton. Quo-Vadis avait sa selle et son filet habituels et paraissait d'un calme olympien à côté de Gamil, rutilant sous son harnachement chamarré.

Enfin, à l'heure où la fuite du soleil décante la chaleur, on les pria de s'aligner au mieux sur la ligne de départ tandis que les musiciens cessaient leurs chants. Un silence solennel se fit sur toute la tribu rassemblée, rompu par les seuls piaffements de Gamil. Sahid s'était muni d'une cravache mais Eric l'avait refusée. Paradoxalement, sa fièvre avait disparu; il lui semblait maintenant que toute la chaleur de son corps se concentrait dans la paume de ses mains et il ressentait un tel poids sur l'estomac qu'il était persuadé que Le Miraculé percevait cette charge supplémentaire.

Lorsque Gamil accepta de s'immobiliser quelques secondes derrière la ligne, le chef de la tribu abattit le manche d'un fouet sur une outre qui claqua comme un coup de feu. D'un même réflexe les chevaux s'élancèrent. Eric sentit une force extraordinaire lui arracher les rênes. Il les réajusta sans gêner l'action de son cheval. Il n'était pas question de ménager l'allure, la distance était trop courte. Il devait se concentrer sur le mât de tente planté encore loin devant eux car c'est là que résidait sa seule chance de prendre l'avantage.

Ils galopèrent au botte à botte les quelques cinq cents premiers mètres. Ils étaient si près qu'Eric voyait nettement à chaque coup d'œil jeté, les veines gonflées à se rompre sur le profil de Gamil. Cependant le poteau approchait ; aucun des coursiers n'avait pris l'avantage et tous deux semblaient donner leur maximum. À cinquante mètres peut-être du tournant décisif, le Bédouin poussa un hurlement sauvage et abattit par deux fois sa cravache sur la croupe de Gamil. Celui-ci parut s'envoler et prit une longueur d'avance. Aussitôt le sable soulevé enveloppa son concurrent débordé. À moitié aveuglé, celui-ci maintint sa trajectoire à la même vitesse et lorsqu'il arriva à la hauteur du mât, l'étalon finissait de pivoter et filait déjà en sens inverse. Emporté par son élan, Quo-Vadis ne parvint pas à tourner aussi court malgré la demande d'Eric. Ils perdirent quelques précieux dixièmes de seconde.

Sur la dernière ligne droite, émergeant à peine du nuage de poussière, leurs concurrents les devançaient d'au moins deux longueurs. À l'allure qu'ils menaient, une minute, une toute petite minute les séparait de la ligne d'arrivée. C'était évidemment trop juste pour rattraper leur retard, cinq cents mètres de plus auraient peut-être suffi… Eric connaissait les deux chevaux ; c'était vraiment trop tard !

La concrétisation de cet échec le bouleversa. Il se mit à hurler sa fureur aux oreilles de son cheval :

– C'est toi que je perds ! C'est toi que je perds !

L'âme de l'homme à cheval est directement liée à celle de sa monture. Les gens du désert savent de quoi ils parlent. Sans qu'il en comprît le sens, le cri éveilla chez Quo-Vadis une force nouvelle, inconnue de lui. Son corps se tendait et se détendait sans apparemment toucher le sol. Il n'était plus le pur-sang arabe qui traversait le désert, le buveur d'air qui avalait l'espace, c'était son sang anglais, celui des chevaux les plus rapides du monde qui répondait à cet appel. La croupe sombre de Gamil à peine visible dans les volutes de sable qui l'aveuglaient, était devenue l'unique but à viser, le point mouvant à atteindre et tout le mécanisme de ses muscles s'y employait. Eric n'était plus que le jouet du combat mené par son cheval. Il tenait les paupières fermées pour se protéger et n'entendait rien d'autre que le hurlement de l'air, puis soudain une sorte de grande clameur.

Il ne prit conscience qu'ils avaient franchi la ligne d'arrivée que bien après. De lui-même Quo-Vadis avait ralenti. Assez loin derrière eux, Gamil continuait à une allure cadencée sur un grand cercle que lui faisait décrire son cavalier. Il réussit petit à petit à arrêter Le Miraculé et l'esprit en grande confusion regagna au pas le rassemblement que Sahid avait déjà rejoint. Tous les visages étaient tournés vers lui. Son cœur s'emballait au fur et à mesure qu'il se rapprochait et il ne pensait même pas à féliciter Quo-Vadis.

Celui-ci, ruisselant de sueur, marchait d'un pas libre et léger. Lui savait. Mais ça n'avait déjà plus d'importance pour lui. Gamil, tenu par un bédouin, était redevenu le simple congénère qui l'accompagnait chaque jour dans ses promenades. Eric mit pied à terre et aussitôt un gamin prit les rênes pour faire marcher son cheval. Il crut qu'il l'avait perdu et qu'on le lui prenait déjà. Sa détresse resurgit mais il n'en laissa rien paraître. Sahid se tenait auprès de son père, le visage fermé. C'est le chef qui prit la parole :

– Il n'y a aucun doute, ton cheval a franchi la ligne avec une longueur d'avance… Gamil est à toi.

La clarté de cette annonce l'atteignit comme une gifle. Il chancela imperceptiblement. Les sentiments éprouvés s'interpénétraient avec une telle confusion qu'il ne savait plus vraiment les reconnaître. Il s'épongea le front d'un revers de manche et dut réprimer une violente envie de rire ou peut-être de pleurer car une grimace hideuse déforma son visage. Puis il releva le menton et scruta Sahid, impassible dans la défaite. L'idée qu'il avait gagné ne s'accrochait pas à son esprit car une honte insurmontable l'envahissait. Lui, l'étranger, recueilli, choyé, respecté par ces gens indomptables, venait de les battre sur leur propre terrain ! Avec une rapidité qui le surprit lui-même, ses facultés mentales s'organisèrent et la solution lui vint alors avec une perspicacité effarante :

– J'ai gagné, ai-je droit à une faveur à ce titre ? demanda-t-il en essayant de maîtriser le chevrotement de sa voix.

Les traits de Sahid se durcirent et son ton ne souffrait pas l'opposition :

– À toutes, sauf à celle de refuser Gamil.

Eric baissa les yeux et balança négativement la tête :

– J'ai un cheval... J'aimerais échanger ton étalon contre quelque chose qui me sera plus précieux.

Cette fois la surprise se marqua sur toutes les mines de son auditoire. Ils se turent, attendant avec impatience la déclaration de leur hôte. Celui-ci se tourna alors vers la plus jeune sœur de Sahid pour qui ce dernier avait une tendresse particulière :

– Néama, dit-il.

Sahid se rembrunit et son expression trahit une douleur difficilement surmontée.

– Il n'est pas en mon pouvoir de t'octroyer cette faveur, seul mon père le peut, déclara-t-il néanmoins d'un ton neutre.

Le vieux bédouin fouilla dans les yeux d'Eric avec une lueur d'espoir.

– Si tel est vraiment ton désir, je ne peux m'y opposer car Allah a décidé avant moi.

– Il l'est, répliqua-t-il avec une fausse détermination. Elle partira avec moi et nous apprendrons à vivre ensemble mais si elle n'est pas heureuse, je ne la garderai pas contre son gré.

Le chef appela sa fille qui vint se blottir contre lui. Bien que la conversation se fût déroulée en anglais, la jeune bédouine qui n'avait pas quinze ans, avait parfaitement compris son sort. Elle lança un coup d'œil désespéré à son père qui feignit de l'ignorer et lui adressa un ordre péremptoire sans la regarder ; la tête baissée elle s'approcha de la main tendue d'Eric.

Doucement, il prit la sienne et la posa contre son cœur.

– La fête peut commencer, dit-il alors. Je suis le plus heureux des hommes.

En prononçant les mots, il sentit le sang affluer brutalement à ses tempes et il se rendit compte qu'elles étaient de nouveau brûlantes.

Le départ d'Eric fut retardé de quelques jours car le lendemain de la grande fête qui couronna la course, il tomba malade. Grâce aux remèdes bédouins, la fièvre disparut rapidement mais il était dans un tel état de faiblesse qu'il se sentait incapable de reprendre la route. Cependant, ses relations avec les membres de la tribu n'étaient plus les mêmes, sa présence représentant un sursis douloureux. Il rassembla ses affaires et attacha les maigres biens de la petite bédouine sur le bât d'Hatshepsout. Ce fut un départ très digne et peu expansif. Sahid se contenta de lui souhaiter la protection d'Allah et disparut avant même qu'il ne monte en selle. Le père de celui-ci lui rappela sa promesse et serra longuement sa fille dans ses bras avant de l'aider à s'installer sur la croupe de Quo-Vadis. Les autres femmes pleuraient mais la jeune fille ne versa pas une larme.

En silence et sans se retourner, Eric suivit plusieurs heures la piste indiquée par Sahid qui menait à l'oasis la plus proche. Il sentait à peine la petite bédouine derrière lui et l'aurait probablement oubliée s'il n'avait pas présent à l'esprit le cynisme du subterfuge auquel il avait dû avoir recours et qui le tenait comme une nausée.

Dès les premiers palmiers en vue, il mit pied à terre et continua à côté de son cheval sans jeter un regard à Néama. Lorsqu'il eut trouvé un gîte pour l'étape, il revint vers ses compagnons et tendit la main à la jeune fille restée en selle. Elle obéit et il s'aperçut que son visage était baigné de larmes. Il lui sourit et tendrement essuya ses joues du bout des doigts. Avec les quelques mots d'arabe qu'il connaissait, il lui fit comprendre qu'elle n'avait rien à craindre et qu'au plus tard dans une semaine, elle aurait rejoint les siens. Elle fouilla intensément son regard puis le sourire qui n'osait se dessiner sur ses lèvres illumina ses pupilles.

CHAPITRE 16

Un mois après le retour de la petite bédouine dans sa tribu, la fièvre ne lâchait plus Eric. Il ne s'en inquiéta pas outre mesure, se contentant de prendre des remèdes qui le remettaient temporairement d'aplomb. Un matin, il se trouva dans l'incapacité totale de se lever et délira toute la journée pour ne reprendre conscience qu'à la nuit tombée. Pour la première fois, il s'alarma et décida de se rendre à l'hôpital de la ville la plus proche. Il installa Hatshepsout et Quo-Vadis chez un paysan qu'il paya grassement et la mort dans l'âme, quitta ses compagnons.

Le voyage aller-retour nécessitait plusieurs jours car les moyens de transport étaient peu développés. Au début, ni Quo-Vadis, ni Hatshepsout ne s'inquiétèrent de son absence. Le paysan les nourrissait bien et le repos forcé était bienvenu. Mais les jours passants, Hatshepsout s'assombrit. Le paysan commença par diminuer leurs rations. Un bon mois passa. La somme d'argent laissée par Eric ne couvrant plus le coût de leur pension, il vendit Hatshepsout à un paysan plus riche et Quo-Vadis à un marchand de chevaux.

Celui-ci entrait dans sa huitième année. Il était devenu un bel animal dans la force de l'âge, aux muscles puissants et solides. Rompus aux intempéries, les poils de sa robe aux reflets rouges avaient le lustre de ces fourrures fabuleuses qu'on expose avec faste dans les défilés de mode. Quand il s'immobilisait, l'encolure haute, les oreilles attentives, tous les sens en éveil, pas un frisson ne parcourant son échine, il ressemblait à ces statues admirables ou l'on croit voir courir le sang dans la proéminence des veines de pierre. Il fut rapidement remarqué chez le maquignon et acheté par le responsable des écuries d'un roi du pétrole.

Le somptueux complexe où il fut installé offrait une image opposée à tout ce qu'il avait pu voir dans ce pays. Les bâtiments étincelants des écuries formaient une immense cour intérieure, agrémentée d'une pelouse impeccable au vert vif et de fontaines toujours fleuries où l'eau jaillissait sans jamais se tarir. Pas un brin de paille n'y traînait. Le domaine comportait plusieurs carrières et un manège couvert, une sellerie en marbre qui renfermait du matériel d'une valeur inestimable, une forge équipée du dernier cri ainsi qu'une douche et un pédiluve pour les chevaux. La vie de ceux-ci était réglée comme du papier à musique.

Chacun avait un « boy » qui ne le quittait pas d'une semelle et qui était chargé de veiller à son bien-être. Le nettoyage des boxes et la distribution des rations étaient exécutés par les palefreniers, et l'exercice physique des chevaux par une autre catégorie de personnel. Chaque écuyer avait la responsabilité d'un piquet de cinq chevaux qu'il entraînait dans un seul but : la parade. Cela consistait à les dresser au piaffer et au passage ainsi qu'aux plus spectaculaires figures de cirque, telles la révérence, la cabriole, la position assise et le coucher. Lorsqu'un cheval avait atteint un niveau de dressage suffisant, il était alors utilisé lors des nombreuses fêtes ostentatoires organisées par le propriétaire devant un public toujours enthousiaste, dont le principal plaisir était d'élire « le meilleur cheval danseur ». Il arrivait souvent que le cheikh lui-même montât alors un de ses danseurs les plus doués pour en tirer l'inégalable gloire qui retombait sur le cavalier.

Heureusement l'écuyer de Quo-Vadis était un homme subtil. En quelques séances et presque à son insu, le cheval avait pris l'habitude dès qu'il sentait le poids du cavalier, de se mettre à danser sur place en attendant l'ordre de marche en avant. Pourtant ce travail lui déplaisait fortement. Il se sentait redevenu l'objet des humains.

Les seules douceurs de son existence ne résidaient pas dans le confort matériel dont il bénéficiait, mais dans la présence d'Ahmer, son petit lad, qui ne le quittait pour ainsi dire jamais. L'enfant, d'une douzaine d'années, vivait sur un plancher aménagé au-dessus de son box. Comme tous les autres boys de l'écurie, il était orphelin ou avait été abandonné et ce travail miraculeux l'avait extirpé des faubourgs les plus pauvres. Il mettait toute son âme dans la tâche dévolue et son dévouement était absolu. Ses gestes avaient la douceur du travail fait par passion. Il s'évertuait du mieux qu'il pouvait à lui prodiguer les soins, qu'à ses yeux, sa qualité d'animal noble exigeait. Son zèle dépassait la crainte de la sanction, il participait des devoirs dont il avait été gratifié, de la reconnaissance divine et plus simplement encore de sa raison d'exister. Sa propre vie avait pour lui moins de prix que celle du cheval dont il avait la charge.

Quo-Vadis respectait sa foi sans vraiment la comprendre. Pour lui manifester sa sympathie, il fourrageait des lèvres dans ses cheveux ou attrapait ses pauvres vêtements entre les dents et cela menait Ahmer au comble de la joie. Il protestait pour le principe mais éclatait de rire dès qu'il recommençait. Par jeu, celui-ci aimait se suspendre à son encolure qu'il raidissait alors puis balançait de gauche à droite jusqu'à ce que le jeune garçon obtînt suffisamment d'élan pour sauter sur son dos. Son plus grand bonheur restait cependant, quand son cheval s'allongeait dans la paille, de s'endormir contre lui, blotti entre ses antérieurs.

Pas plus de trois mois furent nécessaires pour faire de Quo-Vadis un véritable « cheval danseur ». Sous la selle de son écuyer, pomponné par Ahmer, l'encolure rouée et la queue en panache, plus rien ne le distinguait des autres pensionnaires du cheikh milliardaire dont les écuries hébergeaient notoirement les meilleurs danseurs équins du pays. Sa taille, un peu plus grande que la moyenne des pur-sang arabes, l'abondance de ses crins qui lui donnait un aspect somptueux fort bienvenu et surtout son aptitude à lever très haut les antérieurs au piaffer et au passage, l'avaient déjà fait remarquer par le responsable des écuries qui décidait de la participation des chevaux aux cérémonies. Il attendait simplement que son écuyer parvînt de manière satisfaisante à obtenir les figures auxquelles son cheval restait obstinément réfractaire, à savoir, la révérence et les positions assise et couchée.

En fait, Quo-Vadis exécrait ces figures parce qu'elles allaient contre sa nature profonde. La vie sauvage lui avait appris à quel point il était tributaire de son capital physique et notamment de sa rapidité. Lorsqu'il ployait un genou, son long toupet s'étalant comme un rideau devant son front, lorsqu'il devait s'asseoir comme un chien ou pire encore s'allonger, l'encolure au sol dans la position des cadavres, il se sentait si vulnérable qu'une force irrépressible lui enjoignait de retrouver au plus vite le soutien de ses quatre membres dont sa vie, fondamentalement, dépendait.

On le fit travailler avec un étalon blanc, Isahr, qui exécutait ces exercices à la perfection. Contrairement à beaucoup d'autres chevaux entiers avec lesquels Quo-Vadis avait l'occasion de s'entraîner, Isahr, n'avait pas ce côté tapageur et querelleur, exploité par les humains. Il prenait plaisir à son travail sans chercher à briller. En contrepartie, il ne pardonnait aucune faute à son écuyer et un cavalier médiocre, n'aurait rien pu obtenir de lui. Quo-Vadis aimait bien Isahr et dès le début il s'appliqua à l'imiter. Mais dès qu'ils abordaient le travail détesté, le blocage de Quo-Vadis reprenait le dessus. Son écuyer eut alors l'idée de mettre Ahmer à cheval et le familiarisa aux techniques de monte, ce qui se fit vite car les dons du jeune cavalier étaient au moins égaux à son application. En moins d'une semaine, Quo-Vadis tenait plusieurs secondes dans les positions souhaitées. Il fut donc inscrit pour la fête que le cheikh organisait en l'honneur de l'ambassadeur d'un de ses pays clients.

Ce jour-là, dès les premières heures de l'aube, les écuries furent plongées dans une effervescence peu coutumière. Ahmer passa la matinée entière à lui tresser la crinière et la queue. Son écuyer ne le monta pas et chargea le boy de lui donner un peu d'exercice en le faisant marcher. Quo-Vadis sentait bien que quelque chose d'important se préparait. En début de soirée, il fut harnaché d'une selle, d'une bricole et d'une bride de parade aux couleurs vives. Quelques petits grelots faisaient également partie de la panoplie. À la dernière minute, le contour de ses yeux et de ses naseaux furent nettoyés avec une substance huileuse aromatisée, son corps badigeonné de brillantine et ses sabots enduits d'un onguent noir laqué.

Il sortit à la suite d'Ahmer pour se rendre avec de nombreux autres chevaux jusqu'au lieu de la fête. De l'endroit où ils s'arrêtèrent, l'excitation de la foule paraissait à son paroxysme. Il faisait nuit et des projecteurs colossaux inondaient d'une lumière blanche les spectateurs qui ne tenaient pas en place. En dehors des tribunes où étaient conviées les personnalités, une foule indénombrable et exclusivement masculine, se pressait sur des chaises et des bancs qu'ils déplaçaient selon le déroulement du spectacle dans une allégresse frénétique. Au-dessus de leurs cris et des hurlements d'un présentateur que reproduisait une dizaine de haut-parleurs nasillards s'imposait une musique obsédante.

À quelques mètres de cet essaim, sur les pelouses et les carrières avoisinantes, les concurrents s'échauffaient dans une confusion en apparence tout aussi grande. Toujours tenu par Ahmer, Quo-Vadis devait composer avec l'énervement de ses congénères. Cette tension ne lui laissait pas le temps de réfléchir. Au bout d'un temps qui lui parut excessivement long, son écuyer les rejoignit et prit sa place en selle. Ils contournèrent la foule et gagnèrent l'allée qui débouchait au centre des réjouissances. Deux chevaux se produisaient au rythme de la musique et des claquements de mains de la foule.

L'écuyer l'arrêta derrière un autre concurrent qui attendait en trépignant d'impatience. Il reconnut la croupe d'Isahr et se réjouit de sa présence. Les regards se posaient aussi sur lui et certains spectateurs s'approchèrent même pour le toucher et discuter avec son cavalier. Malgré Ahmer qui les avait suivis et se tenait immobile à son épaule, une anxiété s'empara de lui. Il remarqua la tribune d'honneur, faisant face à la scène où étaient installés des personnages différents et beaucoup plus calmes. L'épouse et la fille de l'ambassadeur étaient à première vue les seules femmes présentes. Une poussière tenace s'élevait en volutes vers les halos des projecteurs.

Lorsque leur tour arriva, la pression énergique des mollets de son écuyer le bascula en avant à la même seconde que l'étalon blanc et ils firent leur entrée dans un passage parfaitement synchronisé sous un tonnerre d'applaudissements. Stimulés par cet accueil, les cavaliers exécutèrent un tour d'honneur au botte à botte.

Isahr et Quo-Vadis étaient magnifiques à voir, les panaches de leurs queues, l'un noir natté de jaune, l'autre blanc aux tresses pourpres ondulant au rythme de la musique. Les cris d'admiration des spectateurs s'intensifièrent et leur enthousiasme contagieux encouragea les écuyers. Ils se séparèrent pour poursuivre leur démonstration en parallèle à chaque bout de la piste et durant plusieurs minutes exécutèrent piaffer, cabrioles et passage d'abord sur quatre membres puis sur trois.

La foule exaltée ne se contenait plus. Face à la tribune d'honneur, les deux chevaux se produisaient maintenant devant le cheikh et leurs danses ostentatoires semblaient ravir ce dernier et ses invités. Dans un angle, invisible et anonyme Ahmer ne quittait pas son cheval des yeux et des larmes de fierté roulaient sur ses joues crasseuses. De nombreux spectateurs se trouvaient un peu partout sur la piste et dansaient à pied en imitant les chevaux mais personne ne pensait à les chasser car cela faisait partie des signes de réussite de la fête. Au comble de l'enthousiasme, on vit soudain le cheikh se lever de son siège, imité par son fils aîné, et descendre avec lui sur scène. Les deux écuyers mirent pied à terre. Le patriarche enfourcha Isahr et son fils Quo-Vadis. L'écuyer de celui-ci lui glissa quelques mots que le jeune homme tout à son emportement n'entendit pas.

La musique reprit de plus bel et la voix tonitruante du présentateur explosa au cœur des micros. Isahr se plia sans rechigner à la monte du cheikh car ce dernier était un excellent cavalier. Il n'en était pas de même pour Quo-Vadis. Les ordres du sien étaient si mal synchronisés qu'ils contrariaient chacune de ses actions. Il s'efforça de reprendre son rythme d'avant mais rapidement il perdit la cadence. Il sentit soudain l'angle tranchant des étriers heurter ses flancs et la douleur ressentie le précipita en avant. Son cavalier perdit tout contrôle et vexé frappa plus brutalement encore. Le jeune cheikh dut s'accrocher aux rênes pour maîtriser son cheval, accentuant le désordre provoqué.

Ahmer avait rejoint les écuyers et s'inquiétait de la mauvaise tournure que prenaient les événements. Sur Isahr, le père n'avait rien remarqué des problèmes de son fils et lorsqu'il se retourna vers lui, intrigué par le comportement modifié de la foule, il le vit planter à grands coups répétés de talons le bord tranchant des étriers dans les flancs de sa monture. Le sang jaillit et sous cette douleur incomprise le cheval danseur fut saisi de panique. Il se précipita à l'opposé des tribunes au triple galop sur les spectateurs. Hurlant de frayeur, la foule se bouscula, se précipita sur les côtés mais il était trop tard pour s'écarter et libérer le passage : une barrière humaine se dressait devant Quo-Vadis.

Il prit conscience que la masse mouvante devant lui barrait son retranchement mais il n'avait plus le choix. Il se propulsa comme un ressort au-dessus de l'obstacle vivant, envoyant son cavalier voler dans les airs et disparut à la même allure en direction des écuries.

Parvenu dans la cour, il s'arrêta au centre complètement hébété. Quelques minutes plus tard, Ahmer l'aperçut et s'élança vers lui. Le garçon se jeta contre son encolure et pleura à chaudes larmes dans ses crins. Alors toute crainte l'abandonna. Il le suivit sans hésiter vers les lieux qu'il venait de fuir. La musique s'était tue et une confusion indescriptible y régnait. Une discussion véhémente avait éclaté entre plusieurs protagonistes. Le cheikh avait fort à faire pour calmer son fils désarçonné rendu fou furieux par l'humiliation. De son côté, l'ambassadeur devait composer entre la colère de sa fille et la susceptibilité de ses hôtes. L'écuyer de Quo-Vadis était aussi présent et tentait de faire entendre vainement sa voix. À la vue d'Ahmer ramenant le coupable de ce désordre, le fils du cheikh redoubla de fureur tandis que la fille de l'ambassadeur lui vociférait des injures dans sa langue maternelle. Plusieurs autres membres de la famille finirent par réussir à entraîner le jeune homme irascible et l'altercation prit aussitôt fin. Le roi du pétrole qui avait craint l'incident diplomatique, se confondit en excuses auprès de l'ambassadeur qui le remercia chaleureusement pour l'organisation de cette fête.

Pendant ce temps, la fille de ce dernier s'était approchée d'Ahmer et leurs regards se croisèrent. Ils étaient à peu près du même âge et de la même taille, Ahmer aussi brun et sale qu'elle était blonde et rose. Elle le toisa d'un air méprisant puis le contourna pour caresser l'encolure encore brûlante du cheval :

– Regarde Papa comme il l'a blessé, dit-elle d'un ton révolté en montrant les flancs écorchés.

Toutes les personnes encore présentes, occupées à s'échanger excuses et politesses, parurent alors s'intéresser au sort du cheval en cause. Ils l'entourèrent et reconnurent que l'animal n'y était pour rien, qu'il manquait seulement d'expérience pour ce genre de démonstration. La gamine les laissa s'entretenir sans s'immiscer dans la conversation mais lorsqu'ils s'apprêtèrent à tourner les talons, elle se planta devant son père et avec une détermination insolente lui enjoignit :

– Tu dois l'acheter, sinon ils se vengeront !

– Voyons chérie, il n'a rien à craindre ! Tu as déjà trois chevaux !

– Je veux celui-là ! protesta violemment la fillette en tapant du pied.

Son père tenta de la raisonner mais dut y renoncer. Le cheikh qui souhaitait au plus vite oublier l'incident, leur proposa Quo-Vadis pour un prix dérisoire et l'affaire se conclut sur place.

L'écuyer fit un signe discret à Ahmer qui s'empressa de ramener son cheval aux écuries tandis que tout le beau monde prenait le chemin de la somptueuse demeure du milliardaire. Entre-temps, les mouvements de foule avaient été maîtrisés et les spectateurs s'étaient dispersés ou rassemblés en petits groupes pour discuter des événements. De la belle piste aménagée, il ne restait qu'une sorte d'arène dévastée où traînaient des chaises et des bancs renversés, et toutes sortes de détritus. Lorsque l'écuyer rejoignit le box de Quo-Vadis, il trouva Ahmer effondré sur l'épaule de celui-ci. Il sermonna fermement le garçon puis l'aida à soigner le cheval. Dans son cadre familier, Quo-Vadis avait retrouvé sa sérénité et ne songeait pas un instant aux éventuelles conséquences. La nuit était avancée et l'écuyer ordonna à Ahmer de laisser le cheval récupérer en paix. L'enfant leva vers lui un regard embué de larmes ; au lieu de le réprimander comme il eût été d'usage entre eux, il le prit par l'épaule et le serra affectueusement contre lui.

Le lendemain Quo-Vadis fut laissé au repos. Ahmer le doucha, le sécha puis peigna minutieusement ses crins emmêlés. Il savait qu'il faisait ces gestes pour la dernière fois et il avait beau se dire que les prochains propriétaires de son cheval lui assureraient une vie facile, il ne parvenait pas à se consoler. Il imaginait ce box vide, déserté du seul être pour qui sa jeune existence avait un prix et le chagrin éprouvé était aussi irrépressible que la joie du dévouement qu'il avait eu durant presque une année pour ce cheval que maintenant on lui enlevait. C'est lui qui cependant l'installa dans le van tracté venu le chercher l'après-midi même et c'est lui qui aida à refermer le pont avec le même stoïcisme.

Dans un premier temps, Quo-Vadis fut installé dans un centre équestre où il apprit à mieux connaître sa nouvelle propriétaire prénommée Emilie. Son rythme de travail n'avait rien à voir avec celui qui avait été le sien et la sollicitude de la fillette incomparable à celle d'Ahmer. Elle ne s'intéressait pas plus à lui qu'aux autres chevaux que son père lui avait achetés, et le montait très peu se contentant de quelques promenades dans le parc du centre. Il passait donc le plus clair de son temps au box ou dans un paddock et s'ennuyait. Ahmer lui manquait. Toute vie a besoin d'échéances et il lui semblait que la particularité du bien-être qu'on lui offrait était justement de ne pas en avoir.

La prochaine s'annonça pour lui sous la forme des préparatifs d'un grand départ. Il fut embarqué avec les autres chevaux d'Emilie pour un nouveau continent, par la route tout d'abord, puis sur un paquebot aux dimensions impressionnantes. La traversée lui parut interminable et la quarantaine qui l'attendait à l'arrivée plus délétère encore.

À plusieurs centaines de kilomètres, Emilie les attendait et s'impatientait de les montrer à ses amis. Les premiers temps, leurs boxes ne désemplirent pas. Leur petite propriétaire était fière de les exhiber et de les monter devant un public intéressé. Par la suite, ils passèrent de plus en plus de temps dans d'immenses pâtures où ils pouvaient s'ébattre à loisir.

La région ressemblait étrangement au berceau natal de Quo-Vadis et un drôle de découragement s'empara de lui. Matériellement, il ne lui était pas très difficile de trouver l'occasion de s'évader et l'aspect des environs ne pouvait que l'y encourager, mais il hésitait. Il songeait à ses folles illusions de jeunesse et un doute terrible le terrassait. Qu'avait-il à attendre d'une deuxième fugue ? La suite ne se répéterait-elle pas comme se répétait ce curieux retournement de son destin qui le replaçait dans l'exacte situation de ses jeunes années ?

Il se mit à tout observer avec recul et à son abattement succéda un sentiment inattendu de pitié. Il se remémorait les images d'indigence du pays qu'il avait quitté, ses horizons stériles, brûlés par la chaleur où toute liberté lui était interdite et il se rendait compte à quel point la richesse intérieure des êtres contraints de vivre dans ses régions déshéritées était grande.

Une nuit, il ne put fermer l'œil. La brise nocturne ne cessait de lui apporter les effluves de la nouvelle saison. Comme lors de sa première fugue, le printemps battait son plein et la lune complice brillait comme une lampe oubliée à dessein. Ses lèvres jouèrent avec le seul verrou qui le retenait encore et la porte de son box pivota sur ses gonds. Tout paraissait calme et endormi ; il n'y avait personne pour s'inquiéter de son départ et lui souhaiter bonne chance. Il traversa à pas comptés la cour de ciment et atteignit très vite les limites du club. Des chiens donnèrent de la voix mais en quelques foulées, leurs cris étaient devenus un lointain et vain appel.

TROISIÈME PARTIE

CHAPITRE 17

Quo-Vadis avait atteint ce fragile point de convergence où la maturité de l'esprit rejoint en une efficace combinaison, l'épanouissement physique. Son corps tout entier était un outil admirablement aiguisé, au service de son mental. Il savait lire dans le vent, discerner l'herbe nourrissante de la plante toxique, l'animal dangereux de l'inoffensif, pouvait déceler à des kilomètres la présence de l'eau, prévoir la tempête, les feux de forêts et se cacher des humains.

Depuis son évasion, bien des saisons s'étaient écoulées. La nuit était son principal atout et tant qu'il s'était trouvé dans des zones civilisées, il n'avait jamais progressé de jour. Il avait ainsi parcouru des milliers de kilomètres avant de gagner enfin des contrées semi-sauvages où il pouvait évoluer au grand jour. Certes les humains n'étaient pas absents de ce nouveau pays, fait de steppes entrecoupées de gorges profondes et de crêtes vertigineuses. Cette fuite incessante à laquelle il était contraint était devenue le motif principal de son errance. Il n'avait jamais rien eu de plus pressant à l'esprit que le souci de rester libre et la mort lui aurait semblé préférable à une nouvelle captivité. Aujourd'hui, son instinct lui disait qu'il avait atteint des contrées qui lui permettaient de poser le faix de cette vigilance dont dépendait sa liberté.

Un beau jour, la brise lui apporta une odeur familière et inattendue. Il se dirigea avec précaution jusqu'au sommet d'un promontoire rocheux et scruta les alentours. En contrebas, un petit troupeau de chevaux broutait paisiblement, en totale liberté. Ce constat l'intrigua au plus haut point mais il se ressaisit à l'idée qu'il pouvait s'agir d'une ruse des humains. Dissimulé dans des buissons, il épia le troupeau et les environs puis finit par se convaincre qu'il pouvait s'agir de congénères libres et sa curiosité s'enhardit. Il s'avança de quelques pas hors de sa cachette et hennit une première fois à pleins poumons. Toutes les têtes se levèrent d'un seul coup dans sa direction. Il dévala une bonne partie de la pente, et s'immobilisa pour les appeler de nouveau.

Un des chevaux se détacha du groupe et avança au petit trot. À quelques mètres il s'arrêta les naseaux frémissants, les muscles tendus. Bien plus petit que lui, il était trapu avec une tête plutôt lourde, ébouriffée de crins et de poils indisciplinés dans lesquels l'éclat vif des prunelles semblait pris au piège. Sa robe avait un teint indéfinissable et l'aspect rustique des fourrures livrées à toutes épreuves. Ils se regardèrent jusqu'à ce que l'inconnu se mette à taper furieusement d'un antérieur avec un couinement aigu. Quo-Vadis se détourna pour l'assurer de son désir pacifique. La tension se relâcha et son interlocuteur l'interrogea. Il se présenta et apprit de lui qu'il répondait au nom de Vif-Argent.

Il était à la tête d'un petit troupeau libre de mustangs sauvages, comme il en existait beaucoup d'autres, qui fuyaient les humains depuis la Nuit des Temps. Les siens se composaient de six juments et d'une dizaine de jeunes. Quo-Vadis sentait malgré tout que l'accueil de Vif-Argent n'était pas très chaleureux. Lorsqu'il se dirigea vers le reste de la troupe, l'autre démarra en trombe et le précéda en rabattant les oreilles sur la nuque. Il obligea les siens à se rassembler en leur ordonnant de ne pas s'écarter. Un seul cheval à la robe très sombre se démarqua, passant outre les ordres de leur chef pour se rapprocher de lui. Furieux, Vif-Argent intervint aussitôt en se plaçant entre eux. Quo-Vadis se grandit plaquant à son tour ses oreilles en arrière espérant que la supériorité de son poids et de sa taille suffirait à décourager l'entêté. Mais son attitude eut au contraire l'effet inverse et Vif-Argent lui lança un cri de défi en se cabrant de toute sa hauteur.

– Cesse donc ces simulacres, j'ai le double de ton âge et connais aussi bien que toi les vrais dangers !

Ce message péremptoire, poussé avec agacement par le cheval à la robe noire, parut l'atteindre dans sa dignité. Il retomba sur ses quatre membres et tourna la tête de son côté tandis que celui-ci s'avançait pour rejoindre Quo-Vadis :

– Mon nom est Fille-de-la-Nuit, je suis la doyenne du troupeau. J'ai vu Vif-Argent grandir ; excuse le feu de son sang, c'est un bon guide.

La jument s'était arrêtée devant l'étalon et il n'aurait eu que l'encolure à tendre pour toucher ses naseaux. Il remarqua l'intensité interrogative des prunelles dans la toison d'ébène :

– Les mustangs sont les seuls à fuir les humains. Notre seule force est de nous unir, comment fais-tu si tu es seul ?

– J'ai toujours rêvé de rencontrer des frères qui me ressemblent.

Il sentit le poids du regard de braise de Fille-de-la-Nuit qui cherchait le sien. Au-delà de sa robuste morphologie, identique à celle de Vif-Argent et à tous les siens, il émanait d'elle, quelque chose qui d'office attestait la révolte et son courage.

– Tu peux te joindre à nous si tu le souhaites, n'est-ce pas Vif-Argent ? enchaîna-t-elle

– Ta sagesse ne nous a jamais trompés, opina-t-il dans un petit hennissement rageur en tournant les talons pour rejoindre les autres. Ils restèrent tous deux en tête-à-tête et Quo-Vadis se sentait mis à nu par les prunelles ardentes de sa nouvelle amie. Elle tourna légèrement la tête et ses yeux enfin se décrochèrent.

– Les autres t'accepteront sans problème. Viens hâtons-nous de les rejoindre, le jour commence à décliner.

Le troupeau s'était mis en marche derrière son chef et ils leur emboîtèrent le pas sans précipitation. Dès qu'il fut parmi eux, les poulains l'entourèrent avec plus ou moins d'assurance. Il répondit bien volontiers à leur curiosité et très vite se fit accepter d'eux. Même les plus jeunes étaient très disciplinés et ne cherchaient nullement à le taquiner. Au bout d'un certain temps, ils retrouvèrent chacun leur place dans le groupe et harmonisèrent leur allure. Quo-Vadis se retrouva en queue et juste devant lui trottait Fille-de-la-Nuit.

Son anatomie et celle de tous les siens n'avaient rien d'harmonieux. Son encolure courte s'ancrait solidement sur le cylindre musculeux des épaules étroites, l'attache de son rein noyait son dos dans la densité de la croupe et ses quatre membres puissants semblaient plonger à chaque foulée dans le sein de la terre pour y puiser une inextinguible source d'énergie. Quant à sa tête, taillée à la serpe, elle était recouverte de longs poils rêches qui lui faisaient une sorte de masque sans tâche où l'intelligence des pupilles jaillissait pareille au scintillement de deux diamants dans un écrin de velours noir. On eût dit que des générations avaient forgé cette mécanique de chair de façon à lui donner tous les atouts pour faire face aux épreuves de la vie sauvage.

Ils trottèrent sans souffler ni modérer l'allure pendant près de deux heures. Les plus jeunes s'étaient tous rassemblés au centre et Fille-de-la-Nuit avait pris la tête. Vif-Argent se tenait tantôt d'un côté, tantôt de l'autre et se faisant, dépensait deux fois plus d'énergie. Il ne cessait non plus de surveiller les arrières où Quo-Vadis était resté seul. Lorsqu'ils ralentirent pour finalement s'arrêter sur les berges clémentes d'une large rivière, le crépuscule avait commencé à confondre les nuages aux croupes bosselées des sierras. Tous les membres du troupeau se désaltérèrent sauf Vif-Argent qui attendit pour cela que les juments de tête aient terminé. Les pieds dans l'eau, Quo-Vadis but aussi tout son saoul.

Une nuit paisible s'annonçait et la quiétude qui s'emparait de la nature semblait toucher les chevaux. Le troupeau s'était dispersé pour brouter et certains poulains, allongés de tout leur long, récupéraient la fatigue de ces dernières heures. Seul Vif-Argent semblait épargné par la torpeur qui les gagnait tous. Il continua à monter une garde vaillante en arpentant de long en large les délimitations du rassemblement, arrachant de temps à autre une touffe d'herbe qu'il mâchait sans s'arrêter.

C'est de cette vigilance que dépendait en fait la survie de ce troupeau et sans aucun doute la perpétuité de la race. Il ne prendrait jamais de repos véritable avant le jour où l'un de ses fils parviendrait à l'évincer. En attendant cette issue inéluctable, il ne vivait que pour son devoir et, en le voyant ainsi investi de sa responsabilité, Quo-Vadis comprenait à quel point son existence était remplie ; son esprit était libéré par cette définition même du sens de sa vie, mais quels étaient donc ses rêves ?

Il était plongé dans ces réflexions lorsqu'une pressante sensation d'être épié finit par l'en sortir. Il sursauta en découvrant tout prés de lui une silhouette sombre, comme brusquement détachée d'un bloc de la toile de la nuit.

– Ta contemplation était-elle si profonde ? lui demanda la doyenne d'un ton feutré.

– Je me sens si bien parmi vous que j'en oublie d'être vigilant.

De nouveau les deux pupilles plongeaient dans les siennes et il y discernait une certaine perplexité. C'était un moment riche de cette sérénité qui vibre au fond des êtres comme les notes rassurantes d'une berceuse. Quo-Vadis était fasciné par l'intensité qu'était capable de prendre le regard de sa congénère et apaisé par le sentiment de sécurité dû à la présence des siens.

– Je n'ai jamais vraiment été seul, un rêve m'a toujours accompagné, celui d'une Vallée Merveilleuse où tous les nôtres, sans distinction de races, vivraient libres et heureux.

– C'est un rêve que nous faisons tous, d'une manière ou d'une autre, déclara-t-elle sans surprise.

Un appel véhément de Vif-Argent les arracha à leur complicité. Le troupeau s'était de nouveau regroupé et s'apprêtait à suivre son chef. Fille-de-la-Nuit se détourna pour rejoindre les siens en quelques foulées. Il l'imita aussitôt en s'efforçant de rester à sa hauteur.

– Vif-Argent nous conduit dans un terrain protégé pour passer la nuit, lui expliqua-t-elle.

– Cette région n'a plus de secret pour vous, n'est-ce pas ?

Le bruit des sabots sur le sol souple imprégné de rosée fut durant quelques secondes la seule réponse à sa question. Le troupeau avait ralenti et s'étirait pour se glisser entre de gros arbres dont les silhouettes distordues rappelaient les ruines d'une forteresse dévastée. La nuit était maintenant si avancée que tous les mustangs paraissaient avoir la même couleur.

– Ce pays était si immense que même nos ancêtres n'en ont vraisemblablement jamais fait le tour, reprit la vieille jument, toujours à ses côtés. Il n'y a pas si longtemps nous étions bien plus nombreux.

– L'espace n'est-il plus assez grand ?

– L'espace est le même, mais les humains l'exploitent de plus en plus et leur inconséquence pourrit la nature. L'été ne fait que commencer. Dans quelques semaines, ces steppes seront brûlées par le soleil et les rivières se tariront ; il nous faudra pousser vers les montagnes… alors débutera un temps très dur pour nous. Chaque année, beaucoup des nôtres périssent et les ventres de nos mères ne suffisent plus à les remplacer.

– N'y a-t-il donc aucun moyen de leur échapper ?

Elle secoua la tête. Ils avaient atteint une sorte de clairière et ceux qui les précédaient s'étaient arrêtés en s'égayant sur un doux tapis herbeux. La faible lumière sidérale baignait la trouée d'une lueur incertaine où les silhouettes éparses des petits chevaux se fondaient aux formes secrètes du monde nocturne. L'heure du repos avait sonné mais Quo-Vadis ne pouvait se résoudre à quitter sa compagne. Tout son corps se tendait vers cette rassurante chaleur, et les dernières paroles de celle-ci jetaient le trouble dans son esprit. Comme si elle l'avait pressenti et dans une espèce de murmure qui voulait respecter la trêve de cette belle nuit d'été, elle reprit soudain :

– Connais-tu la vieille légende indienne qui raconte l'exploit du fantôme d'Aigle-Noir et de son étalon le Maître-des-Vents ?

– Non… souffla Quo-Vadis en attendant la suite.

– Elle parle du dernier grand chef indien dont le peuple avait été en grande partie massacré par les hommes blancs. Après sa mort, il est apparu aux siens sur son étalon qui volait et les a conduits tout au Nord où il avait découvert un pays encore sauvage. Certains croient que ce pays existe vraiment mais qu'il est accessible aux seuls esprits… car pour y parvenir, il faut traverser des montagnes si hautes que même les humains ne s'y aventurent guère.

– Je crois aussi que ce pays existe…

– Tu penses sans doute qu'il s'agit de celui que tu as vu en rêve ! Qui sait ? Il y a des rêves plus insensés… N'espère pas l'atteindre cependant car il te faudrait les pouvoirs du Maître-des-Vents !

Une chouette se mit à hululer, aussitôt imitée par une autre, puis une autre encore. Quo-Vadis comprit qu'elle venait de mettre fin à la magie de cette conversation. Les étoiles avaient complètement disparu derrière un épais matelas de nuages et il ne distinguait plus les silhouettes des mustangs. Il s'enfonça presque à son insu dans un sommeil aussi moelleux qu'un cocon. Cette nuit-là, ses rêves ressemblèrent à ceux de sa jeunesse.

Le réconfort de ses frères de sang était si bienfaisant que Quo-Vadis n'envisageait pas de les quitter. Fille-de-la-Nuit était devenue une amie et les autres membres d'agréables compagnons. Parce qu'il avait été adopté par tous et ne s'opposait pas à ses ordres, Vif-Argent avait aussi fini par le considérer comme un des siens. Leur vie était de plus en plus rythmée par la recherche pressante d'eau et de nourriture.

Le soleil avait roussi tous les grands pâturages naturels des steppes et les rares précipitations ne suffisaient plus à grossir les cours d'eau qui s'asséchaient. Ils migraient lentement vers le nord où la grande prairie cédait place à des canyons, parfois à quelques vallées boisées encore verdoyantes. Ils y rencontraient de plus en plus souvent des estivages en marche vers des altitudes plus élevées, et devaient refouler les vaches de tête pour boire avant l'arrivée massive du troupeau. Parfois aussi, il leur fallait fuir in extremis devant les humains qui les conduisaient.

Quo-Vadis n'aimait pas s'exposer de la sorte mais il comprenait que Vif-Argent n'avait pas le choix. Les besoins en eau des siens étaient d'autant plus importants qu'ils devaient parcourir beaucoup plus de kilomètres et que la température avait considérablement augmenté. Avec ces risques encourus, Vif-Argent et ses compagnes étaient devenus plus nerveux. Ils ne passaient jamais beaucoup de temps au même endroit et parfois, l'un des membres du troupeau donnait une alerte fébrile qui précipitait tout le groupe dans un galop effréné. Dans ces cas-là, Quo-Vadis les suivait à distance en scrutant les environs pour essayer de comprendre. Il se doutait que la hantise du troupeau était d'être traqué par les humains mais il ne pouvait deviner à quel point leur inquiétude était justifiée. Leur nervosité avait fini par le gagner et il se sentait aussi de plus en plus menacé.

Un jour, tandis que le troupeau paissait une herbe rare, il perçut un bruit lointain et inhabituel. L'étalon poussa aussitôt un furieux cri d'alarme. En l'espace de quelques secondes, le troupeau était rassemblé et menait une charge d'enfer qui soulevait dans la plaine un phénoménal nuage de poussière. Quo-Vadis n'avait pas bougé et son sang ne fit qu'un tour lorsqu'il reconnut dans le ciel un terrifiant point noir. Il bondit à la suite du troupeau, déjà loin devant lui. Il galopait de toute la puissance de ses muscles et déjà le rugissement du gros bourdon mécanique semblait l'avoir rejoint.

En quelques minutes, il fut si proche qu'il pouvait sentir son souffle infernal balayer le sol avec la force d'une tornade.

Dans un réflexe incroyable, il stoppa net au moment même où une rafale de plomb s'abattait sur lui avec des sifflements aigus. Il les vit percuter la terre sous son nez juste avant de faire demi-tour pour filer à la même allure en sens inverse. Voyant l'hélicoptère abandonner la poursuite pour rattraper le troupeau, Quo-Vadis reprit la direction de sa course vers les siens ; beaucoup plus rapide, il se retrouva très vite à quelques dizaines de mètres derrière eux tandis qu'une première grêle de feu foudroyait un retardataire.

Serrés les uns contres les autres, offrant à leur ennemi une cible compacte et facile, ils fuyaient en ligne droite. Heureusement, grâce à la densité des projections, l'appareil ne pouvait trop descendre et la précision des tireurs était sérieusement contrecarrée. Quo-Vadis allongea ses foulées et traversa le troupeau comme un boulet de canon, créant une longue brèche désordonnée jusqu'à Vif-Argent qui menait la charge éperdue. À sa hauteur, il se mit à le mordre violemment à l'encolure sans ralentir, ce qui obligea celui-ci à virer sur sa gauche. L'étalon lui jetait des regards affolés ; les autres cependant avaient suivi, obligeant l'hélicoptère à décrire une grande courbe avant de les survoler à nouveau.

– Continue Vif-Argent, hurlait-il, change de direction !

Puis il se laissa déborder par la vague déferlante du troupeau et tout en hennissant à pleins poumons pour leur faire comprendre de se disperser, il mordait les croupes, bousculait les uns et les autres, zigzagaient sans arrêt d'avant en arrière pour les obliger à s'éparpiller. Il sentit à deux reprises de cuisantes brûlures qui ne firent que décupler son énergie. Parvenu en queue de peloton, il força les moins rapides à s'arrêter pour repartir en sens inverse et s'égayer sur une grande distance. Infatigable, il retourna dans le groupe reformé pour les disperser à nouveau et ainsi de suite jusqu'à ce que le troupeau ne fût plus qu'un éparpillement de mustangs égarés.

Le bourdon mécanique ne savait plus où donner de la tête et ses pales gigantesques brassait l'air poussiéreux comme les ailes d'un moulin désaffecté. Il sillonna encore longtemps la plaine et le crépitement des rafales de plomb résonna à plusieurs reprises mais bientôt le bruit du moteur prit les accents d'un feulement de dépit et la grande prairie retrouva un semblant de paix.

À l'abri avec deux poulains tremblants, Quo-Vadis observa

le flottement de la poussière qui venait d'effacer la vision d'enfer. Une balle lui avait fait une longue estafilade rougeâtre en travers de la joue et une autre avait traversé sans dommage la peau souple du grasset, mais il ne sentait pas la brûlure de ces atteintes superficielles. Lorsqu'il commença à pouvoir distinguer les silhouettes des mustangs, il s'élança en les appelant, suivi de ses petits protégés. Il retrouva très vite Vif-Argent déjà occupé à rassembler les siens et dans la demi-heure qui suivit plusieurs groupes les rejoignirent. Fille-de-la-Nuit n'avait toujours pas réapparu et Quo-Vadis s'égosillait à l'appeler.

Saisi d'angoisse, il se mit à sa recherche. Une fois tous les siens rassemblés, Vif-Argent suivit sa piste tout en appelant à son tour la doyenne. Ils la découvrirent immobile mais debout auprès du cadavre d'une de ses compagnes. Arrivé le premier à ses côtés, Quo-Vadis tourna plusieurs fois autour d'elle avant de s'arrêter pour capter son regard. Il n'y lut rien d'autre qu'une grande résignation.

– Je voulais attendre son dernier souffle, dit-elle simplement d'une voix vide.

À ses pieds le ventre clair d'une de ses filles peut-être venait de s'immobiliser tout à fait.

– Deux autres sont tombés, c'est peu ! Et il n'y a que des blessés légers, annonça Vif-Argent. Viens, enchaîna-t-il en regardant vers l'ouest où déjà s'abîmait la lumière.

Après un dernier coup d'œil à la victime, elle s'en détacha et se mêla aux autres qui reprenaient leur marche derrière leur chef. Quo-Vadis avançait à côté d'elle. Tous étaient silencieux et déjà accaparés par leur impérieux besoin de boire. Vif-Argent força légèrement l'allure car les plus jeunes n'auraient pu soutenir de nouveau un rythme rapide. Quo-Vadis ne comprit que peu à peu, que la cruauté de ce qu'ils venaient de vivre, les touchait en fait moins que l'insoutenable menace qu'elle faisait peser sur leur paisible existence.

– Vif-Argent a raison, lui dit soudain Fille-de-la-Nuit, le bilan n'est pas lourd cette fois et c'est en grande partie grâce à toi.

Ce fut le seul remerciement qu'il reçut et il s'en réjouit. Tandis qu'ils quittaient la plaine, le vol noir et silencieux de plusieurs charognards avait succédé dans le ciel à celui de l'engin meurtrier. Fille-de-la-Nuit et les siens acceptaient sans haine que l'imprescriptible verdict, tout comme l'annonce funèbre des vautours, pût brutalement tomber du ciel. Il n'en était pas de même pour Quo-Vadis qui connaissait parfaitement le pouvoir de vie ou de mort que s'octroyaient les humains.

Un jour, tandis qu'il goûtait un banal repos parmi eux, il eut, tel un spectateur extérieur, la vision concrète de sa dissemblance. Il s'imagina grand et dégingandé au milieu de leurs silhouettes denses et trapues, brisant l'harmonie qu'ils formaient en composant un troupeau homogène aux robes si insolites : mustangs-rocs, mustang-lave, mustang-terre brûlée, mustang-soleil, mustang-nuit; ils avaient les nuances du décor qui les avait façonnés, alors que lui n'était qu'une pièce rapportée, ils l'avaient accepté tel qu'il était et sa tendresse pour eux en était d'autant plus grande.

Ils étaient les seuls congénères auprès desquels il avait trouvé joie et réconfort et l'idée de les quitter lui poignardait le cœur. Le lendemain, il s'approcha de Fille-de-la-Nuit; elle se tourna vers lui pour l'interroger silencieusement.

– Venez au nord avec moi, souffla-t-il.

– L'été tire à sa fin; nous ne survivrions pas à l'hiver…

– Attendons le prochain printemps alors, je resterai parmi vous jusqu'à là.

Elle secoua doucement sa lourde tête, tout en scandant :

– Non… Non… C'est ici que nous avons toujours vécu, c'est ici que nous disparaîtrons si cela doit être.

– Le danger qui vous guette ici est plus terrible que ceux que vous risqueriez de rencontrer.

– Ici… Là-bas… Toute liberté se paie chère! Les humains nous ont débarrassés de nos prédateurs, puis les ont remplacés. La mort a seulement changé de visage.

– Alors je devrais partir seul… déclara Quo-Vadis en se redressant.

Comme s'il avait pu saisir leur échange, Vif-Argent s'était mis en marche vers eux. Il s'arrêta tout près et scruta le regard de Quo-Vadis.

– Je vais vous quitter, Vif-Argent, lui annonça-t-il tout simplement.

– Ne cours pas après les légendes, elles auront raison de tes forces!

– Seul l'âge pourra avoir raison de mes forces!

L'étalon ne répondit rien. La doyenne vint se placer à ses côtés et fit face à Quo-Vadis.

– Ne crois pas que ton départ nous laisse indifférents, reprit-elle.

Comme s'ils s'étaient concertés, Fille-de-la-Nuit et Vif-Argent se mirent à reculer lentement sans lâcher Quo-Vadis du regard, puis du même élan, pivotèrent pour faire demi-tour. L'étalon prit le petit trot en direction du troupeau. Au pas, la jument noire le suivit en tournant à demi la tête pour continuer à observer celui qui allait partir. Sous la conduite de leur chef, les autres s'étaient regroupés et prenaient maintenant une allure supérieure. Elle ne se décidait pas à les rejoindre ; Quo-Vadis la vit s'arrêter et se retourner une dernière fois. Sa silhouette sombre se détachait nettement de la résille ocre soulevée par le troupeau en marche.

Ainsi redressés face à face, séparés par une cinquantaine de mètres, ils s'observèrent comme s'ils avaient voulu s'assurer de l'authenticité de ce moment. Il savait que l'image de son amie, sombre et immobile contre le fond clair de la steppe, s'imprégnerait à jamais dans sa mémoire.

CHAPITRE 18

En montant vers le nord et avec l'avancement de la saison, le paysage se transforma rapidement. Son but étant d'approcher le plus vite possible des montagnes, il couvrait énormément de distance. Les plaines brûlées et les sierras arides avaient cédé la place à une succession de vallées boisées où la présence humaine se manifestait maintenant sous forme d'immenses propriétés terriennes.

Au début, le vide laissé par les mustangs l'avait quelque peu perturbé, et pour oublier la douce chaleur des siens, il s'était jeté dans la course avec acharnement. L'idée d'être capturé le harcela de nouveau et il s'empressa de fuir ces régions.

C'est au cœur de l'automne qu'il parvint dans les véritables contreforts montagneux. Les grandes voies de circulations tracées par les humains, y étaient totalement inexistantes ainsi que les villages. Les seuls représentants de l'espèce supérieure se résumaient à quelques chasseurs ou promeneurs isolés, refoulés par les premières rigueurs climatiques.

Par une belle matinée ensoleillée, il fut mis en alerte par un furieux bruit de lutte. Habituellement il aurait plutôt fui, mais parmi les grognements jaillissaient des cris de détresse qui sonnaient étrangement familiers à ses oreilles. Il se dirigea avec prudence vers l'endroit d'où venait le combat. Dissimulé derrière les troncs des plus gros arbres, il progressa jusqu'à ce qu'il pût identifier les deux antagonistes. Il s'agissait d'un lynx et d'un gros chien gris aux allures de loup. À première vue, ce dernier était en fort mauvaise posture et luttait pour sa vie. Sans plus réfléchir, il chargea. L'irruption inattendue de sa masse hurlante dans le champ de bataille eut un effet spectaculaire. Les deux combattants se séparèrent aussitôt en détalant chacun de son côté.

Seul au milieu de l'espace déserté, déconcerté par la brièveté de son intervention, il s'immobilisa, redressé de toute sa stature. Au bout de quelques minutes, le chien fit une réapparition timide. Il marchait d'un pas hésitant, en haletant à perdre haleine. Ses yeux, qu'il avait d'un bleu vif et intense ne paraissaient pas croire à la réalité de ce qu'ils voyaient. Fasciné par ce regard lumineux, son sauveur s'approcha à pas comptés, l'encolure rasante, le nez en avant. Lorsqu'il fut assez près, la langue du chien se ramassa à plusieurs reprises sur elle-même pour le lécher à petits coups répétés avant de reprendre son halètement emballé.

– Pourquoi ce combat ? tenta de lui demander Quo-Vadis.

Le chien loup se lécha plusieurs fois les babines pour avaler sa salive avant de se faire comprendre :

– J'avais trouvé ses petits.

Avec le temps, le rythme cardiaque du grand chien s'apaisait. Il remua doucement la queue en inclinant la tête pour mieux interroger son miraculeux sauveur. Sa robuste morphologie n'était pas sans rappeler celle du loup. Cependant ses grandes oreilles droites, son museau court et surtout l'azur des pupilles ne laissaient pas de doute quant à sa vraie nature. Son pelage gris argenté s'éclaircissait jusqu'au blanc neige entre les cuisses d'où émergeait une toison incroyablement touffue.

– Je suis un cheval libre, je cherche le secret de ces montagnes, le renseigna tout naturellement Quo-Vadis en pointant le nez vers l'horizon.

La tête du chien s'inclina de l'autre côté puis retrouva l'aplomb.

– Tu veux parler des légendes indiennes, déclara-t-il comme s'il s'agissait d'une évidence.

– C'est ça ! s'empressa de confirmer Quo-Vadis.

– Ce ne sont que des légendes ; les seuls indiens qui restent vivent plus à l'est dans des réserves qui n'ont rien d'un paradis.

– Mon nom est Quo-Vadis, lui apprit-il après un long silence, quel est le tien ?

– Orion.

– Il n'y a donc pas d'humains par ici ?

– À part mon maître, aucun !

– Ton maître ? s'étonna Quo-Vadis ; tu n'es pas libre ?

– Libre ? Si… Je vais et viens à ma guise ; je chasse pour mon compte mais je ne m'éloigne jamais beaucoup afin de revenir à lui au plus vite.

– Pourquoi ?

La question parut étonner le grand chien-loup qui inclina de nouveau la tête comme s'il réfléchissait pour la toute première fois à la réponse.

– C'est comme ça depuis toujours ; j'ai grandi auprès de lui…

– Je ne pensais pas que les humains étaient capables de vivre isolés les uns des autres…

– Mon maître n'aime pas beaucoup ses semblables. Viens, suis-moi ! lui lança soudain Orion en bondissant.

Il disparut aussitôt. Sans plus réfléchir, Quo-Vadis s'élança à sa suite. Parvenu à la rivière, le chien s'arrêta et se retourna, haletant d'impatience. Puis il repartit en longeant la berge. À cette allure, ils ne tardèrent pas à arriver en vue d'une cabane, installée légèrement en hauteur à quelque vingt mètres de la rive. Du toit de rondins s'échappait une fumée bleutée. Orion l'avait presque atteinte lorsqu'il remarqua que son nouvel ami s'était arrêté à distance respectable :

– Tu n'as vraiment rien à craindre !

Le chien disparut derrière la petite construction. Celle-ci ne détonait nullement du décor où elle avait été plantée sans doute depuis bien des années. Sur son toit, dont l'une des pentes descendait presque à terre, poussaient des herbes folles et sur ce côté, taillée dans les billes de bois, une fenêtre étroite s'ouvrait vers l'extérieur sans rien laisser paraître de l'intimité intérieure. Un grincement se fit entendre suivi par des jappements joyeux. Quo-Vadis tressaillit, ses muscles se durcirent prêts à fuir. Il n'avait plus approché d'humain depuis maintenant des années. L'homme apparut à l'angle de la construction, précédé par son chien. Il paraissait immense.

– Oh, oh ! prononça-t-il en apercevant Quo-Vadis.

D'un pas lent comme retenu par une brusque pudeur, il s'avançait vers lui tandis qu'Orion continuait à japper de joie. Malgré sa démarche aisée, on comprenait d'emblée qu'il s'agissait d'un vieillard car sa haute stature s'était affaissée pareille à un tronc tordu par le poids de ses branches. Ses épaules, témoins d'une grande noblesse d'ossature, avaient petit à petit cédé sous la pression du temps et voûté son dos dans lequel s'engonçait son cou de taureau. Une toison gris clair entourait son visage rond dont il était difficile de distinguer les cheveux du collier de barbe. Il baissa les yeux vers son chien puis les reporta très vite sur le nouveau venu en déclarant d'une voix profonde :

– Qui m'amènes-tu là, Orion ? Où as-tu trouvé ce bel ami ?

Il continuait à marcher vers lui et son déplacement avait quelque chose de la souplesse animale. Sa taille imposante se confirmait au fur et à mesure qu'il se rapprochait.

Il voyait mieux son visage parcheminé, à moitié dévoré par les poils de barbe et deux énormes sourcils qui ne parvenaient pas à atténuer la lueur vivante du regard, aux mêmes prunelles d'azur qu'Orion. Il portait un vieux pantalon rapiécé et une chemise de flanelle élimée, des manches de laquelle surgissaient deux mains colossales aux articulations saillantes. À environ deux mètres, il s'immobilisa, Orion frétillant à ses pieds.

– J'ai compris, Orion, c'est lui, c'est bien lui !!!

Il porta sa paume droite ouverte sur son cœur puis ouvrit largement le bras en inclinant très bas son torse robuste :

– Bienvenu dans la modeste demeure de Peau-de-Lune, O coureur des steppes et des monts, toi qui voles sans aile, bienvenu « Maître-des-Vents », on m'a tant parlé de toi que je te reconnais sans peine.

Il fit deux pas en avant et posa ses doigts sur les naseaux veloutés. Quo-Vadis n'avait même pas tressailli. L'odeur qu'il percevait avait la densité des bois et des humus qui puisent leur substance dans l'écoulement des saisons. Cet humain avait quelque chose de peu humain. L'énorme main jouait avec ses crins, grattait son front puis tout doucement glissa le long de son encolure. L'homme était contre lui et ses yeux à la hauteur des siens. Il devait avoir à peu près la taille d'Eric, mais sa corpulence était bien supérieure et de chacun des gestes de cette force de la nature émanait cette douceur incroyable des brises qui cachent la fureur des tornades. Quo-Vadis avait machinalement ployé le cou et fourrageait du bout du nez dans le creux de l'aisselle. L'homme riait. Et le chien couinait de joie en voyant sa gaieté.

– Ce jour est béni... et je le suis aussi et Orion, le compagnon de ma vie qui t'a mené à moi. Je n'ai pas grand-chose à t'offrir, mais avant de poursuivre ta course, tu dois partager le feu de l'amitié.

La voix caverneuse coulait comme le sempiternel clapotis d'un torrent. Il continua de parler tout en s'affairant avec une frénésie soudaine. Orion le suivait pas à pas. Peau-de-Lune paraissait transporté d'allégresse. Il chantonnait en rassemblant du bois mort et en disposant des pierres en cercle pour former un grand foyer. Parfois il cessait de chanter et adressait quelques paroles enflammées à Quo-Vadis avant de reprendre ses activités. Son grand corps se déplaçait dans l'espace avec l'aisance que laissent transparaître les gestes instinctifs, mille et mille fois accomplis.

Lorsque les premières flammes se mirent à crépiter, il commença à danser tout autour avec une surprenante agilité en poussant des cris à la manière indienne. Au bout de plusieurs minutes, il s'arrêta aussi soudainement et marcha jusqu'à Quo-Vadis qui n'avait pas bougé. Celui-ci vit les pupilles d'azur s'illuminer :

– Ta venue est un signe ; il faut fêter ça ! déclara-t-il avec beaucoup de gravité dans la voix. Ne bouge pas, ne t'en vas pas, je trouverai aussi quelque chose pour toi.

Il s'éloigna le bras tendu vers lui pour le prier de patienter mais Quo-Vadis était trop fasciné par la personnalité du vieillard pour songer à partir.

En l'espace de peu de temps, il prépara ce qui pour lui était un véritable festin. Quo-Vadis s'était rapproché et partagea le repas en grignotant quelques biscuits secs et en léchant une écuelle de miel que le vieil homme lui maintint entre ses puissantes mains. Le chien se régala d'un bon morceau de poisson séché ; quant à son maître, il se contenta d'un bout de viande salée. Il y avait bien des saisons que son énorme carcasse avait appris à se passer du superflu. Pour lui, chaque hiver passé était une sorte d'enracinement involontaire qui l'enchaînait un peu plus à cette existence. Ses iris bleus allaient du chien au cheval et ne cachaient pas le contentement de son cœur. Lorsque tout fut terminé, il se redressa, pour la première fois avec quelques difficultés, brandissant dans son poing une bouteille en verre blanc contenant un liquide transparent auquel il n'avait pas encore touché.

– Regardez mes amis, se mit-il à déclamer d'un ton théâtral en élevant bien haut son bras, voici le feu de joie et voilà l'eau de feu ! Celle-ci a le pouvoir du feu !

Il versa une petite quantité du contenu de la bouteille sur les flammes qui redoublèrent de puissance en rugissant de plaisir. Puis comme pour finir l'élan de son geste, il porta le goulot à ses lèvres et but une longue rasade. Il rouvrit les yeux et fit ensuite claquer sa langue.

– Que ta force m'imprègne, eau de feu, qu'elle redonne leur vigueur à mes os et son insouciance à mon âme !

Il but une seconde gorgée puis se mit de nouveau à danser, la bouteille à la main. Orion bondissait tout autour de lui en remuant la queue et en saisissant parfois un morceau de bois dans sa gueule qu'il faisait sauter lui-même et rattrapait au vol. Quo-Vadis se laissa gagner par leur subite gaieté. Leur bonheur puisait sa source dans la simplicité des choses et rejoignait dans son cœur la grâce ingénue de sa joie de vivre. Il se mit à trotter en tous sens en secouant sa lourde crinière. Très vite Orion répondit à son invite et tous d'eux entamèrent un jeu époustouflant de poursuites incessantes pour le plus grand bonheur de Peau-de-Lune qui les encourageait en battant des mains et en chantant, sans cesser de boire.

Lorsque les ombres disparurent et que la bouteille se trouva vide, Peau-de-Lune parut brusquement tout dépité. Il venait de porter le goulot à ses lèvres qui tétèrent dans le vide et contemplait maintenant le verre transparent, le visage penché à la manière de son chien, comme s'il attendait à ce qu'un miracle le remplît à nouveau.

– Eh, larmes de feu ! Sang de mes artères ! Où es-tu passé ?

Il jeta la bouteille par-dessus son épaule :

– Au diable les lamentations ! Aujourd'hui n'est pas un jour comme les autres ; le Maître-des-Vents m'a rendu visite.

Il se dirigea en titubant vers la maison, passa l'angle en s'accrochant aux rondins et réapparut assez vite, une autre bouteille à la main. Le corps courbé, il fonça vers le foyer qui donnait des signes de faiblesse et tomba brutalement à genoux devant. Il déposa plusieurs grosses bûches au cœur de la flambée, puis satisfait de la voir repartir, arracha le bouchon avec ses dents.

Voyant la lourdeur maladroite de son maître, Orion cessa ses jeux pour le rejoindre. Celui-ci posa une de ses larges mains sur son crâne et lui massa la nuque. Cette caresse semblait transporter le chien aux nues. Entre deux gorgées, Peau-de-Lune lui parlait d'une voix de plus en plus caverneuse et ses prunelles, plus pétillantes que jamais dans le déclin de la lumière, trahissaient tout ce que ses traits ravinés ne savaient plus exprimer. Quo-Vadis y lisait ce qu'il n'avait jamais perçu chez un humain, une sorte d'abnégation passionnée qui retrouvait chez autrui une raison éperdue de s'attacher à la vie. Il se sentait si proche de cet étrange couple aux yeux bleus qu'il lui semblait les avoir toujours connus.

Cependant un lourd après midi d'automne avait succédé à la matinée ensoleillée et le ciel très bas charriait de gros nuages menaçants. Au fil des heures, l'alcool avait fait son œuvre et Peau-de-Lune s'était avachi auprès des flammes mourantes qu'il n'avait plus la force de ranimer. Il se tenait assis en tailleur, le buste oscillant, le menton rentré dans le cou, les bras ballants, une main crispée sur la bouteille dont le contenu se répandait à terre. Orion était toujours couché à ses côtés, la tête posée sur son genou et lui jetait par intermittence des yeux égarés d'amour.

De l'autre côté du feu, le nez à hauteur des dernières flammes, Quo-Vadis les observait et se sentait exclu de leur complicité mais pour rien au monde, il ne les aurait quittés à ce moment-là. Les yeux perdus dans la braise, le vieillard marmonnait des mots intelligibles de lui seul, jaillis de ses plus obscurs retranchements. Parfois, il redressait la tête et son regard embué croisait celui d'Orion ou de Quo-Vadis. Le timbre cassé de sa voix, retrouvait alors une inflexion si dramatique que les animaux pressentaient l'aveu d'une insurmontable douleur :

– Bien sûr pour vous, c'est facile… Vous n'avez pas de lourd héritage… Pas de compte à régler avec vous-même ; pour nous, c'est différent ; chaque enfant qui naît est déjà condamné par ses ancêtres et le jour où il en prend conscience, il est trop tard… Il y a l'amour de sa mère, de son père, d'un frère, d'une sœur, que sais-je… la beauté du monde… son attirance trompeuse ; le choix qui lui reste est truqué, tout est truqué ! À la roulette russe, même le hasard triche… il épargne les plus résignés. Ah, Ah… son rire faillit le précipiter dans les braises. Il se ressaisit, respira longuement :

– Évidemment, il y a les garde-fous, les classiques : la religion, les arts, les grandes causes… et tous les autres, anodins… jusqu'aux moins glorieux… l'alcool !

Il éclata de nouveau de rire, s'étouffa ensuite dans une

quinte de toux qui fit se redresser Orion, inquiet. Il le saisit sous le museau dans l'une de ses larges paumes et colla sa truffe contre son nez.

– Sais-tu pourquoi je t'aime plus que moi-même, Orion? C'est parce que tes prunelles ne me jugent jamais...

Il le lâcha, laissant tomber lourdement sa main,

– ...mais elles ressemblent tant aux miennes que j'y lis parfois ma propre condamnation. Pardon, pardon, reprit-il d'une voix blessée, pardonne-moi... Et toi aussi, Maître-des-Vents, pardonnez-nous car que deviendrions-nous si vous vous mettiez à nous juger? Comment pourrions-nous être sûrs qu'il y a chez l'homme plus à admirer qu'à mépriser si vous cessez de nous regarder avec ces yeux-là? D'ailleurs n'est ce pas admirable? Toi, le Maître-des-Vents, combien de kilomètres ont abattu tes jambes et celles de tous les tiens pour nous mener d'une conquête à l'autre, d'une fuite à l'autre? Et toi Orion, combien de dévouements, de fidélités désintéressées, combien de sacrifices? J'ai fui les miens parce que je leur ressemblais trop...

Il souleva lentement une de ses mains, l'amena à hauteur de son visage et fit remuer un à un ses doigts, scandant profondément sa respiration comme si ce geste lui demandait un effort infini, surhumain :

– La vieillesse n'est pas une fatalité... C'est une sentence... La même pour tous ceux qui ont tenu si longtemps!

Il relâcha brutalement les muscles de son bras.

– Il faut bien que ceux qui sont passés au travers payent un jour! Le monde serait-il meilleur, si nous ne connaissions pas la haine? Serait-il plus doux si les femmes n'avaient pas besoin des hommes pour concevoir les enfants? Sûrement! Les femmes sont mieux loties; la délivrance les libère... Ce privilège nous accable, nous les hommes, nos ventres stériles crient vengeance, lance un insatiable appel qui nous pousse vers les plus sombres dérives... Linda est morte avec son plus beau sourire aux lèvres... Jamais je ne l'avais vue si heureuse! Sur son ventre, il y avait l'enfant nu qui la regardait, c'était la première image que ses yeux voyaient; j'ai voulu les réchauffer mais c'était comme si je n'existais pas. Rien n'y a fait, ni ma chaleur, ni mes larmes, ni mon amour... C'était il y a si longtemps... J'ai vu tant d'autres souffrances... Comment ai-je pu vivre sans eux?

Des larmes coulaient de ses yeux et s'éclataient sur ses cuisses. Orion se mit à lécher le tissu du pantalon puis étendit le cou pour nettoyer de sa langue douce et chaude le visage inondé de son maître. Plus l'homme pleurait, plus le chien redoublait ses caresses. En spectateur silencieux, Quo-Vadis ne parvenait à détacher son attention de cette scène fascinante.

Ce n'était pas encore la fin du jour, mais le ciel ne formait plus qu'un couvercle épais et bas. Transportée par le lit de la rivière et amplifié par l'écho de la vallée, la voix rauque du tonnerre ébranlait la terre.

Peau-de-Lune s'était tu et Orion avait reposé la tête sur son giron. L'inquiétude fit pousser un léger hennissement à Quo-Vadis, destiné à attirer l'attention du chien sur l'orage qui menaçait. Celui-ci se redressa et parut seulement se souvenir de sa présence. Il leva le nez vers le ciel puis se mit à gémir en grattant de la patte la cuisse de son maître qui grommela, souleva le menton pour attirer son compagnon tout contre lui. Il avait besoin du contact odorant de cette fourrure huileuse qui lui rendait la sensation d'être. Orion se contorsionnait dans le creux de l'épaule, léchant la barde et la peau rêche des mains mais ne cessait de gémir pour supplier le vieillard de se relever, de marcher jusqu'à sa cabane.

Lorsque l'étreinte se relâcha, il essaya de le tirer en prenant dans sa gueule le bras, la manche mais rien n'y fit. Peau-de-Lune, vaincu par l'eau de feu, s'était affalé tel un arbre abattu, la joue contre terre; tout près du foyer, il ronflait bruyamment, le corps recroquevillé. Orion se tourna vers Quo-Vadis qui s'approchait et lui lança un regard attristé. Il se coucha contre son maître de manière à lui dispenser sa propre chaleur. De grosses gouttes éparses commençaient déjà à tomber et grésillaient dans les cendres. Quo-Vadis se tourna la croupe vers le sens de la pluie, son ventre faisant écran à la tête du vieillard tandis que l'averse s'abattait d'un seul coup transformant le paysage en un décor de déluge.

Au petit matin, Quo-Vadis fut le premier à bouger. La pluie avait cessé. Il avança de quelques pas et s'ébroua. Il croisa le regard d'Orion, éveillé depuis longtemps, et crut y lire une inexprimable gratitude. Tout doucement, celui-ci se redressa à son tour et s'étira. Son maître, froid et inerte, dormait toujours. Il se mit à lui lécher les mains.

Au bout d'un temps infiniment long, le contact doux de la langue tira le vieillard des épaisseurs brumeuses où s'était réfugiée sa conscience. Il fronça d'abord les sourcils puis entrouvrit les paupières plusieurs fois de suite hésitant à reprendre pied dans ce monde dont il lui paraissait encore aisé d'éviter l'accès. Il percevait maintenant les petits gémissements d'Orion, mais son cerveau les enregistrait pour les transporter aussitôt parmi ses songes. Pourtant à son tour, cet univers où il se sentait si bien, où la souffrance n'existait pas, devint brutalement hostile. Une force inconnue et indéfinissable l'éloignait de son chien et il avait beau se débattre comme un fou, il ne parvenait pas à rejoindre son compagnon qui lui aussi était entraîné contre son gré. Ses appels implorants lui brisaient le cœur et éveillaient sa colère, mais même la force phénoménale de sa jeunesse ne suffisait pas à le ramener à lui. La détresse du jeune homme qu'il était redevenu, se fit si insupportable qu'il rouvrit les yeux. Ses fidèles pupilles reconnurent aussitôt la silhouette de son visiteur; alors sa mémoire s'ajusta à la réalité : le Maître-des-Vents !

Puis comme par miracle, autour de cette pièce maîtresse, s'ordonnèrent toutes les autres. Il commença par bouger les doigts et s'étonna presque de les voir lui obéir. Alors d'un seul coup, lourdement, il bascula à plat sur le dos. Sournoises, fugaces, aiguës comme des coups de poignards, des douleurs jaillirent de partout dans les profondeurs vivantes que cachait l'enveloppe étanche de sa peau.

Puis, petit à petit, celle-ci se mit à percevoir de nouveau : le lacis des vêtements alourdis par l'eau, le treillis des brindilles et des feuilles mortes qui lui avaient servi de lit et enfin le froid glacial monté toute la nuit de la terre détrempée, infiltré, semblait-il, jusqu'à la moelle de ses os. Un son rauque monta dans sa gorge et s'y étrangla; il voulut tendre le bras vers Orion qui s'agitait de plus belle, mais il était comme détaché de son corps. Il comprit qu'il fallait patienter, attendre passivement, stoïquement que la vie reprît possession de chacune de ses cellules.

Il avait réussi à se redresser pour tenir assis sur le côté, en appui sur un bras. De sa main libre, il se frottait le visage, essorait sa barbe et ses cheveux. Il se sentait odieusement coupable d'avoir ainsi laissé dériver un jour si heureux, et ce sentiment le rendait plus mal à l'aise que le feu de ses tempes et le fiel de ses entrailles. Quo-Vadis et Orion étaient toujours près de lui. Il leva la tête vers le cheval et posa sa paume sur son épaule tiède :

– Aide, aide… moi, supplia-t-il.

Ses doigts saisirent la longue crinière, s'y ancrèrent et par leur seule force, il parvint à se relever. Les deux bras jetés par-dessus l'encolure, il attendit encore un long moment. Dès qu'il se sentit assez vigoureux, il se dégagea d'un élan rageur et fonça tête baissée vers la rivière; là, il s'affala brutalement et laissa le poids de son crâne l'enfoncer jusqu'au torse dans l'onde vive. Il y resta jusqu'à suffocation complète avant de s'en arracher avec un grand cri salvateur puis recommença ainsi de suite plusieurs fois. Outre la nausée, chaque articulation, chaque fibre musculaire se rappelait impitoyablement à sa conscience à travers une souffrance inexprimable. Il savait que seul le temps finirait par l'atténuer : mais cette nouvelle aurore ne lui semblait pas faite pour la passivité.

Tandis qu'il se hissait hors de l'eau pour l'énième fois, l'idée lui traversa l'esprit; il lui était si facile de céder à la divine tentation : se laisser doucement glisser sur la berge puis s'abandonner aux flots grossis de la rivière comme au bercement de deux bras enveloppants…

Cependant, il y avait Orion et Orion veillait. Alors dans un suprême effort, il se ramassa d'abord à quatre pattes, puis solidement ancré sur ses genoux, hissa son buste sur ses cuisses et d'un seul coup sur ses chevilles. Redressé de toute sa stature, dégoulinant, il était déjà un peu vainqueur; rentrer dans sa baraque, se changer, se réchauffer, s'étendre sur un vrai lit, c'eût été la vraie défaite. Il aperçut sa barque au sec, à quelques pas de là. D'un pas lourd, quasi mécanique, il se dirigea vers elle, puis arc-boutant ses forces, il l'empoigna, la poussa, la tira, la hissa jusqu'à l'eau. Lorsqu'elle piqua du nez, prête à filer, il l'a retint en s'adressant à Orion d'une voix péremptoire :

– Reste ici, Orion, reste avec notre visiteur; je serai bientôt de retour avec du poisson frais!

Le chien avait compris l'ordre de son maître, mais passa outre; alors qu'il n'avait cessé de japper d'angoisse, il se tut d'un seul coup et au moment où la barque pesa de toute sa surface sur l'eau, il y bondit. Aussitôt l'embarcation s'éloigna, entraînée comme un fétu de paille.

Tout se passa si vite que Quo-Vadis n'eut pas le temps de comprendre. Il perçut un dernier aboiement puis l'impérieux grondement de la rivière. Réalisant l'ampleur du danger, il se précipita et les escorta en galopant comme un fou le long de la rive. Les flots grossis par les violents orages ne tardèrent pas à emporter la coquille de noix hors de sa vue. Pétri d'inquiétude, il accéléra l'allure.

Au bout d'une demi-heure impuissant et anéanti par l'angoisse, il s'arrêta et se mit à hennir d'une manière irraisonnée. La matinée était bien avancée et le soleil automnal avait de nouveau fait son apparition dans le ciel. La nature était si belle qu'il lui paraissait impossible que ceux qu'il cherchait aient pu cesser de la voir. Ragaillardi par cette idée, il avait pris le pas et songeait que peut-être la barque s'était échouée sur l'autre rive ; il venait de décider d'essayer de traverser, lorsqu'il remarqua justement une accalmie des flots. En scrutant les alentours, il repéra très vite la forme escamotée de la barque mais elle était vide et éventrée. Son cœur se mit à battre plus fort. Alors il poussa ses recherches.

À une cinquantaine de mètres de l'épave, il trouva Peau-de-Lune, le corps immergé mais le visage hors de l'eau. Il s'inclina et constatant qu'il respirait, il souffla longuement sur son visage puis saisit le col de la chemise entre ses dents et agita violemment la tête. Le vieillard se mit à se débattre en gesticulant comme s'il luttait contre une force impalpable. Quo-Vadis le lâcha et il retomba la face dans l'eau. Il suffoqua, chercha l'air libre dans un geste instinctif qui le retourna sur le dos. Il ouvrit les yeux et vit Quo-Vadis qui grattait furieusement de l'antérieur dans des gerbes d'écumes. Il ramena son avant bras sur son visage pour se protéger et réalisa seulement qu'il était sorti de la rivière. En portant son regard hébété autour de lui, il mesura la succession des circonstances qui l'avaient jeté là et rugit de colère :

– Si par ma faute, il est arrivé malheur à Orion, je te jure que cette fois la mort voudra de moi !

Retrouvant une formidable énergie, il se mit sur pied et arpenta la rive à la recherche de son compagnon. Bredouille, il finit par s'emparer d'un solide et long bâton et se précipita dans la rivière. S'aidant de son support, il parvint très vite au milieu du lit plus large mais bien moins profond à cet endroit.

– Continue sur ce côté, je vais longer l'autre, hurla-t-il comme s'il s'adressait à un humain.

D'abord incrédule, Quo-Vadis le suivit du regard en trépignant puis, le voyant atteindre sans encombre l'autre berge se remit en route vers l'aval.

Ils poussèrent vainement leurs recherches jusqu'à la tombée de la nuit. Peau-de-Lune avait tellement appelé qu'il s'en était cassé la voix. À une centaine de mètres d'où ils étaient parvenus, la rivière se transformait en rapides avant de se précipiter d'une hauteur vertigineuse dans le goulet inexpugnable de gorges escarpées. Le vieil homme savait qu'il était improbable que son compagnon ait survécu à ces chutes si par malheur, il avait été entraîné jusque-là. Cette idée avait petit à petit obscurci son esprit et sans la présence de Quo-Vadis, il serait resté là où l'avaient conduit ses dernières forces. Grâce à sa haute taille, il parvint sans effort à se hisser sur le dos du cheval qui se mit en marche. Il y avait bien longtemps que celui-ci n'avait plus été monté. Au début, le poids conséquent de Peau-de-Lune ne le gêna guère. Il se tenait sur son dos par le seul équilibre de ses longues jambes et par l'appui de son torse contre son encolure. En fait, il le soutenait plus qu'il ne le portait et dans la chaleur de leurs deux corps ainsi unis, ils puisaient tous deux la force nécessaire pour ne pas céder à la désolation.

Au fil des heures pourtant, Quo-Vadis se sentit défaillir. Le terrain était très accidenté et l'obscurité quasi totale. Il trébucha et sentit le vieil homme glisser doucement sur un côté. Son corps s'affala et il resta immobile sans pousser le moindre soupir. Il se pencha vers lui et perçut la respiration faible mais régulière. Soudain, une longue plainte déchira la nuit.

Quo-Vadis se figea, pétrifié de surprise. L'écho n'en finissait pas de reprendre, par-dessus le grondement même de la rivière, l'agonie du hurlement. Un espoir fou traversa son cœur, il hennit de toute la force de ses poumons. À son appel succéda un silence d'outre-tombe. Les oreilles plantées comme des points d'exclamation, frissonnant d'impatience, Quo-Vadis retenait son souffle. L'auteur du cri lui répondit et la nuit se mit à résonner de leurs deux voix à n'en plus finir. La plainte lointaine, métamorphosée, clamait un formidable espoir. Quo-Vadis ne se contenait plus d'excitation et ayant totalement oublié Peau-de-Lune, se serait précipité dans l'obscurité s'il lui avait été possible de localiser son interlocuteur. Il pivota sur lui-même pour retrouver le vieil homme et se heurta presque contre lui miraculeusement redressé. Plaçant ses deux mains en porte-voix, celui-ci se mit à hurler le nom de son chien. À son appel répondit un concert de gémissements.

– Il est vivant, tu entends, il est vivant ! Emmène-moi, Maître-des-Vents, ramène-moi chez moi !

Par la seule force de ses bras, il grimpa sur son dos et cramponné à la crinière s'appliqua à ne pas perdre l'équilibre lorsque le cheval se mit en marche. La nuit était encore si opaque que sans la rivière qui ouvrait une sorte de pertuis clair, Quo-Vadis aurait eu bien du mal à retrouver la cabane. Enfin, l'aube paresseuse daigna teinter en camaïeu gris les profondeurs ténébreuses qui confondaient les limites du ciel et de la terre. Le ruban de la rivière se détacha plus nettement encore et la surface de ses caux prit des reflets mercure où s'accrochaient les nymphes du jour naissant. Cette timide clarté redonna du courage au cheval qui retrouva la vigueur de ses foulées de vagabond. Sur son dos, le vieil homme s'était sans doute assoupi car son corps s'était fait plus lourd. Lorsque la cabane fut en vue, Quo-Vadis s'arrêta et poussa un bref hennissement. Aussitôt des jappements lui répondirent qui, très vite, s'étranglèrent dans les halètements d'une course effrénée. Peau-de-Lune surgit de sa demi-conscience et se laissa glisser lentement à terre. Sa main restée posée sur le garrot tremblait au rythme de l'emballement de son cœur. Sa voix bloquée au creux de sa gorge, ne savait pas traduire son émoi et ses yeux bleus, éteints par la fatigue, s'illuminèrent sous l'embrasement intérieur.

Une minute s'écoula encore, pendant laquelle l'homme et le cheval semblaient avoir suspendu les battements de leurs cœurs. Puis Orion apparut, bondissant dans la jeune lumière. Son maître ouvrit la bouche pour l'appeler mais aucun son n'en jaillit. Alors il s'avança, les deux bras ouverts comme pour y accueillir un enfant et le chien s'y jeta avec toute la force de son élan.

En retrait, Quo-Vadis observait l'effusion de leur bonheur avec un plaisir incontrôlé. Tombé à genoux sous l'impact de leur rencontre, Peau-de-Lune pleurait toutes les larmes de son corps et debout contre lui, Orion gémissait en léchant le visage et en fouissant de son museau dans le creux du cou et des aisselles. Petit à petit, les sanglots de l'homme se transformèrent en éclats de rire et les plaintes du chien en jappements discordants. Ils roulèrent tous deux à terre et l'air vif du matin résonna de leurs cris de joie. On aurait pu croire que l'écho voulait annoncer à la forêt tout entière l'avènement de leurs retrouvailles. Lorsqu'ils se calmèrent, leurs deux regards d'azur se tournèrent vers le cheval. Le chien se précipita vers lui ; Peau-de-Lune se redressa pour s'approcher aussi, le visage radieux.

Il posa son énorme main sur les naseaux veloutés :

– Le Maître-des-Vents, tu n'es pas un cheval ordinaire, n'est-ce pas ? dit-il simplement.

Quo-Vadis gratta son chanfrein contre sa main comme pour lui signifier qu'il partageait le bouillonnement de sa joie.

– Viens maintenant, Maître-des-Vents, viens te reposer aussi.

Ce disant, il prit le chemin de la cabane suivi d'Orion. Quo-Vadis les laissa disparaître de sa vue sans bouger, sans décrocher son regard de leurs deux silhouettes unies. Tout autour de lui, avec la lumière du jour, les forêts avaient repris leurs somptueuses parures et chassaient toutes les obscures angoisses de la nuit. L'idée de s'élancer vers eux, de finir ses jours avec eux lui traversa l'esprit. Il s'ébroua comme pour s'en débarrasser. De nouveau immobile, l'encolure redressée, il se mit à écouter les bruits de la nature : la sempiternelle chanson de la rivière, le chant des oiseaux qui saluait le jour, les craquements de la forêt, sa respiration aux sommets des grands pins, la chute des feuilles…

Il ne s'expliquait pas pourquoi un humain les préférait à la compagnie de ses semblables, ni pourquoi la simple pensée de l'existence d'un tel humain lui tenait si chaud au cœur. Il se surprit presque à envier Orion puis aussitôt lui revint en mémoire la scène dont il venait d'être témoin. L'image de leur bonheur réciproque chassa ses doutes et tout devint évident, limpide comme cette aube plus longue que la nuit qui semblait monter de la terre vers le ciel.

De cette lumière, il ne devait rien perdre. Les jours allaient encore rétrécir, il était grand temps de regagner l'abri d'une vallée plus basse pour passer l'hiver et aborder le prochain printemps aux mieux de sa forme. Il se mit en marche avec le but de mettre le plus de distance possible entre lui et ses deux amis.

CHAPITRE 19

Quo-Vadis se sentait las malgré l'immense sérénité qui l'habitait. Les années vagabondes avaient affaissé son rein, pourtant son corps restait vigoureux. L'âge ne ralentissait pas sa course mais la modérait. Il avait appris à économiser ses forces et la perte d'énergie de ses jeunes années était compensée par l'utilisation de celles qui lui restaient. Il ne savait pas calculer le temps passé à arpenter les montagnes qu'il avait finalement atteintes, et ses tentatives les plus audacieuses, répétées de printemps en printemps, étaient devenues une sorte de défi perpétuel.

Comme tout finit par s'émousser, il était prêt à mourir. Rien ne le pressait, toutefois il songeait que si d'aventure la mort devait se présenter à lui avec autant de conviction qu'il avait toujours mis à la fuir, il l'attendrait avec une espèce de grande allégresse, quelque chose qui aurait la puissance d'une capitulation dans un combat gagné d'avance.

C'était un splendide matin de printemps tels qu'il en avait tant connu. Les neiges éternelles étincelaient d'un éclat divin sous la jeune lumière et se détachaient si nettement dans la limpidité du ciel, qu'il lui semblait presque possible de les rejoindre en franchissant d'un bond toutes les vallées qui l'en séparaient. Il se trouvait sur un très haut plateau, bien au-dessus de la limite des arbres. La surface plane et rase, que la course des troupeaux de mouflons animait de mouvements magiques, s'étirait démesurément comme pour toucher les courbes sensuelles d'une montagne blanche en forme de mamelon, dressée à des kilomètres de là. Il frémissait d'aise en sentant la douce chaleur des premiers rayons et gonflait ses poumons d'air vivifiant. Gagné par cette joie saine, il s'élança sur le tapis de mousse pour le simple plaisir et galopa ventre à terre. Lorsqu'il s'arrêta, il se retourna pour tenter d'estimer la distance parcourue, mais il lui sembla qu'il n'avait pas changé de place, car tout autour de lui se déroulait la même infinitude. Il s'en amusa et s'ébroua avant de repartir d'un pas gaillard.

Plus loin, il s'immobilisa afin de mieux observer les gracieuses arabesques d'un grand rapace qui jouait avec les courants invisibles de l'atmosphère. Tantôt suspendu, tantôt aspiré, il évoluait avec l'aisance d'une ballerine et sa silhouette majestueuse, semblait orchestrer la respiration des montagnes. Son manège dura un temps incalculable jusqu'à ce que soudain, il chutât comme une grosse pierre. Il le vit ensuite remonter à la verticale, les ailes déployées, les serres alourdies et cependant aussi léger qu'un papillon. Il s'éloigna et très vite, disparut, englouti par l'espace.

Il s'étonna de songer qu'il aimerait finir ainsi, emporté au ciel par cet oiseau royal dans des hauteurs que, semble-t-il, la souillure n'atteint pas. Mécaniquement, il se mit à danser sur place, levant un après l'autre ses diagonaux et soulevant sa longue crête noire qui battit comme une aile. À chaque poser, il sentait plus concrètement l'assise de son corps à la terre, le solide ancrage de sa chair à l'élément qui l'avait porté et nourri depuis sa naissance et qui l'ensevelirait probablement. Il réalisa qu'il n'était pas encore l'heure, sans doute parce que la mort ne peut être joyeuse ou bien parce qu'il lui était inconcevable d'en choisir le moment.

Il parcourut des jours durant ces hautes terres. Lorsqu'il prit conscience, en retrouvant les arbres, qu'il avait perdu de l'altitude, il eut la ferme conviction que jamais plus il ne pourrait monter si haut. Il ne se retourna pas et continua à descendre, l'esprit vide et sans but précis. La belle saison embellissait la nature qui retentissait des chants joyeux des oiseaux et explosait sous les couleurs chatoyantes des fleurs sauvages. En humant les mille senteurs, il remarqua qu'il avait presque oublié l'odeur des humains. Ici, il aurait pu se croire sur une autre planète même si de temps à autre il reconnaissait dans le ciel le tracé de leurs avions ou découvrait au hasard de ses pérégrinations un de leurs refuges. L'application qu'il avait mise à les fuir, l'avait bien protégé et il avait fini par se persuader qu'il se tenait hors de leur portée. Il ne lui restait donc, comme souci présent que sa simple subsistance. Cette oisiveté, avec l'âge, n'était plus comme autrefois un vide à remplir, mais bel et bien un plein à savourer.

Alors qu'il venait juste d'avaler une juteuse gorgée d'herbe, il tressaillit en croyant reconnaître des échos tout à fait inattendus. Il tendit l'oreille et crut avoir rêvé car il n'entendit plus rien. Il broutait de nouveau lorsqu'il perçut les mêmes bruits étranges. Intrigué, il se redressa. De l'orée du prochain bois, montait un martèlement de cavalcades ponctué par des renâclements caractéristiques. Il s'avança à pas feutrés. Jamais plus depuis les steppes des mustangs il n'avait rencontré de congénères dans ces contrées. Il s'enfonça prudemment dans le sous-bois clairsemé et suivit les sons irréguliers. La brise lui colporta une odeur familière. Il n'y avait plus de doute possible.

Il traversa les derniers mètres au trot, les yeux braqués sur le nouvel horizon et dès que son regard put porter au-delà, il s'arrêta net, et ce qu'il vit le sidéra. Devant lui, le paysage ressemblait à celui qu'il venait de laisser : une prairie sans fin, mollement bosselée où les fleurs sauvages composaient un tableau multicolore, et à l'horizon, l'orée de nouvelles forêts qui soulignaient les pics enneigés d'une ligne bleu sombre. Mais ce qu'il y avait de tout à fait extraordinaire, se déroulait là, à quelques mètres sous ses yeux, dans le creux protégé par l'arrondi du relief.

Un cheval d'une blancheur hallucinante, à la crinière plus longue que la sienne, dansait sur un tapis de fleurs rouges avec deux autres chevaux apparemment très jeunes. Les trois animaux exprimaient leur trop plein de vivre dans des jeux d'une grâce quasi féerique. La souplesse et l'agilité du cheval blanc étaient spectaculaires. Il défiait ses deux compagnons et attendait ainsi que l'un d'eux s'amusa à foncer droit sur lui pour l'esquiver à la dernière seconde.

Quo-Vadis n'en croyait pas ses yeux. Il suivait avec émerveillement chacun de leurs mouvements et transporté par la magie de la scène, en oublia jusqu'à sa propre présence. Sans précaution, il s'avança et surgit d'un seul coup à la crête du vallon. Affolés par cette apparition les deux plus jeunes chevaux s'enfuirent. Se retrouvant seul, le cheval blanc s'immobilisa. Puis il tourna l'encolure du côté de Quo-Vadis et l'aperçut, pétrifié telle une statue en haut de son promontoire. Ce dernier crut qu'il allait disparaître, mais sans affolement il marcha vers lui d'un pas détendu. De sa façon même de se déplacer émanait un charme inouï, et sa beauté au fur et à mesure qu'il se rapprochait, se révélait telle, que Quo-Vadis en fut frappé. Arrivé à quelques pas, il s'arrêta et se redressa majestueusement. Lorsque ses yeux se retrouvèrent à la même hauteur que les siens et le fixèrent aussitôt avec insistance, il crut défaillir. Il se mit à trembler intérieurement comme sous l'effet d'une forte poussée de fièvre.

L'inconnue le dévisageait toujours et lui ne parvenait pas à détourner son regard. Il remarqua l'indéfinissable couleur des iris dont l'intensité était accentuée par deux rangées de très longs cils aussi blancs que le reste de la robe.

– Bonjour Quo-Vadis, lui lança-t-elle doucement sans qu'il ne pût distinguer un mouvement de lèvres.

Il sursauta presque et s'entendit ânonner :

– Je rêve, n'est-ce pas ? C'est bien ça, je rêve… !

L'autre franchit d'une foulée la distance qui les séparait et souffla délicatement dans ses naseaux :

– Non, tu ne rêves pas, lui confirma-t-elle sans la moindre ironie.

– Mais c'est impossible ! Ta blancheur ! C'est invraisemblable !

Elle se redressa un peu pour retrouver ses yeux et il y lut avec certitude de l'enjouement.

– C'est vrai, c'est assez rare ; en fait c'est une tare ! Tu vois rien n'est forcément tout noir… ou tout blanc ! Eh bien oui, reprit-elle en constatant l'étonnement grandissant de son interlocuteur, une espèce de maladie si tu préfères. Je suis née Albinos.

Elle parlait d'un ton si naturel qu'il commença à se détendre.

– Comment connais-tu mon nom ?

– Mes yeux sont fragiles mais parfois ils ont une sorte de don de clairvoyance. J'ai lu dans les tiens.

– Comment donc ? s'impatienta Quo-Vadis.

– Ce n'est pas bien difficile. Il suffit de savoir se mettre à la place de l'autre et ça, c'est une question de volonté ; avec l'habitude, ça finit toujours par marcher. Viens suis-moi, dit-elle soudain en prenant le galop.

Quo-Vadis s'élança à sa suite.

– Mon nom est Loubana, lui lança l'inconnue ; approche donc à mes côtés !

Il s'exécuta, subjugué et sans conscience précise de ce qui l'animait.

– Loubana… Jamais je n'aurais pensé qu'il existait pareille beauté vivante…

– Je ne pensais pas qu'on puisse être si candide à ton âge !

Il se trouvait à sa hauteur et avançait à son allure sans détacher son regard du moindre de ses gestes. Sur son encolure, ses longs crins ondulés s'agitaient d'un mouvement quasi vivant, tandis que le panache de sa queue ondoyait avec l'élégance d'un voile de mousseline. Elle avait une façon très particulière de soulever ses membres comme si elle voulait éviter de blesser la terre ou bien fuir son emprise. Cette allure lui conférait une noblesse dépourvue d'arrogance.

– D'où viens-tu Loubana ? s'enquit Quo-Vadis qui ressentait la brusque envie de tout savoir sur elle.

– D'un tout petit pays où les humains apprennent aux chevaux à danser devant des taureaux furieux !

– Tu connais aussi les humains ?

Elle lui lança une œillade amusée :

– Qui ne les connaît pas ? Ce sont eux qui ont façonné ma race.

– Ici ?

– Non, bien loin d'ici.

– Tu les as donc fuis ?

– Oui, tout comme toi non ?

Elle accéléra et le distança un peu. Il la rejoignit brûlant déjà du désir de ne plus la quitter.

– Qui étaient les autres chevaux avec toi ?

– Des poulains, j'adore jouer avec les jeunes ! Tu leur as fait une belle peur.

Elle s'arrêta soudain en plein galop et plongea ses yeux dans les siens. Ce comportement était si inattendu qu'il sentit une grande chaleur l'envahir tout entier. Il ne se souvenait pas avoir éprouvé quelque chose d'aussi puissant. Elle reprit sa route sans rien dire et il se rendit compte qu'il la suivait sans savoir où elle le menait. Ils traversèrent des prairies, des vallons et des forêts à n'en plus finir. Elle se taisait et il se taisait aussi, marchant, trottant ou galopant selon son rythme. En prenant petit à petit de l'altitude, ils atteignirent des régions rocheuses. Elle s'arrêta enfin.

– Je sais que rien ne te fait peur mais il va falloir être prudent, lui annonça-t-elle sans préambule.

– Pourquoi ?

– Nous allons franchir par un sentier escarpé de très dangereuses gorges.

À ces mots, il observa pour la première fois le paysage qui les entourait et constata qu'il s'était transformé. Ils se trouvaient maintenant dans un décor lunaire, composé de monts chauves où alternaient les couches de roches noires et grises et dont les plus hauts sommets brillaient au soleil comme des pierres précieuses.

– Où me conduis-tu Loubana ?

– Vers ce que tu cherches !

Elle s'était remise en route au petit trot et s'engageait sur les contreforts d'un mont géant en veillant à éviter les ornières et les éboulis de pierres. Il la rejoignit et resta docilement derrière elle. Quo-Vadis avait l'impression de vivre un des plus fabuleux moments de son existence. Ils parvinrent dans une sorte d'entonnoir formé par le rapprochement de deux parois nues. Toujours silencieusement, Loubana poursuivit sa progression. Il constata que ces gorges rétrécies étaient le lit d'un torrent grossi par la fonte des neiges. L'excavation était assez large pour permettre le passage d'une embarcation, mais la déclivité était telle que tout ce qui s'y engageait n'avait apparemment aucune chance d'en ressortir entier.

Sans hésitation, la jument blanche s'engagea le long de ce couloir naturel. À l'endroit du rétrécissement, les parois étaient si proches que les rayons du soleil ne pénétraient pas. Malgré l'impressionnante circulation d'air, il y régnait un froid glacial qui figeait l'humidité montée des profondeurs en perles de glace sur les faces blêmes des roches verticales. Les ruissellements eux-mêmes étaient en grande partie gelés et rendaient périlleux le franchissement de cette extravagance de la nature. Sur le flanc de la montagne qu'ils gravissaient, le moindre faux pas entraînerait forcément leur masse dans les gorges ouvertes sous eux.

Il était bien conscient qu'il leur était impossible de faire demi-tour et qu'il fallait être fou pour un cheval de s'engager dans pareil piège. Malgré cela, il ne s'étonnait pas de se trouver là. Loubana avançait méthodiquement, en mesurant la portée de chaque pas. Quo-Vadis avait une confiance absolue en elle et il ne songeait pas un instant qu'ils puissent ne pas sortir indemnes des griffes de ce diabolique défilé.

Les gorges petit à petit s'élargirent et une grande luminosité les aveugla quelques instants. Sous leurs pieds, le sentier se fit plus confortable et la chanson des ravinements reprit comme autant de petits cliquetis annonçant la fin de l'épreuve. La robe de Loubana brilla soudain du même éclat que la plaque de neige qu'ils durent traverser en sortant de la cavité.

Légèrement ébloui, Quo-Vadis s'arrêta et cligna des paupières avant de contempler le nouvel horizon. L'air vif lui indiqua qu'ils se trouvaient à une haute altitude. Le paysage était fantastique. Au-dessus de chaque chute d'eau, les rayons du soleil transformaient les embruns en une bruine moirée, tandis que des roches noires chauffées par les feux du jour, montait l'haleine de la terre qui vacillait dans l'air cristallin.

Ses yeux retrouvèrent Loubana, immobile sur un pont de pierre naturel où elle l'attendait avec une joie manifeste. Il se demanda si ses sens ne le trompaient pas, s'il n'était pas en train de vivre un rêve, s'il ne se trouvait pas dans une espèce de monde transitionnel qui se serait servi de la beauté terrestre pour mieux le tromper.

Après le pont, le torrent se transformait en cascade avant de s'assagir en se frayant un passage tortueux dans le paysage rocailleux. Ils amorcèrent une lente descente par une pente douce le long du lit de la rivière. Ils longèrent un certain temps les berges du torrent, puis traversèrent ses eaux glaciales pour gravir une colline où serpentait un chemin tracé par le piétinement fréquent de nombreux sabots. Ils hâtèrent de concert le pas et parvenus en haut s'arrêtèrent côte à côte.

Baignée par la lumière chaude des derniers rayons s'ouvrait le havre inattendu d'une vallée luxuriante. En arrière plan, la masse mordorée des forêts, assoupie aux pieds de monts géants, soulignait l'immensité claire des prairies où paissait une quantité inimaginable de chevaux.

Loubana observait Quo-Vadis figé dans son expression de surprise. Lorsqu'il réalisa qu'elle continuait son chemin, il dévala au petit trot la distance qui les séparait. Côte à côte, ils franchirent les derniers kilomètres et prirent le galop pour rejoindre les plus proches membres du troupeau dispersé. Au fur et à mesure de leur approche, ceux-ci remarquant leur présence, commencèrent à accourir les uns après les autres à leur rencontre. Au lieu de ralentir, Loubana accéléra l'allure en hennissant à tue-tête. Les premiers chevaux abordés les escortèrent en claironnant leur salut, imités petit à petit par tous les autres, si bien que la vallée tout entière résonna de mille hennissements. Comme saisi de brusque folie collective, tout le troupeau fut bientôt en mouvement, galopant ventre à terre. Au milieu d'eux, entouré, salué, submergé, Quo-Vadis ne savait plus si c'était ses propres jambes qui le menaient ou celles de ses frères qui l'emportaient littéralement dans le vertige frénétique de leur liberté.

Dans la confusion de cette irréelle mouvance, disparaissaient le nombre et l'incroyable disparité des individus. Jamais il n'avait vu tant de races différentes. Il y en avait de toutes sortes, du plus petit au plus gigantesque, du plus clair au plus foncé mais chacun semblait propulsé par la même foulée, les plus forts s'accordant aux plus faibles, les plus rapides aux plus lents. Serrés les uns contre les autres, unis par un même effort, ils s'entraînaient avec la force d'une houle vivante qui n'aurait pour simple gageure que la cohésion de ses atomes.

Lorsqu'enfin ils se calmèrent, Quo-Vadis était hors d'haleine. Toujours à ses côtés, Loubana rayonnait d'excitation.

– Bienvenue Quo-Vadis ! annonça-t-elle solennellement, bienvenue dans notre vallée secrète !

Quo-Vadis ne parvenait toujours pas à identifier l'une de ses époustouflantes émotions. Il se sentait à la fois protégé et écrasé par l'étonnante sollicitude de ces regards. Avant de récupérer totalement son souffle, il vit ses frères s'écarter pour laisser s'avancer jusqu'à lui un cheval immense. Il s'arrêta à quelques pas et ses yeux lui sourirent. Quo-Vadis fut si impressionné qu'il en oublia les règles élémentaires de courtoisie. L'inconnu baissa le nez vers lui. Sa robe était d'un noir d'ébène et sur sa lourde tête soutenue par une encolure massive ressortait le dessin blanc d'une liste dont le tracé finissait en rose entre ses naseaux. Son corps de colosse reposait sur des membres hauts et solides.

– Te voilà au bout de tes peines ; parmi nous, tu es en totale sécurité, déclara-t-il d'une voix de stentor.

Loubana se pressa contre lui :

– Voici Tabor ; c'est le plus ancien ici ; les autres se présenteront petit à petit car tu sembles exténué ; de toute façon, tu as tout le temps pour apprendre à nous connaître tous !

– Oui, reprit le géant noir, repose-toi donc, passe une bonne nuit, demain est un autre jour.

Sur ces mots il se retira et les uns après les autres, les membres du troupeau se détachèrent petit à petit pour s'éloigner par petits groupes d'affinités ou même par couples. Très vite, Loubana et Quo-Vadis se retrouvèrent seuls. Longtemps, ce dernier les observa se disperser dans la grande prairie gagnée par le clair-obscur du crépuscule. Tandis que leurs silhouettes s'évanouissaient doucement, il se sentait envahi par la vague d'un sentiment inattendu et contradictoire, une sorte d'irrésistible tristesse. À côté de lui, Loubana veillait patiemment. Il se tourna vers elle avec une infinie lenteur et chercha le refuge de ses yeux :

– Tout ce chemin parcouru Loubana, tout ce temps perdu !

– Rien n'est jamais tout à fait vain, murmura-t-elle.

– Et si seul… Toujours si seul, reprit-il.

– On n'est jamais aussi seul qu'on se l'imagine.

– J'étais prêt à mourir…

Il détourna les yeux vers l'horizon.

– Qui sont-ils ?

– Certains d'entre nous sont nés dans cette vallée mais ce ne sont pas les plus nombreux !

– Exactement comme dans mes visions d'autrefois… C'est drôle… Je ne parviens pas à m'en réjouir.

Elle soupira longuement :

– C'est normal, c'est toujours comme ça au début ; il faut du temps pour se faire à cette autre réalité.

– Du temps, Loubana ! J'en ai beaucoup plus derrière moi que devant moi.

– Ici les années ne comptent pas de la même façon !

Quo-Vadis ne parvenait pas à maîtriser les sentiments ambigus qui s'emparaient de lui. À chaque fois qu'il posait les yeux sur Loubana et la reconnaissait si magnifique, si éblouissante de réalité, il se sentait le cœur aussi léger qu'aux premiers jours de son existence, et pourtant lorsqu'elle lui parlait d'avenir, il pensait au passé, à tout ce temps vécu sans elle qui pour la toute première fois de sa vie lui paraissait perdu.

Comme si elle avait compris son désarroi, elle se pencha

contre lui et leurs respirations se mêlèrent. Il sentit un bien être immense l'engloutir et sa tristesse s'enfuir comme par miracle.

– Viens, souffla-t-elle sans bruit, tu es épuisé.

Elle s'écarta et la vague de chaleur qui ondula le long de son corps quand elle le frôla, l'électrisa, ainsi qu'il s'en souvint brusquement le faisait Mouschi en marchant sur son dos. Il s'empressa de la suivre en se serrant au plus près d'elle.

La vallée baignait maintenant dans une pénombre bleutée. C'était une nuit claire et limpide, ouverte comme un livre où tout serait écrit. Cette sensation inexplicable où le moindre atome, la moindre parcelle de vie vibre de l'imperturbable certitude d'appartenir à une essence universelle, Quo-Vadis la ressentait comme il ne l'avait jamais ressentie.

Blotti contre Loubana qui l'avait conduit sous le couvert d'un bosquet, il s'endormait doucement. C'était le plus merveilleux sommeil de sa vie. Libéré de tout souci, il glissait avec lenteur dans un alanguissement moelleux. Loubana ne dormait pas et veillait sur son repos. Le chant cristallin d'un rossignol perça soudain la nuit et elle perçut un dernier tressaillement chez son compagnon. Toute la nuit, il rêva de la réalité vécue la veille avec la conviction absolue qu'il se réveillerait en constatant qu'il s'agissait bien d'un rêve. Lorsqu'il ouvrit les paupières au point du jour, et découvrit l'image fidèle de Loubana, il fut si surpris que malgré lui il fit un léger bond de côté. Elle lui sourit à sa manière et s'étira :

– J'ai passé une bonne nuit, déclara-t-elle, viens allons nous désaltérer.

Sans attendre sa réponse, elle se mit en marche face au soleil levant et sa silhouette s'auréola de lumière. Il la regarda s'éloigner avec ravissement.

Dans la claire lumière matinale, l'extraordinaire vallée se révélait comme un fabuleux décor de paradis. L'absence de Loubana dans l'espace qui l'entourait lui parut soudain si insupportable qu'il s'élança sans transition pour la rejoindre. Elle l'attendait non loin. Une fois à sa hauteur, ils prirent le galop tout en cabriolant avec l'insouciance des jeunes. Ils s'en donnaient à cœur joie, laissant spontanément exploser cette gaieté simple née du miracle de leur rencontre. Ils se penchèrent ensemble au-dessus des eaux glaciales d'un torrent pour étancher leur soif. À chaque gorgée avalée, Quo-Vadis avait l'impression de prendre un peu plus sûrement pied dans l'enchantement de la réalité.

– Comment est-ce possible ? se demanda-t-il à haute voix.

– Quoi donc ?

– Cette vallée... Ces chevaux... Et toi, toi... Loubana ?

Elle plongea ses yeux couleur de clair de lune dans les siens. Il la dévisagea, bouleversé, incrédule et terriblement attiré. Elle s'approcha plus près et se mit à observer l'horizon montagneux :

– Cet endroit miraculeusement abrité a existé bien avant nous, déclara-t-elle, nous savons qu'il s'agit du cirque gigantesque d'un ancien volcan qui a dû exploser lors d'une éruption. Puis le temps a fait son œuvre ; les restes du cratère se sont transformés en pics, en glaciers, ce qui a protégé l'intérieur et donné cette extraordinaire configuration.

– J'ai parcouru bien des contrées de ce monde, jamais je n'avais pu découvrir un seul endroit resté à l'abri des humains.

– Nous vivons avec la crainte de leur venue, mais c'est peut-être ça qui nous fait profiter de chaque jour.

Se retournant vers lui, elle lui proposa en changeant de ton :

– Que dirais-tu de visiter notre vallée ?

– Est-ce si vaste ?

– Nous n'en ferons pas le tour en un jour, mais le temps ne manque qu'à ceux qui le perdent, n'est-ce pas ? s'exclama-t-elle en agitant sa lourde crinière !

De pied ferme, elle bondit par-dessus le torrent et s'élança ventre à terre sur l'autre rive. Il l'imita joyeusement.

Cette première journée les conduisit jusqu'aux limites nord de la vallée. Les jours suivants, ils piquèrent vers l'ouest avant de revenir par le sud d'où Quo-Vadis avait débouché, guidé par Loubana. Ils évitèrent l'est où s'étendaient d'épaisses et mystérieuses forêts que les chevaux n'aimaient guère pénétrer. Au gré de leur progression, ils rencontrèrent un peu partout des petits groupes de chevaux, parfois des couples, dont Quo-Vadis fit au fur et à mesure la connaissance. Ces congénères vivaient ainsi, unis ou appariés par leur seule volonté et la fantaisie de secrètes affinités. Ainsi les rassemblements formés étaient-ils souvent hétéroclites et cocasses. Tous se révélaient amicaux et réservaient un accueil des plus enthousiastes au nouveau. Régulièrement, certains les accompagnaient un bout de chemin selon leur humeur puis finissaient par les laisser en tête-à-tête.

Partout la nature regorgeait d'herbes et de plantes nourrissantes, de ruisseaux désaltérants ainsi que d'abris sûrs. Quand il faisait trop chaud, ils s'arrêtaient sous le couvert de quelques petits bois et s'assoupissaient l'un à côté de l'autre tel un vieux couple inséparable.

Quo-Vadis ne se souvenait pas d'avoir été aussi heureux, ni d'avoir éprouvé un sentiment aussi puissant pour quelqu'un. Lorsqu'il lui arrivait de rêver qu'il était séparé d'elle, il s'éveillait en tremblant, couvert d'une sueur froide et ne parvenait plus vraiment à trouver le repos. Il était alors capable de la regarder dormir des heures durant et le simple fait de sentir contre lui sa chaude respiration ramenait la paix à son cœur. Tout ce qui avait trait à Loubana l'intéressait. D'elle il aurait voulu tout connaître, tout apprendre, mais à bien des égards la jument lui ressemblait; tout comme lui, elle n'aimait guère aborder ce qui avait été, et avait horreur de parler d'elle-même. Aussi, malgré l'immense complicité qui les relia spontanément, ignorait-il tout de son passé alors qu'il lui semblait parfois qu'elle savait tout de lui.

Au bout de quelques jours passés à arpenter la vallée à ses côtés, il se rendit compte qu'il était capable de prévoir ses réactions, de la deviner et la comprendre ainsi qu'on le fait d'un être qu'on côtoie depuis des années. Il découvrit en fait qu'elle fonctionnait de la même manière que lui et qu'ils éprouvaient souvent au même instant le même sentiment. Cette empathie naturelle les rapprochait au point de rendre inutile tout discours, toute communication. Aussi leur arrivait-il de marcher, brouter, somnoler des heures, voire des jours sans échange et les gestes les plus banaux étaient accomplis dans un bonheur absolu.

Bercés par le temps, ils oublièrent leur isolement et les impératifs communautaires. Lorsqu'ils atteignirent finalement l'endroit où Quo-Vadis avait découvert la vallée, Loubana annonça à son compagnon qu'il était grand temps de rejoindre le lieu principal de rendez-vous car il était d'usage que l'ensemble des chevaux se retrouvât régulièrement.

Le soir même, ils avaient rejoint le cœur de la vallée. Ils furent accueillis avec un enthousiasme chaleureux. Lorsque l'ensemble des chevaux les eut approchés et salués, Tabor marcha vers eux et son timbre grave vibra avec la puissance d'un écho :

– J'ai appris que tu te sentais bien parmi nous et cela réjouit mon cœur car ici chacun se félicite du bien-être de tous.

– Comment pourrait-il en être autrement ? opina Quo-Vadis légèrement intimidé.

Les yeux de celui-ci brillèrent de satisfaction, mais Quo-Vadis crut y lire un fond de méfiance irrépressible.

– Nous vivons par et pour la communauté ; aussi y a-t-il nécessairement des règles, si tu en éprouvais la moindre frustration, un jour ou l'autre tu voudrais les transgresser et ce serait dramatique pour tous.

– J'ai beaucoup d'années derrière moi, Tabor, et j'ai payé le prix de la solitude. Que rêver de mieux que de vivre ici le reste de mon âge ?

– Tout est bien alors... Mais qu'as-tu donc de plus, poursuivit-il sur un tout autre ton, pour avoir réussi à séduire le cœur solitaire de Loubana ?

Troublé par cette question inattendue, Quo-Vadis hésita.

– C'est un peu comme si nous nous connaissions depuis toujours, renchérit la jument blanche.

Tabor tourna sa tête massive vers elle avec une lenteur majestueuse :

– Cela me comble Loubana, déclara-t-il solennellement, car ta solitude a toujours jeté une ombre sur mes plus grandes joies. Puisse Quo-Vadis t'apporter ce qu'aucun d'entre nous n'a pu te donner.

Ils échangèrent un long regard chargé de respect et de tendresse puis le géant noir pivota et s'éloigna d'un pas digne. Sans tarder, ceux qui avaient assisté à l'entretien l'imitèrent. Pour la toute première fois de son existence, Quo-Vadis ne se sentait plus seul mais compris et reconnu.

Plusieurs minutes s'étaient écoulées depuis le départ des autres et sans s'en apercevoir, les yeux plongés dans ceux de la jument, il y cherchait la réponse à la dernière question qu'il se posait.

– Quand je t'ai vu en haut de la crête, commença-t-elle alors dans un souffle, c'est étrange...

Elle se tut et son regard se perdit comme pour mieux chercher la vérité.

– Je n'ai eu aucune surprise, c'était comme si je t'avais

toujours attendu sans le savoir, termina-t-elle.

Il appuya son chanfrein contre son encolure et enfouit sa tête dans ses crins. Il aurait aimé lui dire combien il avait été fasciné par sa beauté et combien cette beauté elle-même paraissait maintenant dérisoire à son cœur, mais cet aveu se situait au-delà de tout langage.

Les paupières baissées, il sentait monter une brusque chaleur intérieure qui ressemblait à une présence. Puis d'un seul coup, lui revinrent en mémoire tous ses doutes, tous ses espoirs et il reconnut le véritable sens de sa quête.

CHAPITRE 20

Le vol en formation des oies sauvages détourna le regard de Quo-Vadis qui contemplait silencieusement la naissance du jour au-dessus des gardiens de glace. Le départ des oiseaux était l'un des premiers signes de la fin de l'été. Déjà sur les sommets les plus audacieux où une lumière prodigieuse coulait des fontaines de l'aurore, le manteau de neige s'était déployé et étendait plus bas sur les épaules des montagnes ses pans phosphorescents.

Depuis son arrivée dans la vallée, au printemps de l'année précédente, il avait pris l'habitude de s'éveiller peu avant l'aube pour admirer le lever du soleil. Ce spectacle toujours fantastique, le plongeait chaque fois dans une humeur égale, sans faille ni tracas. Ce matin pourtant, à son grand étonnement, il sentit son cœur s'oppresser au passage des grands oiseaux migrateurs. À côté de lui, comme si elle l'avait aussi pressenti, Loubana s'était tournée vers lui. Ils ne se quittaient pratiquement jamais et partageaient tout. À la vision si familière de son image, il fut de nouveau saisi par cet étrange pincement intérieur :

– Qu'as-tu donc, lui demanda-t-elle alors d'une voix si douce qu'il crut sur l'instant s'être lui-même posé la question.

Il avoua d'un ton volontairement distrait :

– Je ne sais pas au juste, les oies sauvages…

Elle ne répondit d'abord rien, attentive à ce qui l'avait empêché de terminer sa phrase puis déclara :

– Ce n'est qu'un été qui s'enfuit.

De quel ordre était donc cette tristesse sourde qui aujourd'hui poignait sans raison dans son cœur ?

De joyeux hennissements les arrachèrent soudain à leurs troublantes préoccupations. D'un même geste, ils tournèrent l'encolure dans leur direction. C'était un petit groupe de poulains adolescents qui venaient les saluer. Caracolant de gaieté, ils approchaient à plein galop. Comme jaillis par miracle de la mémoire du jour, ils apportaient en chassant le silence de la nuit, le bruit qui renaît avec les premiers rayons. Quo-Vadis en oublia ses soucis et attendit l'arrivée des jeunes. Espiègles, ils tournèrent d'abord plusieurs fois autour de leurs aînés puis finirent par s'arrêter. Leurs corps tièdes exhalaient une odeur vivante où les adultes retrouvaient sans le savoir le précieux souvenir de l'insouciance.

Tout comme Loubana, Quo-Vadis adorait partager les jeux de ses jeunes congénères. Ils admiraient Loubana pour sa souplesse et Quo-Vadis pour sa rapidité. Parmi eux, un fougueux pur-sang que seul Quo-Vadis parvenait à battre à la course, était le plus assidu. Sirocco, tel était son nom, n'avait point de cesse de le provoquer jusqu'à ce qu'il acceptât de rivaliser, sûr de parvenir un beau jour à le battre. Quo-Vadis savait bien que ce jour ne tarderait guère à venir mais il aimait ce défi. Il en avait besoin.

Ce matin-là, le jeune pur-sang se sentait particulièrement en forme et brûlait du désir de défier son aîné. Il s'immobilisa face à Quo-Vadis et les naseaux frémissants émit une série de petits hennissements impatients. Amusé, l'intéressé lui fit comprendre qu'il n'était pas encore disposé à le suivre. Les oreilles pointées vers lui, il se mit à détailler le dessin fuselé de son corps athlétique ; les attributs de la vitesse étaient tellement ciselés dans cette belle chair animale, qu'il se demanda avec anxiété comment diable il lui était encore possible de rivaliser, comment ses os, ses tissus, rodés, lissés, usés, tannés par les ans, comment sa chair à lui fut capable de battre ce coursier né.

L'impatience de son jeune congénère lui parut brusquement insolente. Il rabattit les oreilles, roula des yeux menaçants et frappa furieusement de l'antérieur. Surpris par cette humeur peu coutumière, Sirocco recula et une interrogation éperdue couva dans son regard. Cette réaction disproportionnée chagrina Quo-Vadis qui pour se racheter bondit vers lui en le bousculant d'un élan taquin.

Loubana s'élança dans une allure cadencée à laquelle tous,

aussitôt, s'accordèrent. La bonne humeur du petit groupe et la perspective d'une matinée active eurent vite raison de la mélancolie dans laquelle Quo-Vadis avait commencé la journée. Lorsqu'ils parvinrent à la rivière, il dut de nouveau repousser les invites de Sirocco. Ils se désaltérèrent et prirent le temps de brouter un peu.

Loubana fut la première à lancer le jeu. Comme elle l'avait fait lorsqu'il l'avait découverte, elle défia les jeunes pour esquiver avec son aisance caractéristique leurs charges les plus audacieuses. Quo-Vadis les observa un certain temps d'un œil faussement distrait, en feignant d'ignorer les approches empressées du bouillant pur-sang. Il arpentait les berges d'un pas ample et dégagé, cependant il sentait la fièvre de l'action temporisée le gagner. Il explosa soudain en décollant du sol des quatre membres et termina en une formidable cabriole tandis qu'un long cri strident jaillissait de sa gorge.

Il se retrouva au centre de la ronde de jeu qui s'accéléra comme sous la poussée d'une manivelle. Dès lors, ce ne fut qu'une mêlée insondable de corps en délire, un tourbillon méconnaissable de taches de couleur qui jetait dans la paix matinale sa cacophonie incongrue. Petit à petit, le rythme s'emballa, le projectile vivant d'une première échappée fut aussitôt rejoint par un second puis un autre, et ainsi de suite. Du chahut tourbillonnant ne resta qu'un nuage de fumée qui déjà se dissipait pour suivre la trajectoire des huit chevaux lancés ventre à terre. Au milieu d'eux, la silhouette de Loubana semblait entraînée par le déplacement d'air généré par cette course insensée; galopant à la limite de ses possibilités, elle fut cependant très vite distancée.

Peu après, deux jeunes durent aussi lâcher pied. Les trois autres restants tinrent encore un bon moment la charge enragée menée par Quo-Vadis et Sirocco, puis ceux-ci finirent par se retrouver seuls, côte à côte. Tous deux s'observaient furtivement. Quo-Vadis savait que sa plus grande chance résidait dans l'usure des jeunes forces de son rival, aussi résistait-il avec un courage mêlé d'ivresse à l'aiguillon de sa propre envie. Rien ne pouvait désormais le faire renoncer à cette course qui, même perdue, serait une victoire. Ses poumons pouvaient bien exploser, ses membres se briser, son cœur éclater, qu'importait! Puisqu'au bonheur de courir se substituaient la sensation de vivre et peut-être même le secret désir de mourir.

À une demi-longueur devant, il aperçut la forme fuyante de Sirocco qui venait d'accélérer ses foulées. Sans effort conscient, il se retrouva à sa hauteur, leurs deux chanfreins sur une même ligne. En tournant à peine sa pupille, il croisa un regard de Sirocco qui trahissait une farouche volonté de vaincre. Lui ne ressentait rien de comparable. Au contraire, il constatait, non sans surprise, qu'il souhaitait se sentir faiblir, être contraint de se laisser déborder par l'acharnement de son jeune rival. Pourtant il tenait bon. Avec les secondes qui s'enchaînèrent, il lui semblait être parvenu au-delà de la limite de sa résistance physique et être dorénavant capable de tenir pour l'éternité ce train d'enfer. Aucun essoufflement ne limitait ses poumons, aucune douleur musculaire ne freinait ses foulées. Il galopait à corps perdu et ce galop sans but ne ressemblait à aucun des milliers de galops de sa vie. Ce galop-là ne lui appartenait pour ainsi dire plus, il n'en décidait plus, il prenait au contraire possession de lui, un peu comme les danses primitives s'emparent des corps au travers desquels elles s'expriment.

L'idée de perdre Loubana le glaça soudain d'effroi. Tandis qu'il décélérait, le frisson glacial se transforma en une formidable sensation de chaleur. Sa température avait atteint un tel degré qu'il croyait sentir bouillir son sang dans ses veines. Il s'arrêta enfin, palpitant, hébété, aussi désorienté qu'au sortir d'un coma. Son thorax se soulevait à un tel rythme qu'on l'eût dit en proie à des assauts intérieurs. Le groupe de ses congénères venait maintenant à lui, mais il ne les voyait pas. La clameur confuse de leur appel l'atteignit cependant et dans la grande allégresse qu'ils traduisaient, il ne reconnut que le cri effrayé de Loubana. Le déferlement de leur enthousiasme l'assaillit ainsi qu'une gifle réveille d'un évanouissement, mais il resta de marbre.

– C'est fou, c'est fou ! claironnait Sirocco en bondissant autour de lui, tu n'as jamais galopé aussi vite.

Sur l'exaltation de ces paroles s'imposa néanmoins la gravité d'un ton plus percutant.

– J'ai cru que rien ne t'arrêterait…

Il chercha des yeux Loubana dont il venait de reconnaître la voix. Tous s'étaient immobilisés et le buvaient du regard mais il ne distinguait que l'inquiétude secrète de la jument.

Marcher, oui bien sûr, pensa-t-il, c'était bien la seule chose qu'il fut en mesure de faire. Sans autre transition, il s'engagea dans un pas alerte. Cette allure modérée le raccordait au monde des vivants. La soif l'assaillit alors et il retrouva la sensation des limites de sa chair. Les jeunes l'escortaient au petit trot en caracolant. Loubana, silencieuse, s'accordait à son pas. Au bout de plusieurs minutes, elle lui suggéra :

– Poussons jusqu'aux cascades de miel, nous n'en sommes plus loin, tu pourras boire et te rafraîchir.

Alors seulement, il ressentit cet immense bien-être qui accompagne le retour au calme après un violent effort physique. Il respira pour la première fois à pleins poumons et avec cette profonde inspiration entra en lui la grande haleine du monde extérieur. Il regarda Sirocco qui marchait à sa droite à quelques pas de lui.

– Dis-moi, Sirocco, as-tu donné tout ce que tu pouvais ?

Le poulain se rapprocha et ses yeux brillèrent d'une flamme ardente et passionnée :

– J'ai galopé à la limite du possible ; on aurait dit que tu avais quitté le sol !

Ils continuèrent leur route en silence et ne tardèrent pas à atteindre leur but. Les autres jeunes les avaient précédés et s'ébattaient déjà dans un large bassin écumant formé par les chutes vertigineuses d'une rivière. À leur vue Sirocco prit le galop pour les rejoindre. La bruine des cascades qui s'élevait à contre jour créait une véritable féerie de luminescences et la belle coulée liquide prenait des teintes dorées avant de se transformer en écume rugissante.

Dès qu'ils furent à leur tour sous cette pluie sans trêve, Loubana et Quo-Vadis s'immobilisèrent pour mieux en apprécier le délice vivifiant. Les milliers de perles miniatures recouvrirent leurs crins et les poils de leurs robes d'une résille scintillante. Le bienfait de cette eau ruisselante sur son corps échauffé était tel que Quo-Vadis en oublia sa soif.

Quand il rejoignit Loubana près des berges du bassin, elle ploya son encolure vers lui d'un geste presque maternel.

– Tu ne dois plus rivaliser avec Sirocco, murmura-t-elle à son oreille.

– Ce n'était pas contre Sirocco que je courais, reconnut-il sans y avoir réfléchi.

– Justement.

Il se dégagea avec une infinie douceur pour pouvoir

presser ses naseaux contre le velours des siens.

– J'ai galopé toute ma vie à la limite de mes forces…

– Tu n'en pas plus besoin.

– C'est ce que je croyais ; c'est plus fort que moi.

– On ne choisit pas sa mort.

– Non, acquiesça-t-il, mais sa façon de vivre, si.

– Tu es ce que j'ai de plus précieux, Quo-Vadis.

– Tu l'es aussi pour moi, Loubana ; tu ne dois pas en douter.

Malgré son aveu, le regard de la jument blanche s'embruma d'une telle interrogation qu'il préféra détourner les yeux. Pour la toute première fois, il se sentait loin d'elle et en était désemparé.

Le soleil était maintenant haut dans le ciel et il faisait très chaud. Les jeunes continuèrent à jouer dans le bassin et leurs ébats soulevaient des gerbes d'écume qui ressemblaient à de grands bouquets de fleurs étincelantes. Il les observa avec cette vague nostalgie que ressentent les adultes pour l'enfance.

Son regard finit par se perdre dans le tumulte de la cascade. En contemplant cet écoulement ininterrompu, ce robinet d'abondance ouvert sur le cours du temps, il songea aux sources misérables des oasis si péniblement arrachées au ventre des sables. Il se rappela alors combien son existence avait dépendu du bon vouloir des humains et aussi curieusement combien cette période de sa vie avait été remplie de bonheur. De quelle nature avait donc été ce dernier puisqu'il était persuadé avoir trouvé dans cette vallée le véritable bonheur ?

Il avait complètement oublié la présence de Loubana à ses côtés et tressaillit en la sentant soudain se presser contre lui. Elle fit mine de ne pas le remarquer et se mit à frapper l'eau de son antérieur. Les remous brassés de la rivière débarrassaient sa robe de toute souillure, la lustraient, la polissaient et la magnificence de la jument se révélait dans sa vraie nature. Quo-Vadis avait reculé de quelques pas pour mieux l'admirer. Fasciné par tant de grâce et de beauté, son cœur, de nouveau, ne battait plus que pour elle.

Plus tard, ils se roulèrent avec les jeunes dans la poussière puis se lavèrent dans l'eau de la rivière. Ils passèrent ainsi la journée, infatigables, insouciants, guidés par leur seule joie de vivre. La coulée du temps avait repris un caractère si anodin qu'ils avaient oublié les tracas de la matinée.

Juste avant le déclin du jour, ils se mirent en quête d'un abri pour la nuit. Ils repérèrent un haut rocher qu'ils connaissaient bien. La nuit s'annonçait claire et le pâle disque lunaire avait veillé dans le ciel bien avant la disparition du soleil. Ils le virent scintiller plus fort d'heure en heure, transformant l'auguste paysage de la vallée en un mystérieux théâtre d'ombres qui animait les formes les plus inertes. Ils s'endormirent avec l'image d'un groupe de congénères dont les silhouettes sombres se dessinaient en filigrane sur fond d'argent et glissaient avec l'élégance des cygnes à la surface d'un lac astral.

Peu de temps après avoir plongé dans le sommeil, Quo-Vadis fut réveillé par l'étrangeté de son rêve. Il s'était vu galopant à perdre haleine comme ce matin puis s'enfonçant dans une espèce de grand brouillard où il ne distinguait plus rien. Au sortir de cet étourdissement, il reconnaissait le club hippique de son jeune âge et mécaniquement se dirigeait vers sa stalle entre ses deux amies, Pain-d'Épices et Petrouchka. Curieusement cependant, ce n'était pas le Quo-Vadis de cette époque qui retrouvait sa place, mais bel et bien le cheval vieillissant qu'il était devenu et après toutes ces années, ses deux compagnes ne s'étonnaient même pas de son retour, ne lui posaient aucune question. Elles l'observaient à la dérobée d'un regard chargé de reproches qu'il ne comprenait pas. À ce moment de son rêve, il éprouva un tel désarroi qu'il eût l'impression de basculer dans le vide. Il sursauta et s'éveilla.

À ses côtés, Loubana dormait profondément. Troublé par ce rêve, il tendit l'oreille aux bruits de la nuit. Les oiseaux nocturnes tenaient un concert assourdissant et leurs chants étaient aussi joyeux que ceux de leurs congénères diurnes. Pour ne pas réveiller sa compagne, il s'éloigna tout doucement. Son déplacement devint clandestin lorsqu'il atteignit le commencement de la prairie. De gros nuages avaient éteint les étoiles mais à leurs limites, le bleu sombre du ciel ouvrait les perspectives incommensurables du cosmos. Dans son environnement immédiat, les grillons s'étaient tus et derrière ses pas leurs crissements inlassables reprenaient à l'unisson comme des portes imaginaires sans cesse ouvertes puis refermées sur sa progression.

Il s'immobilisa pour entendre de nouveau le chant de ceux qu'il avait dérangés. Il ne voulait pas perturber l'ordre de la nuit. Car la nuit est aussi active que le jour, et elle parle aux êtres diurnes qui lui prêtent oreille. Bousculé au cœur de son repos par son propre univers intérieur, Quo-Vadis tentait de saisir les messages de cet autre monde auquel il avait la farouche impression d'appartenir. Au fil des minutes, la métamorphose s'opéra et il s'identifia à ce double qui, à force de passer tant de nuits à fuir, avait fini par devenir un habitant de l'obscurité que les ténèbres n'effrayent plus. Cette époque n'était pas vraiment révolue. Elle vivait encore en lui.

D'instinct, il leva le nez vers le ciel et découvrit, juste à la frontière des continents et de l'océan des cieux, un morceau de lune phosphorescent qui semblait cligner de l'œil. Puis les nuages poursuivirent petit à petit leur course et le cyclope apparut dans toute sa rondeur. Il se souvint de cette nuit glaciale où, prisonnier de la terre, il avait été ainsi interpellé par l'astre de la nuit. Il réalisa alors combien sa prison était étroite et combien le besoin de s'en échapper se faisait pressant. Sans surprise, ni tristesse, il comprit alors ce qui avait oppressé son cœur ce matin et l'avait poussé à galoper à la limite de sa résistance.

Lorsqu'il s'éveilla, la pleine lune avait disparu et l'infini s'ouvrait sur un gouffre bleu sombre sans aucun scintillement. Il régnait un silence total. À quel monde appartenait-il donc ? Certes, il savait bien que l'heure bleue, tout comme l'angoisse de la mort ne dure pas ; pourtant au deçà et au-delà ainsi que l'alternance des ténèbres et de la lumière, le cœur des vivants ne s'essouffle-t-il pas d'un sentiment à l'autre avant de finir par ne plus rien attendre ? Avec la naissance du jour, une détresse sourde s'ancra inexorablement en lui.

Lorsque Loubana sortit à son tour du sommeil, elle l'aperçut, immobile, dressé vers l'horizon, inaccessible, à quelques dizaines de mètres de leur refuge. Le cœur oppressé, elle marcha vers lui et s'arrêta à sa hauteur. Il ne se détourna pas, garda les yeux dans le vague, puis comme s'il se parlait à lui-même, déclara d'un ton blessé :

– Je n'ai jamais vu de paysage aussi beau… Ces montagnes, ces prairies, ces arbres, ces fleurs, ces rivières, me croiras-tu, si je te dis ce qu'ils me rappellent ?

Elle ne répondit rien mais contempla aussi la lumière qui montait de l'est.

– Ils me rappellent un horizon plat, nu, aride, sans prairies, sans fleurs, sans arbres, ni rivières… Ils me rappellent le désert.

Il la sentit soudain peser contre son encolure puis délicatement, du bout des dents, fourrager dans ses crins pour gratter l'endroit précis où le fer rouge avait à jamais boursouflé les chairs.

– La marque des humains n'a pas seulement flétri le cuir de ta peau; qu'est ce qui te tourmente? Tes pensées m'échappent.

Avec une infinie douceur, il se dégagea pour capter son regard :

– Je n'ai jamais ressenti ce que je ressens pour toi Loubana, je t'aime plus que moi-même, et quoi qu'il arrive, tu ne dois jamais en douter.

– Que doit-il arriver?

Il ferma les yeux longuement puis les rouvrit pour reprendre :

– Je ne peux pas rester dans cette vallée. J'ai usé ma vie à la chercher, maintenant le temps m'est compté. Je n'ai plus le choix; avant d'arriver ici, j'ai vécu avec les derniers chevaux sauvages que les humains pourchassent sans répit. Comment vivre en paix avec ce souvenir?

– Es-tu seulement sûr qu'ils te croiraient si tu leur parlais de cette vallée?

– Même si un seul d'entre eux devait me croire, pour lui je dois partir; je dois faire connaître l'existence de ce paradis.

À ce moment, il lut une telle détresse dans le regard de Loubana qu'il s'en voulut à mourir.

– L'idée de te perdre me poignarde le cœur Loubana, accompagne-moi.

Mais le ton de ses paroles n'était pas convaincu.

– Vas où ta foi te mène Quo-Vadis car à mes yeux, il n'y a pas de plus belle preuve d'amour. Moi, je danserai pour toi, chaque jour qu'il me reste à vivre.

Il se rapprocha si près d'elle que leurs deux têtes se confondirent.

– Sais-tu que nul n'est jamais parti d'ici? lui murmura-t-elle.

– Je partirai dès aujourd'hui, tu leur expliqueras.

Elle rompit le contact en reculant d'un pas, ferma les yeux et secoua négativement la tête.

– Ce n'est pas si facile. Le passage du sud est déjà sous plusieurs mètres de neige et ne sera praticable qu'à la fin du prochain printemps.

– Je ne peux pas attendre ; il doit y avoir un autre moyen.

Elle se redressa majestueusement et tourna sa belle tête vers la lumière naissante.

– Au-delà des forêts de l'est, il y a un ravin, pratiquement infranchissable, mais je connais un endroit, un seul, où un cheval habile peut le franchir. Je t'y accompagnerai puis j'irai aussitôt prévenir Tabor.

– Prévenons le maintenant.

Elle secoua lentement son encolure :

– Tabor est le seul, avec moi, à connaître ce passage ; il n'aime pas que les chevaux se risquent là-bas ; il ne comprendra pas pourquoi je t'y conduis.

– Lorsque tu me l'auras montré, j'irai voir Tabor, je lui expliquerai.

– Il t'empêchera de partir !

– Je ne parviendrai jamais à franchir ce ravin si je sais que Tabor te le reprochera.

– Si nous partons maintenant, nous atteindrons les forêts avant les heures de grande chaleur et pourrons poursuivre sous la fraîcheur des arbres.

Sur ces mots, elle pivota et trotta vers l'est. Il l'imita et s'accorda à son rythme comme il le faisait, lui semblait-il, depuis toujours.

Les forêts qui s'étendaient à l'est de la vallée, formaient une gigantesque barrière naturelle. Habitué à se fier à son sens de l'orientation, Quo-Vadis aurait coupé au plus court et se serait systématiquement trouvé devant d'infranchissables obstacles. Loubana, elle, l'entraînait tantôt à droite, tantôt à gauche. Sur ses pas, s'ouvraient les voies les plus praticables, les trouées les plus spectaculaires et le détour le plus long devenait un précieux raccourci. Dans le décor si terne des lieux, sa croupe blanche lui apparaissait comme une fabuleuse étoile polaire à laquelle il se fiait corps et âme. Peu lui importaient les racines sur lesquelles il trébuchait, les branches pointues qui l'égratignaient, puisqu'à ses yeux, seul comptait alors, ce bonheur condamné de la suivre une dernière fois.

Ils finirent par sortir des sous-bois. De ce côté ci de la vallée, le paysage était plus torturé, plus rocailleux. Livré aux assauts des vents du nord, le relief se sculptait au gré de la résistance des différentes roches qui le composaient et les étendues herbeuses se concentraient dans les endroits protégés. En débouchant de l'orée, Quo-Vadis eut vraiment l'impression d'avoir laissé derrière lui le havre de la vallée.

– À une époque, déclara Loubana le regard perdu, j'y suis souvent venue ; ses pupilles clair de lune s'opacifièrent. J'avais découvert l'existence du ravin, j'aimais le contempler, j'étais terriblement attirée… En fait, tous les chevaux sont venus ici mais la plupart ont peur ; ils ne reviennent pas…

Elle marqua un long temps d'arrêt avant de reprendre :

– Jamais je n'aurais pensé qu'un jour j'aurais tant de tristesse à revenir ici.

Ils prirent une allure soutenue qui leur arrachait des larmes. Puis très vite le sol devint caillouteux et ils durent ralentir. Ils semblaient tous deux téléguidés par une étrange force magnétique. Quo-Vadis n'identifiait pas encore ce qui les attirait. C'était une sorte de chant extraordinairement puissant ; on eût dit que la montagne tout entière se transformait en musicien et accordait sa voix aux sentiments des vivants. Peu à peu pourtant, le chant se fit plus proche, plus assourdissant et soudain, d'un seul regard, Quo-Vadis en comprit l'origine.

La gorge titanesque qui lui donnait voix s'ouvrait là, à quelques dizaines de mètres devant eux. Du nord au sud, sans limites visibles, se creusait la cassure prodigieuse d'un précipice, pareil aux mâchoires ouvertes d'un animal monstrueux. De ses profondeurs abyssales où s'engouffrait le vent, comme d'un cor de pierre, montaient les notes de cette sublime musique.

Ils continuèrent à s'en approcher, puis s'immobilisèrent à deux mètres du bord. L'appel d'air était si puissant que leurs deux crinières se soulevaient en crête sur leurs encolures. Loubana s'avança et parvenue à quelques centimètres du bord, se ploya pour apercevoir le fond. Il crut qu'elle allait être happée par le vide et fut pris d'un violent vertige. Le chant était si fort qu'il aurait été vain d'essayer d'échanger le moindre son. Il attendit qu'elle acceptât de soutenir le poids de son regard et recula prudemment de plusieurs pas. Au lieu de l'imiter, Loubana se mit alors à piaffer sur place puis à longer le vide à une allure sautée.

Saisi à son tour d'une sorte d'exaltation magique, il ne vit pas le danger de cette audace mais la splendeur de l'image. Elle connaissait ce gouffre dans ses moindres détails, ses moindres failles et savait le défier avec la virtuosité du funambule. Alors de nouveau, il se rallia à sa croupe ondulante et la suivit pas à pas jusqu'au bout de son courage.

Il les mena loin car le défilé semblait sans fin. Comme pour leur échapper, il reculait sans cesse devant eux. Par endroit, les assauts du vent étaient si furieux que son hurlement prenait des accents de menace. Quo-Vadis avait alors l'impression de sentir le sol trembler sous ses sabots et s'attendait à voir la falaise s'ouvrir pour les engloutir et les punir de leur témérité. Imperturbable, Loubana continuait cependant à la même allure, sans se retourner.

Puis petit à petit, le relief s'adoucit, le vent tomba et, sur le bord opposé, le paysage se transforma. Les parois rocheuses s'aplanirent, se modelèrent en forme de cuvette qui s'étirait plus loin en goulet d'entonnoir entre les pieds de la chaîne montagneuse de l'est. En face de cette curiosité du décor, elle s'arrêta enfin tout net et se redressa. Privé des falaises qui le prolongeaient, le précipice, ici, perdait de la voix. Quo-Vadis se plaça parallèlement à sa compagne qui au bout d'une silencieuse contemplation, déclara simplement :

– Ici c'est possible ! J'ai arpenté cet endroit du nord au sud sur des kilomètres, nul par ailleurs le précipice est franchissable !

– Ce saut ? Il ne t'a jamais tentée ?

– Si bien sûr !

Puis comme si ses paroles avaient dépassé ses pensées, elle enchaîna :

– Enfin, non, parce que je m'en sais incapable. Tabor et moi, sommes les seuls à connaître cette possibilité.

Sur ces mots, elle recula de plusieurs pas, les yeux glacés d'effroi comme saisie soudain par la peur du vide.

Il examina plus précisément le terrain. Le saut, quoique conséquent, était possible mais il ne pouvait y avoir qu'un seul essai. Il se retourna vers Loubana, qui se tenait en retrait.

– Je ne reviendrai pas ici, annonça-t-elle d'une voix froide en prenant le chemin du retour.

– Je comprends, répondit-il simplement en la regardant s'éloigner d'un pas qui, pour la première fois, semblait peser sur la terre comme du plomb.

Lorsqu'ils atteignirent le lieu de rassemblement, le troupeau tout entier s'y trouvait et au premier regard, ils comprirent que tous étaient au courant. Du fond de la vallée, le colosse marchait vers eux, l'encolure basse, et son pas lourd semblait faire trembler la terre. Tabor n'approchait pas en ami. Les oreilles pointées vers lui, Quo-Vadis l'attendit sans crainte. Ils se retrouvèrent seuls, face à face. Loubana, vint se placer à ses côtés. Tabor se tourna vers elle et lui jeta un regard chargé de reproches :

– Pourquoi lui as-tu montré le chemin ?

– Je te fais la promesse de ne jamais mettre votre paix en péril, s'interposa Quo-Vadis

Tabor secoua rageusement sa tête massive

– Bien sûr que tu la mettras en péril ! Tu conduiras sans même le savoir les humains tout droit ici !

– Non, car je ne reviendrai jamais.

– Aucun cheval ne peut vivre loin de cette vallée quand il l'a connue !

– Je suis trop vieux pour ce bonheur.

En constatant l'animosité grandissante de Tabor, il ressentait un sentiment contradictoire qui le poussait vers lui et le libérait de son propre chagrin.

– J'ai mérité ce repos Tabor ! Pourtant, tu vois, je ne puis m'y résoudre !

Tabor redressa dignement l'encolure et Quo-Vadis crut lire une espèce de douleur lasse dans ses yeux.

– Ton sort m'est égal tout autant que le mien ; ce à quoi je tiens, c'est préserver cette paix aux miens.

– À tous ceux qui sont ici, et les autres ? Tu n'es pas né ici, Tabor, as-tu oublié les autres ?

– Je n'ai rien oublié ! tonna-t-il soudain de sa voix de stentor. Je sais que ce sont les humains qui ont inventé les pires douleurs.

– Comme tu les hais, Tabor !

– Je les hais, oui, parce qu'ils sont le fléau de ce monde.

– J'en ai connu qui ignorait le mal.

– Le mal se cache en chacun d'eux.

– Je peux comprendre mais la haine enchaîne à son objet et je veux rester libre pour colporter la nouvelle de l'existence de cette vallée.

– De quel pouvoir magique te crois-tu donc doté, persifla alors le grand cheval.

Quo-Vadis soupira longuement et jeta un long regard

contrit à Loubana. Celle-ci se serra contre lui et s'adressa à Tabor d'un ton grave.

– Ne lui en veux pas parce qu'il va faire ce que tu aurais aimé faire, Tabor…

– Dès demain, je partirai, enchaîna aussitôt Quo-Vadis.

Le colosse frappa alors de l'antérieur.

– Nul n'est jamais parti d'ici, lança-t-il en s'éloignant aussi vite qu'il le pouvait. L'écho furieux de son galop résonna tel un courroux du ciel dans la paix de la vallée.

Quo-Vadis se réfugia dans les crins de Loubana et ils restèrent longtemps ainsi unis, silencieux tandis que sur eux tombait peu à peu la nuit. Puis elle rompit le charme en s'écartant délicatement, comme on s'arrache aux bras d'un enfant endormi.

– Je ne passerai pas cette nuit à tes côtés, murmura-t-elle d'un ton étrangement détaché.

Le froid de ces paroles entra en lui ainsi qu'une lame. Il regarda sa silhouette familière se confondre petit à petit malgré sa blancheur aux ténèbres grandissantes et ressentit jusqu'à la moelle, la blessure de cet abandon.

Par réflexe, il esquissa le mouvement si complexe qui consistait à se porter en avant. Fidèle, le mécanisme de ses muscles répondit aussitôt. Il fut concrètement surpris de constater la merveilleuse liberté de sa chair, capable de se décoller si aisément de la poix de l'âme pour accomplir les gestes de toujours. La coordination de ses quatre membres avait un but clair et précis.

Après une progression maladroite de quelques heures dans l'obscurité, il dut se rendre à l'évidence et s'arrêter. Il n'avait aucune idée de la direction suivie depuis son entrée dans l'épaisseur des sous bois et aucun moyen de la vérifier. Le labyrinthe des forêts lui coûta beaucoup plus de temps que prévu et il finit par en sortir avec une marge d'erreur d'une bonne cinquantaine de kilomètres.

Il retrouva le ravin sans difficulté, mais au fur et mesure de son approche, le souvenir brûlant de Loubana le harcela et parvenu aux abords du précipice le ressac de sa détresse l'assaillit. Il la revoyait trottant avec majesté et son absence dans ce décor le cloua soudain sur place.

Aujourd'hui, le ravin se taisait. Bien sûr, il aurait pu prétexter de le franchir même si à cet endroit, le saut était impossible. Mais Quo-Vadis n'était pas plus capable de se haïr que de haïr les autres. Se lancer dans un exploit sans aucune chance de réussite, eût été faire insulte à son corps, à ce merveilleux instrument qui ne demandait qu'à le servir encore un peu. Alors il accepta l'idée qu'il lui faudrait vivre avec cette douleur ou bien échouer dans une véritable tentative.

Il se mit à longer au trot le bord du ravin et se cala durant des heures dans cette allure. Il finit par reconnaître les lieux qu'il avait déjà traversés et se rendit compte qu'il approchait maintenant concrètement du but. Cette issue imminente rendit sa souffrance plus supportable. Il n'appartenait déjà plus tout à fait à ce monde.

Le soleil était presque au zénith lorsqu'une image insolite à l'horizon l'obligea à ralentir. Pour s'assurer qu'il n'était pas victime d'une hallucination, il s'arrêta et cligna des paupières. À quelques centaines de mètres devant lui, étalé jusqu'au bord du ravin, masse sombre et à peine mouvante, le troupeau tout entier l'attendait. Comme hypnotisé, il se mit en marche vers eux. Très vite, il repéra la silhouette de Loubana et oublia tout le reste. Sans la quitter des yeux, il galopa vers elle en l'appelant comme un fou. Elle se détacha des autres et s'élança à son encontre. Ils se pressèrent l'un contre l'autre.

Mais bientôt au travers du voile qui les isolait, s'imposa une autre image : celle de Tabor. Pour respecter leur intimité, il s'arrêta suffisamment loin et d'une voie presque suppliante lui demanda :

– Renonce à ton projet, reste parmi nous, Quo-Vadis… Et comme il ne recevait aucune réponse… Si tu ne le fais pas pour nous, fais-le pour l'amour de Loubana.

Ces paroles lui tranchèrent les chairs comme un couperet. Il se détacha, chercha le regard de la jument blanche. Il n'y lut aucune prière. Une sueur froide mouilla d'un seul coup l'ensemble de son poil et il se mit à trembler de tous ses membres. Mais les paroles murmurées par Loubana à son oreille, entrèrent en lui jusqu'à sa conscience la plus secrète et le portèrent.

– Je t'aime et t'aimerai tant qu'un souffle de vie m'animera. Je ne serai heureuse que si tu l'es aussi pleinement et si tu fais ce que tu crois devoir faire.

Alors il se redressa et avec une force neuve marcha vers Tabor. Face à lui, il s'arrêta :

– Ne m'en veux pas, Tabor, car je sacrifie ce que j'ai de plus cher au monde.

Il se déplaça de quelques pas, frôla le grand cheval et poursuivit sa marche vers le reste du troupeau. Les chevaux se tenaient tous immobiles et tendus les uns contre les autres. Leurs regards pour la première fois étaient hostiles et chargés de reproches. Il s'immobilisa et les balaya du regard en s'efforçant de les dévisager un à un.

– Ils ne te laisseront pas passer ! gronda derrière lui le géant noir.

– Je vous en supplie... dit Quo-Vadis d'un ton si empreint de douleur que la lueur des regards petit à petit se transforma.

Il y eut un bref moment de silence, d'hésitation, puis une sorte de tumulte au sein du troupeau. Il vit des volutes de poussière s'élever au milieu d'eux et soudain aperçut une silhouette familière qui se démenait plus que les autres, et d'où semblaient irradier les ondes du mouvement qui s'amplifiait. Il reconnut Sirocco.

Une brèche ensuite se créa, les chevaux de première ligne s'effacèrent et chacun se rangea dans un ordre précis qui ouvrait un véritable couloir vivant vers le ravin. Il se retourna pour apercevoir une dernière fois Loubana. Elle se dressa brusquement de toute sa hauteur sur ses postérieurs, déployant sa crinière lumineuse au-dessus d'elle tel un flambeau brandi. Dieu qu'elle était belle !

Il attendit qu'elle touchât de nouveau le sol de ses antérieurs et s'élança par l'ouverture formée dans la masse vivante du troupeau. Tandis que devant lui, la gueule du précipice se rapprochait, son galop se faisait de plus en plus rapide. Il l'abordait dans un équilibre parfait.

Lorsqu'il estima la distance afin de bander ses muscles pour se projeter de l'autre côté, rien d'autre n'occupait plus son esprit que ce calcul nécessaire à l'exécution du saut. Au moment où il se jeta au-dessus du vide, il eut l'impression que des ressorts géants le propulsaient. Sa silhouette plana quelques fractions de seconde, magnifique, irréelle, semblable à un oiseau aux ailes déployées, suspendu dans les airs par le miracle des courants invisibles, puis se posa avec souplesse sur le bord opposé.

Un charivari indescriptible monta alors du troupeau, une effervescence née de l'excitation simultanée de tous ses membres. Des cris stridents, des hennissements perçants, des coups de pied et de sabots furieux animèrent soudain les corps figés dans les instants précédents par un suspense insoutenable, et l'explosion de cette houle vivante les emporta tous comme un seul animal.

Ils submergèrent Tabor et Loubana, légèrement à l'écart qui, entraînés à leur tour, se mirent aussi à galoper ventre à terre. Le troupeau se disloqua, s'étira, puis se resserra, se regroupa à la manière des anneaux d'un corps de serpent, s'allongea encore, se reforma et ainsi de suite sans finir tandis que le grondement des centaines de sabots martelant le sol, ébranlait les falaises du ravin qui, tel un refrain, reprenait le chant de leur liberté.

Achevé d'imprimer sur rotative
par l'imprimerie Darantiere à Dijon-Quetigny
en novembre 1999

Dépôt légal : 4e trimestre 1999
N° d'impression : 99-1164